Andreas Kahnberg

Trolldom

Roman

Förlag: BoD – Books on Demand, Stockholm, Sverige
Tryck: BoD – Books on Demand, Norderstedt, Tyskland
ISBN: 9789178511372

Förord

Det var inte främst av litteraturfilosofiska skäl som jag och min källa, som vill förbli anonym, slutligen bestämde oss för att publicera de gåtfulla Stedlerbreven. Dessa brev, som adjunkt Åke Stedler skrev under perioden strax före och efter sin förflyttning, har såvitt vi vet aldrig fått någon omfattande distribuering, vilket inte heller skulle vara meningsfullt utan det större sammanhanget.

Jag säger *slutligen bestämde oss*. Man måste förstå hur tvetydiga sådana ord är, eftersom vi samtidigt gjort allt vi kan för att mildra de chockerande innebörderna i den här historien. När allt är sagt måste vi överlämna åt andra att fortsätta och kanske fullborda, "såtillvida att minsta antydan om att hemligheter är avslöjade kan få människor och väsen att röja sig" (Peter Gopp & Jonas Noseck, *Seven Lands and Seven Demons*).

FÖRSTA DELEN

Idag stod en man nere på gården. Han hade sydväst och gummiponcho, lagd kring hans axlar så att man inte såg arbetskläderna därunder. Han var mycket ung. Vår fastighetsvärd, som är en hedersman, talade med honom utan att ge akt på mig där jag väntade. Har ni koppling till skolan? ropade jag. Mannen svarade inte, de fortsatte med sitt. Vilken skola? hojtade han därefter och hötte mot mig med någonting. Jag svarade: Skolan där jag arbetar, kanske att ni kom därifrån, kanske från vaktmästeriet.

Då han inte tog fasta på orden, undrade jag om han var från landstinget. Nej, inte landstinget, och jag visste hela tiden att mina frågor var ogrundade, det var oron, och spänningen i åskvädersluften som fick mig att ställa dem. Han gick fram till mig. Att bära ut tågbiljetter, sade han, ingår inte i våra rutiner skall ni veta. Då gick en våg av beundran genom mitt inre. Jag tänkte: Om de använder en utomstående är man chanslös. Då kan man inte genomskåda någonting. Jag beskriver händelsen för Dig, så att vi kan lägga den till våra gemensamma handlingar. Något gott kan komma ut av den. Jag vet förstås att allt som händer mig når Dig på outgrundliga vägar utan att jag behöver öppna min mun eller fatta min penna. Jag vet att Du sörjer för mig och alltid har mig för Dina ögon. Det är en trygghet.

Uppifrån köksfönstret har man utsikt över gården. De två männen blev snart grovkorniga av mörkret. Därefter såg man endast en vit fläck, något rörde sig därnere. Det visade sig att det hängde en matta på piskanordningen och en av hörnflikarna krullade sig i vinden. Jag tänkte att postbudet måste ha gått genom tunneln som vetter åt öster. Sedan började det slutligen regna, det formligen öste ned.

Jag satt därefter en stund i köket och tänkte på Leena. Jag lånar hans ansikte av andra, i det ögonblick jag kommer att tänka på honom ser jag icke honom, utan grannen tvärsöver eller mannen i järnaffären. Stormuftin säger att han och Leena kamperade ihop under studietiden och de arbetade en period med folkbildning. De står varandra nära ännu. De försöker erbjuda varandra lindring ifall det skaver eller klämmer någonstans. Stormuftin menar att de är som två bröder. Jag frågade efter en bild av mannen. En bild? sade han. Ja, ett fotografi du vet, om du har något, men han hade inget.

Jag försöker att inte tänka på den där eftermiddagen, på det som hänt. Istället försöker jag att skratta. Jag tänker: Salvorna som Billy the Kid avlossade i ansiktet på mig hör inte till den höviska litteraturen. Det är inte mitt fel att inte alla gillar att läsa von Eschenbach eller von der Vogelweide. Sedan har vi Romanen om rosen som delvis är framsprungen ur de Lilles och Capellanus teori om den kosmiska kärleken vilken ligger till grund för allt levande. Rena medeltiden skulle Du i Din stora visdom svara men Du vet ju att från samma epok kommer också trubadurerna, som är belåtna med att uppvakta kvinnan på avstånd och besjunga hennes förnämlighet. Billy the Kid hade emellertid inga planer på att dyrka kvinnans väsen eller ens lära sig något om den höviska kärleken. Inte undra på att man inte förstår hymnerna som användes vid Mariakulten om livet bara handlar om extremsport och våldsamma serier och pornografi. Minst av allt vill jag ge sken av att förstå något, men det skall finnas ett talesätt som säger att också Den Heliga Modern kan bli föremål för sexuella fantasier. Hör där mina uppblåsta, intellektuella anspråk!

Två dagar senare talade Stormuftin med mig. Han berättade om Leena. Du bör söka tjänsten, sade han, det blir bäst för alla. Om du söker tjänsten, skall du få den.

Jag sade: En motprestation.

Jo, det kunde man förstås säga.

För hur länge? frågade jag.

Han sade: Ingen menar att du skall stanna däruppe. Ligg lågt, det är allt vi säger, så småningom kan du återvända och fortsätta som vanligt igen. Folk glömmer.

Och något åtal blir det inte. Det har inte ens stått något i tidningarna. Jag har haft tur men fångvårdsanstalterna förstås: de är knökfulla, man vet inte vart man skall placera allt folk.

Jag vet att jag har en själ, och en skyldighet att leva, och att Du inte ger mig några svar som jag inte är redo att dö för. Jag har läst både Marx och Hegel, och studerat buddhismens grundläggande idéer. Det ringa antalet humanister jag känner är så till den grad övertygade om att människan är svaret att man inte vågar fråga någonting. Och sedan har vi förstås och inte minst de förkristna myterna. Dessa är, som Chesterton sade, bättre än modern religion men inte mer frälsande än barns lekar. I själva verket innehåller de samma

11

slags frö till ondska, barnen når gränsen för sin skaparkraft och ibland får de inte av vuxenvärlden (eller vill inte ha) den vägledning de fordrar i en sådan situation. Det är då de börjar tortera katten.

Mitt i den förbryllande sammangyttring av kontradiktoriska vishetsläror och kärleksmanifest i vilka vi syndare lever, försöker jag göra mitt bästa för att hålla Dina bud och hörsamma Dina befallningar.

Det har slutat regna, ovädret har dragit söderut. Nu behöver jag tänka igenom min situation, vad som är själva upprinnelsen till den, vilka slutsatser som kan härledas ur den. Eva och barnet klarar sig. Inifrån sovrummet kommer ljudet av hennes andetag. Som Du vet sitter jag uppe om nätterna, medan hon har vant sig vid att somna ensam. Barnet ligger i sin lilla säng bredvid hennes. Ibland ligger han i hennes knä och hon drar honom i vagnen och hans barnaskap är överraskande friskt och dynamiskt.

Det sägs att naturen alltid tillkännager vem fadern är för att inga missförstånd skall segla upp. Man kunde tro att Du i Din visdom har ordnat så att just detta barn har en myckenhet på mödernet. Av fadern finns inte ett jota, inte ett förbannat kännemärke. Åtminstone inte än så länge.

Eva är vackrare än vad jag gjort mig förtjänt av. Jag glömmer inte den där kvällen för sju år sedan då jag första gången såg lägenheten. Det var en sensommarkväll och det var behagligt och där satt hon på sängkanten. Det var första gången hon hade en man i sovrummet. Hon satt hopknipen med händerna över knäna och jag vet inte vad hon tänkte i den stunden, men hon glittrade som en nyfångad gädda. Hon sade: Låt oss få det överstökat.

Och jag plockade fram ett kuvert och drog ur det två

ovikta hundralappar som hon hade löfte om att få låna. Så här långt efteråt känns det bättre att tänka på det som kyskhet än som tröghet. Men det enda jag säkert vet är att kvällen förflöt och vi såg på nyheterna och drack te och tuggade på scones. När jag gick hem visste jag att vi var ämnade för varann.

Jag skall endast taga med mig det nödvändigaste. Härvidlag finns ingen anledning till oro, har jag glömt något lär jag ändå inte komma ihåg det. Men: varma kläder förstås, kängorna. Klockradion vill jag inte vara utan. Lite mat, smörpaketet och en brödlimpa, basvaror, det kallskurna köttet från bjudningen förra veckan, en bjudning som genom vår planering blev uppskjuten på obestämd tid.

Samt flaskan Cointreau.

Mina böcker.

Skissblock, pennor.

Några anteckningshäften.

Ett tidningsurklipp, på fotografiet är det jag själv och tre kollegor. Fotot togs på slottet under en kulturvecka nyligen.

Vi blev intervjuade också.

Och jag skall taga med mig silvertackan som ligger på skrivbordet. Man låter den skimra i ljuset. Man väger den i handen och vältrar över den i den andra. Ett par tusen bör jag få för den. Jag har haft turen att äga en massa enkronor från sextiosex-sextiosju och några från tidigt fyrtiotal, fyrtiotalsmynten innehåller åttio procent obearbetat silver. Jag lät smälta alltihop. Idag är det en ren förlustaffär att förvara pengar på banken. Efterfrågan på silver och guld är så stor att juvelerarna inte hinner få sina varor hemlevererade i tid. Priset på ett gram guld är nittio riksdaler.

Och jag tänker på de outgrundliga vändningar som livet

kan taga. Jag tänker på Bengtsson och Spelaren som brukade expedieras på Mogges Måltid när vi var barn. Vi brukade skoja om dem, men inte ens de vuxna kunde göra sig någon föreställning om den potential som bidade i deras själar, åtminstone vad Bengtsson anbelangade. I Spelarens själ fick den väl aldrig riktigt fäste.

Trots att de är borta bägge två försöker jag se framför mig hur de ävenledes den här natten står och tar en dag i sänder, som Bengtsson brukade säga. Bara Bengtsson säger något överhuvudtaget. Från Spelarens mun kommer sällan subjektet och predikatet i samma mening, och hans mimiska register är ovanligt smalt, därav namnet. Någon sade att Spelaren måste ha tänkt ofantligt mycket. Den slutsatsen blir visserligen mindre entydig av det faktum att sådant som intresserade honom alltid tycktes finnas inom synhåll, möjligen också med tanke på den alldeles inunder nästippen liggande lilla krökta underläppen som mest liknade en ansamling av spräckta blodkärl. Hursomhelst: medan man väntar på att den rätta skall dyka upp kan man ju alltid ta en korv. Det gjorde Spelaren troget ända fram till sin död för några år sedan.

Den som inte känner till Bengtssons öden och äventyr har ännu inte sett vad människan är i stånd till. I ett plötsligt känslosvall av hungrig spontanitet, eller möjligen vanlig förvirring, köpte han en dag ett halvt lamm som han gick hem och gjorde iordning åt sig. Ingen vet i detalj vad som sedan hände, men man kan gissa. I nästan tre veckor var läget kritiskt och han var på vippen att dö och man konstaterade att flera av halsens inre delar var sargade. Han överlevde men måste under resten av sitt liv intaga alla måltider genom en slanganordning. Men den kulinariska katastrofen med halv-lammet hade förändrat hans röst och de sista femton åren av sitt liv gjorde han succé i stora delar av Europa och fick en makalös karriär, och det skrevs böcker och skapades filmer om mannen som på sin ålders höst var född till att tolka tyska kupletter.

När jag lämnar lägenheten om framemot trettio minuter kommer jag att gå ut genom bakvägen, klättra över staketet till granngården, välja tunneln och komma ut på andra sidan kvarteret. Men innan jag beger mig härifrån skall jag ställa mig innanför sovrumsdörren och begrunda Eva där hon ligger, fallen av moderskapets prövningar och okunnig om vart omständigheterna har burit hän med oss. Barnet skall jag hälsa med en bugning.

Jag ber Dig igen att hålla Din hand över dem båda medan jag är iväg, Du vet varför. Vem har inte önskat att kunna bedöma sitt liv utifrån surhetsgraden i ett enda andetag, eller uppleva det som ett vittomfamnande panorama av färger och mönster? Men det kommer knappast an på den lokala polismyndigheten att ta ställning till sådana önskemål. Till polisen kan jag ändå inte vända mig, som Du vet. I bästa fall är det ett dåligt skämt eller ett hugskott. I värsta fall har all vår strävan varit förgäves. Då vet vi människor, anstuckna av ödet, att fruktlöshetens mörker har makten och intentionen att klavbinda och kargfara våra hjärtan långt innan våra dagar är till ända. Medan vi lever måste vi därför göra upp alla räkningar och se om våra hus.

Jag försöker att bevara de rätta perspektiven. Vår profetiska kapacitet länder oss knappast mycket mer till heder än ett stänk mot fönsterrutan, en knappt förnimbar skiftning i

rummet när solen går i moln. Därför lägger jag silvret åt si-
dan och plockar upp brevet som jag fick för några dagar se-
dan, det låg i ett vitt kuvert med min och Evas adress ma-
skinskriven. Som tur var fanns bara mitt namn på kuvertet,
fast att det inte hade någon betydelse som det blev, eftersom
det endast var jag hemma när brevet kom. Meddelandet
måste vara skrivet med samma maskin som adressen. Det
är en rund papperslapp, skuren som en blomma, svagt grön
och av dålig kvalitet. Bläcket tenderar att flyta ut kring bok-
stäverna, så att man ser framför sig stumma undervattens-
världar och livsformer vars extremiteter är i färd med att ut-
vecklas.

Innerst inne vet vi att det är farligt att leva, att många av
oss brinner för otacken, att allt är fåfänglighet och ett er-
barmligt jagande efter vind. Det är nästan med tacksamhet
jag fingrar på lappen och begrundar budskapet. Det upp-
fordrar till ödmjukhet. Jag tänker av någon anledning på när
far skaffade teve och när våra grannar kom hem från för-
lossningsavdelningen. Och jag tänker att när den här delen
av skuggornas dal är avklarad, kanske den sista etappen av
mitt liv innan jag får vila i de stjärnlösa boningarna, kommer
jag att ha tagit en dag i sänder och schemalagt varje steg. Och
jag läser: *du skall dö när du kommer tillbaka*

Juveleraren värderade silvret till i runda slängar ett par tusen
kronor. Men varken den ordinarie banken eller pantban-
ken ville ha något med min tacka att göra. De sade: Vi kan
inte lösa in den. Håll den i gott förvar och se tiden an, det
är vårt bästa råd sade de.

Försmädligt. Men nästa helg skall jag fara ned till stan,

här uppe betyder det Umeå. Där är de förhoppningsvis resonliga.

På nattåget upp ställde sig vid tretiden en av mina medpassagerare mitt på golvet mellan de bägge underslafarna och tömde blåsan. Ljudet som skapades måste i sammanhanget beskrivas som dramatiskt. Jag uppfattade några svordomar och tror att det också kom en eller två personer som var i tjänst på tåget. Jag förstod det som att det inte blev något bråk.

Annars har det mesta gått smidigt. Jag har fått en skaplig bostad. Duscha får man göra i källaren men jag har ett ordentligt kök, faktiskt rymligare än köket därhemma. Man ser dock en del sprickor i väggarna och det luktar konstigt. De menar att lukten kommer från en fabrik som tillverkar fettlösningsmedel ett par tre kilometer norr om byn. Jag känner en metaforisk hugsvalelse, en slags tröst, som om det mänskliga livet inte kan klibba ihop alldeles helt och hållet med en sådan anläggning i närheten.

Eva har fått nys om min situation. Men jag vet inte vad jag skulle säga. Jag skulle inte vara mig själv. Jag skulle hiva ur mig mystifikationer eller göra mig skyldig till dramatisk ironi. Det är bättre att låta saker och ting falla på plats, särskilt Eva är i behov av en tids begrundan i ensamhet.

Jag kan se henne när jag blundar hårt. På helgerna stiger hon upp tidigt, sveper in sig i en filt och sätter sig vid köksbordet med en bok. Hon tänder en oljelampa. Jag läser bäst medan det är lite av natten kvar, säger hon till mig under frukosten. Sedan vill hon kanske tillbaka till sovrummet och göra ett nytt försök. En morgon tänker jag: Om hon vill stimulera äggstockarna borde hon läsa annan slags litteratur. Men jag säger ingenting.

Arbetet på Skogaholmsgymnasiet, fortbildningsdagarna, vårkonserterna, herrmiddagarna, allt sådant har under dessa korta veckor börjat kännas märkligt avlägset. Det kan vara det kallare vädret häruppe. Jag famlar efter den där ödesdigra eftermiddagen tidigare i höstas. Den verkliga situationens nyansrikedom blir symmetrisk och full av kontraster. Tiden hyvlar fram falska bilder av att vi visste vad vi förväntade oss, vad resultatet skulle bli.

Leena är som en som är van vid strålkastarljus och mikrofoner. Kvinnor anser förmodligen att han ser bra ut. Det går inte att undgå doften av rakvatten som står omkring honom. Han kör med kostym och slips (en av de första kvällarna häruppe knådade jag ihop mockaskjortan från Domus till en boll och gav den skulden för mina felsteg). Han har en forskartjänst på Stockholms universitet, fadern skall ha varit tjänsteman på Utbildningsdepartementet. Jag är inte missunnsam. Får man ha någon åsikt, då blir det att hans karriär har byggt på hårt arbete och stor begåvning. Dialekten har han övat bort så det hörs nästan inte att han är härifrån. Han spelar badminton.

Jag vet inte hur noggrann Stormuftin varit, om han har försett honom med alla detaljer i fallet Åke Stedler. Men i lokalerna finns han högst en eller två dagar i veckan och då sitter han barrikaderad på sitt kontor. På dörren till kontoret hänger en skylt i mässing med inskriptionen: Carl J Leena. Rektor.

Ing-Marie är i min egen ålder och som hämtad ur någon gammal musical på teve. Vi har redan haft intressanta diskussioner. Hon har varit fackligt engagerad, tar gärna ett glas och följer sporten. Hon drömmer om att flytta till huvudstaden och taga värvning. I synnerhet högvakten tjusar henne och jag försöker få henne att förstå att den sortens kvinnlig frigörelse är ett bedrägeri från början till slut. Hon lyssnar inte på det örat. Flygvapnet har visat vägen, säger hon bara och ler åt mina tvivel och sedan talar hon om kvinnokonferensen i Köpenhamn.

Eivor är Ing-Maries motsats, en liten gråkrullig gumma som talar med stönande intonation och i jämna intervaller går upp i falsett och rösten blir ostyrig och tunn som om lungorna fiser ihop vid vart sjätte eller sjunde andetag ungefär. Det är tradition att äta ute på fredagar. Då sitter Eivor och snörvlar instämmande åt allt som Ing-Marie säger och mumsar i sig sina pannbiffar, som hon först har styckat i småbitar och rört ut med sylten så att det liknar en egendomligt färgad havregrynsgröt. Hon blänger på mig och munnen stelnar betänkligt varje gång vi möts i korridoren men kaffe kokar hon så att det räcker åt alla och hon ställer alltid fram min mugg på bordet när det är rast. Vi dricker mycket kaffe, som är det enda som har blivit billigare förutom tåget.

I fredags efter sista lektionen satt Ing-Marie och sparkade mig på smalbenet och nojsade putslustigt och kallade mig för allt möjligt: ensamvarg, lycksökare, vällusting. Att Eivor var där tycktes inte störa henne, snarare tvärtom, det var som om den äldre kvinnans närvaro eggade henne efter något för mig okänt mönster. Hon blev upphetsad av att förolämpa mig, det såg jag på henne, och jag tänker: Det var också den upphetsningen som brände djupt i kroppen den där helveteseftermiddagen i mitt eländiga klassrum.

Och redan andra eller tredje dagen häruppe fick jag på vägen hem från arbetet syn på ett metallföremål, till hälften dolt av hopfösta löv och därför hade jag helt säkert inte upptäckt det om det inte legat alldeles intill trottoarkanten. Nu står det lutat mot väggen inne i sovrummet. Det är ett rör av stål med en svagt schatterad yta, ungefär halvmetern långt med en kedja som löper utanpå, från ena änden till den andra. I mitten av kedjan finns en krokliknande anordning. Jag tror att kanske inte för så länge sedan satt den fast i någon maskin som används av kroppsbyggare. Jag förnekar inte att åsynen av röret har en lugnande effekt. I verkligheten skulle det kanske inte göra någon skillnad, men inom mig växer en mystisk kampvilja och det betyder något. Jag tänker: När de ser mig med det hårda, tunga föremålet i handen kommer de att förstå att de gjort ett misstag. Jag behöver bara rusa in i sovrummet och fatta röret.

Sedan skrockar jag uppgivet och säger till mig själv, och jag ser mig i spegeln och ler: Åke, du är som du är. Så skrockar jag igen, hötter med näven och skakar på huvudet: Åke, Åke. Men röret får stå där det står, jag har alltså haft det i flera dagar redan.

Året som snart börjar lida mot sitt slut: översvämningarna i Indien kräver tusentals liv, de hemlösa räknas till över femton miljoner, nästan hundra personer dör i en brand i Las Vegas, bron till Tjörn störtar samman och ned i djupet följer åtta svenskar som ödet har utsett åt sig. Jag lyssnar på min lilla radio och på köksbordet står flaskan med Cointreau. Det finns en risk att de också i Umeå vägrar att omvandla tackan i reda pengar. Lönen som jag får för mitt arbete är inte särskilt imponerande. Lägenheten är jämförelsevis ganska dyr. Men jag har räknat ut att på ett enda år kommer jag att kunna spara tio, kanske femton tusen kronor om jag lever knalt och livsförnekande och endast tillfredsställer grundläggande behov. På två år kan jag spara det dubbla, eller mer.

Vi behöver pengarna, givetvis, med tanke på gottståendet och investeringsförmågan. Eva är sjuksköterska som Du vet, hennes lön räcker inte på långa vägar till en lägenhet inne i centrum. Och något arv kan jag inte hoppas på. Du som vet allt, vet också att far lever på existensminimum och att mor dog när jag var fem. Det är en stor trygghet, detta att Du känner mig bättre än jag själv gör. Eva har ingen förälder i livet. Men folk vinner ju på lotteri. Och mina böcker. Dem kan jag sälja, några utgåvor är av det mer sällsynta slaget. Och silvertackan således, den har jag.

Nu hör jag hur det talas om vargavinter, den värsta på länge. Blir vintern kärv och blir det mycket nederbörd, säger de, då kan kommunens plogbilar få svårt att hinna med. Jag har inte tänkt köpa några skidor. Vi får se. Man kan hitta några begagnade.

Jag gjorde en liten paus och gick för att säkra tamburen. Då satt en mus på hallgolvet, en orädd liten gynnare. Jag tvingade honom bakåt mot ett hörn. Genom att kupa händerna fick jag honom men just när jag skulle vrida nacken av honom hejdade jag mig och lät honom kila. Jag vet att min respekt för allt skapat inte är urskillningslös. Jag skonade musens liv men det betyder inte att jag blir helgonförklarad. Det man tänkte göra läggs icke alltid i samma vågskål som det man gjorde. Det tjänar ingenting till att göra sig några illusioner. Dina domar är alltid rättvisa.

Och det passerade ett gäng gluntar nere på gatan. Man hörde på rösterna att det var ungdomar. Jag sprang till köket men såg ingenting. Kommer de tillbaka, då skall jag öppna fönstret och luta mig ut. Det slår mig att tidigare idag mötte jag en grupp om tre eller fyra stycken, de drönade utanför tobaksaffären när jag var på väg ut och sedan fick jag dem i ögonvrån igen, lite senare när jag stod och besåg affischeringen inne på Rigoletto.

En månad häruppe. I onsdags då jag var tillbaka från arbetet låg på hallgolvet ett brev från Eva. Hon skriver, vilket jag redan visste, att hon behöver tänka igenom saker och ting i vårt förhållande. Hon går inte närmare in på saken och ger mig ingen förklaring, jag läser mellan raderna. Jag har ju själv föresatt mig att meditera över min situation en bra tid framöver, där är vi vederlikar. Alltihop kommer att samverka till det bästa.

Ingen, varken i stan eller annorstädes, vill lösa in silvret åt mig. Men någon oro är icke för handen. Svaret är en stabil ekonomisk utveckling, jag lever frugalt och sparar så gott jag kan och det skall ge resultat. Nej, jag ägnar mig inte åt nöjen. Det är min mening att man kräver mer av mig än vad som är rimligt med tanke på lönen. Du skulle i Din stora visdom säga att det var att vänta och det kan inte förvåna eftersom detta som jag gör är en alldeles ny sorts undervisning. Och Du skulle (såklart) ha rätt. Det är tretton personer från fyra kontinenter. En perser, en kraftig sydamerikan, en grek, ett par karlar från Jugoslavien, fler därtill. Den enda kvinnan är turkiska.

Förra fredagen blev jag hembjuden till persern. De fem barnen hade jag omkring mig hela kvällen och jag tänkte att det var ett misstag, detta att jag var där på min elevs önskemål. Han satt i soffan och knakade med käkarna och grälade oförställt på sin fru, som verkade önska att hon finge duka undan honom tillsammans med kopparna och faten. Jag tyckte att det var en trevlig kväll, jag var tvungen att ljuga mig därifrån. Du borde inte göra på det där viset, var det enda Ing-Marie sade dagen därpå. De blir som knepiga, de tror ni är vännerna. Eivor biföll henne med en stönande pysning men sedan vart det bara att hon stirrade besviket på Ing-Marie när hon förstod att jag inte skulle bli mer uppläxad än så.

Det är, hursomhelst, en samling hyggligt folk jag har i klassrummet. Jag har ägnat första tiden åt verb. Innerst inne vet jag såklart att man inte kan förvänta sig att de skall förstå hur viktigt det är med nominalfraser och aktionsart och tempusformer. Jag vet att det är ett nytt sammanhang, att jag måste försöka lära mig arbetet.

Men bland de andra finns en ung afrikan, lång och mager, svart som natten. De andra behandlar honom dåligt. Inte att de gör miner eller kastar glåpord, de skrattar inte ens åt honom bakom hans rygg. De behandlar honom så självklart som en som befinner sig längre ned i näringskedjan att det nästan inte går att genomskåda. Jag har bara sett honom med greken och sydamerikanen, det har inte hänt mer än en gång. Då stod de nere framför entrén och greken rökte (han brukar sitta i rökrummet).

Under lektionerna säger inte afrikanen ett ord. Någonstans inifrån tystnaden tycks han tillägna sig språket. Hans uppsatser är inte så dumma. Men när lektionerna är slut lockar han min uppmärksamhet till sig, även när vi möts på morgonen och vid mischmaschet som uppstår varje gång vi skall taga rast. När jag berömmer honom för hans skriftliga prestationer blir hans ögon stora och barnsliga och jag tänker att han är vacker som en flicka i ansiktet. Men han verkar inte glad, snarare ledsen eller vädjande, men det kan lika gärna vara ett uttryck för missnöje, rentav fientlighet. Jag tänker att mina kollegor vet vad de talar om, att man inte skall ha något med eleverna att göra utöver undervisningen.

Ing-Marie hjälper mig med tips och material och stöttar mig så mycket hon kan. Jag får intrycket att Leenas betydelse för verksamheten inte skall underskattas. Det mesta som ordlöst lägrar sig över personalrummet i form av visioner och behov, går lika ordlöst i uppfyllelse var gång han återvänder. Jag trodde länge att Ing-Marie såg i honom en god ledare bara, att det nästan fanns som ett kamratskap mellan dem. Jag frågar honom något och han svarar, han riktar sig alltid till de andra två. Jag har fortfarande inte talat med honom mellan fyra ögon, med undantag av det tillfälle då han visade mig lägenheten. Då var han kort, formulerade sig ekonomiskt, även på hans kroppsspråk såg jag allt, att han inte tänkte stanna länge.

Eivor låg i halsflussen förra veckan. Vikarien var en icke infödd norrlänning i fyrtioårsåldern. Han verkade reko men hade möjligen något för många åsikter, av vilka de flesta artikulerades kring fikabordet. Han var ingen äventyrare. Han hade inget väderbitet ansikte och inga ärr efter bataljer, men hans argument var inte naivt romantiska.

På måndagen höll han sig på sin kant. Under tisdagen och onsdagen blev han mer språksam och man märkte att Ing-Marie lyssnade. Han hade en liten egenhet: så länge han hade ordet höll han en kupad handflata framför ansiktet, med böjda, spretiga fingrar så att det påminde om en sådan där liten trädgårdsräfsa. Han tittade hela tiden in i handflatan som om han läste ur den.

På torsdagen satt vi och fikade när Leena kom in i personalrummet. Klockan var omkring tio.

Och Leena nickade åt vikarien, och han hällde upp mer kaffe åt oss och frågade om allt fungerade som det skulle. Han gjorde den skämtsamma kommentaren att om vikarien gjorde bra ifrån sig skulle han kanske komma att peta ned Eivor ett eller kanske två pinnhål och taga hennes plats. Vikarien rörde inte en min. Vi hade doften av rakvatten i rummet och Leenas vaxade hår som framhävdes i solljuset som föll in genom gardinerna.

Leena hade sig om sin bådande professur. Då avbröt honom vikarien och jag minns inte riktigt hur frågan löd och vikarien ställde ett par frågor till och man såg att det började rycka i Ing-Maries fingrar. Senare tänkte jag på om mannen varit tilltänkt för min tjänst. Jag frågade inte.

Det blev en kontrovers, det var om verksamheten på studieförbundet det handlade. Vikarien sade: Det fordras mer än en professur för att få den här jävla cirkusen på fötter, det skall ni veta.

Det var märkligt att Leena kunde verka så alldeles mjuk i kroppen, med ena benet lagt över det andra och händerna knäppta bakom huvudet som lutade kraftigt bakåt över soffkanten. Härigenom exponerades adamsäpplet, hakan pekade nonchalant uppåt, de slappa käkarna gjorde munnen till en liten elak öppning, de tunga ögonlocken fick honom att se knappt vaken ut. Det var bara det svagt blåröda ansiktet som avslöjade att han vakade mycket noggrant över sin motståndares ordval och alla förändringar i tonfallet. Långsamt tillkämpade han sig herraväldet igen, och jag är säker på att han därigenom stärkte sin position ytterligare. Inte en enda gång ändrade han ställning utan satt bara nedsjunken och orörlig på sin plats, frånsett att han emellanåt höjde på ögonbrynen, vilket fick honom att verka saklig. Han höll genomgången i akt och mening att göra vikariens nederlag så omfattande som möjligt, men den inkluderade alltför breda perspektiv och letade sig onödigt långt tillbaka i tiden. Men vikarien kom fullständigt av sig och jag tyckte faktiskt synd om honom. Vi blev sena till våra lektioner. Vid arbetsdagens slut försvann vikarien utan ett ord. Att han inte kom tillbaka var som det enda naturliga. Leena tog själv hand om Eivors elever under fredagen.

Igår eftermiddag, en vecka efter kontroversen, satt jag hemma i lägenheten och rättade. Solen stod lågt på himlen. Enligt termometern som jag själv har måst inhandla för nio och sjuttiofem var det nollgradigt ute men inga nya snöfall trots temperaturen.

Det hördes musik. Jag gick ut, rättningen var det inte så bråttom med. Borta vid torget spelade och sjöng en grupp kristna samer. Jag begrep mig inte på själva orden, men det var hyggligt med folk och när jag hade stått och lyssnat en stund kom Ing-Marie. Vi gick till en kafeteria i närheten. Hon berättade om ett par av sina kvinnliga elever, en röpa från Rumänien som uppvaktas av i stort sett samtliga manliga elever, och en vietnamesiska, gift med en svensk man som brukar ringa och klaga på att hustrun inte lär sig något.

Du skulle sett han när han kom opp i lokalerna, sade hon. Hennes mannen alltså, han hade henne hem efter en långresa för några åren sedan. Hon är som lustig, men han, helvete!

Jag frågade: Vad är det med honom då?

Det var märkligt att se han, sade Ing-Marie. Han gick på bakbenen, opprätt alltså, det var som jävligt märkligt alltihopa. Du skulle sett han, den djävulen. Han är som lite eljest, den.

Hon berättade att hon går ut med Leena. De har varit på bio och restaurang och bowlat nere i stan. Jag kan föreställa mig hur han vältrar och pressar sig mot henne bakifrån och för hennes arm i en vid båge fram och tillbaka.

Vi gick hem till mig. Jag förstod inte genast att hon har varit här förut. Hon sade: Carl själv har bott i lägenheten.

Vi fortsatte att prata, hon var orolig för sprickorna men om lukten sade hon ingenting. Vi drack öl och tittade på nyheterna. Annars fanns det inget att se, vi öppnade varsin öl till. Jag kom att tänka på den där kvällen för sju år sedan då hettan från Eva slog upp emot mig som från en öppnad ugn. Någonting band de bägge kvällarna samman. Någonting inom mig klack till. Ing-Marie satt med benen uppdragna under sig i andra änden av soffan.

Det verkade inte som att hon blev särskilt berusad, bara tystare. Jag trodde att hon skulle börja med sitt vanliga pratande, att jag är en sådan där playboy och kvinnokännare med en massa erövringar bakom mig. När hon gått försökte jag koncentrera mig på mitt arbete men det var som förgjort. Jag gick ut igen.

Efter ett tag upptäckte jag att jag faktiskt gått vilse fastän det bara är en by, om än inte någon av de allra minsta. Det var gråkallt och snålblåsten som tilltog hela tiden och så småningom fick jag vackert söka skyddet inne på en kvarterskrog. På en plats nära fönstret satte jag mig.

Jag tittade på skräpet som virvlade förbi där ute. Det gick en bra stund innan jag kom mig för att se längre in i lokalen där någon, en man, satt halvt skymd bakom ett flipperspel. Han varken åt eller drack, han var som hopkrupen på stolen, det var jag säker på trots dunklet och den dåliga vinkeln.

Var det afrikanen?

Blåsten hade blivit etter värre. Efter jag vet inte hur länge såg jag en vägkorsning och en byggnad som jag kände igen och strax därpå var jag tillbaka i lägenheten. Jag orkade inte gå ned till duschen, istället masserade jag armar och ben och tvättade mig i lite varmvatten från kranen i köket. Inte förrän långt efter midnatt somnade jag och sov då oroligt, störd av egendomliga drömmar.

Detta hände alltså igår.

Idag uteblev afrikanen från lektionerna.

Händelser och öden på vår jord aktualiserar en slags tolkning av den inre berättelsen. Vi sorterar våra större erfarenheter. Vi får en relevans som gör livet åtkomligt. Men vad vi skall berätta kan vi bara gissa oss till. Holmgången mellan vuxna karlar till exempel. Icke förty att Du själv är utgivande och en fredsälskande karaktär, har Du ju sett det. Är det värt att bevara? Det vet man inte. Det kan man i bästa fall inte veta förrän långt efteråt.

Det var häromdagen. Jag vet inte hur det kom sig att persern nämnde namnet Mujaheddin. Men det kanske inte är så konstigt, just nu erinrar jag mig den oroliga situationen i Afghanistan med sovjetiska trupper och hela konkarongen. Och här finns Omar, den med svarta områden kring ögonen och persern skall ha sagt att Mujaheddin är en marxistisk rörelse. Osvuret är bäst, jag hörde honom aldrig säga det eftersom de grälade på en blandning av halvsvenska och det språk som heter farsi eller dari.

Och Omar flög upp så att hans bord vräktes över ända. Turkiskan skrek till. Och karlarna kastade sig mot varandra och brottades, och de föll rakt över katedern. Persern måste väga minst tjugofem kilo mer men den andre lyckades ändå stöta honom ifrån sig, under det att han fick fatt i enmeterslinjalen.

Då tyckte sydamerikanen, som har uppskjutna axlar och ett bullrande skratt, att det fick räcka. Han ryckte till sig linjalen och bröt den i två delar som om den varit en torr kvist. Och han lyfte upp den unge orientalen och sände honom in i väggen, det såg komiskt ut eftersom han träffade väggen upp-och nedvänd och landade på golvet med huvudet före. Här noterade jag att samtliga elever hade rest sig från sina stolar och jugoslaverna var inte ens kvar i klassrummet. De återfanns inne i rökrummet strax därefter. Lektionen fick naturligtvis avbrytas. Inte på någon av de två antagonisterna såg man några blessyrer, frånsett en röd strimma tvärs över Omars vänstra kind men den fick han sannolikt i samband med luftfärden in i väggen, vars yta är ojämn och fnasig och dekorerad med häftstift och klamrar som ingen har brytt sig om att sprätta bort.

Det har gått flera veckor sedan den där kvällen inne i byn, med flipperspelet och afrikanens förmodade konturer. Sedan dess har ingen människa sett röken av honom. Han har ingen telefon, eller inget tillgängligt telefonnummer. Jag var hem till honom och knackade på. Kanske ligger han död därinne i lägenheten eller så svårt skadad att han inte kan ta sig till dörren. Det skall vara hans adress men det är förstås inte säkert att han bor där.

Av Birgitta, vår receptionist, fick jag veta att han går i kyrkan. Här finns bara två stycken, jag hittade rätt på första försöket. Han själv var inte där men en äldre kvinna, vithårig och fläckig i ansiktet, berättade på stark dialekt att han är gäst hos dem. Hans vistelse häruppe är frukten av ett program som har kommit till stånd med systerförsamlingen i hemlandet. När jag frågade hur länge han skall stanna i Sverige svarade hon att detta hade hon ingen kunskap om men till slutet av juni är det sagt. Han försummar aldrig församlingens sammankomster, förklarade hon. Varför han uteblivit från sina lektioner visste hon inte, hon lovade att prata med honom. Jag gav henne mitt telefonnummer. Vi pratade tills kyrkkaffet var slut och det bara var vi två kvar. Det var en trevlig gammal dam.

Det är inte långt kvar till höstlovet. Resa ned till Eva och barnet är bilden och ledmotivet som jag levt med dag och natt ända sedan jag lämnade dem. Jag har i tanken njutit de möjliga frukterna av en sådan resa. Jag har avfallit inunder dess härlighet. Jag har studerat den ur tusen olika vinklar. Vi får se. Jag åker. Eller: jag åker inte. Något ytterligare brev av Eva har jag inte fått. Men vid horisonten finns orosmolnen kvar och jag kan inte dölja någonting för Dig, inte ens mina mörkaste planer. Man kommer till en kritisk punkt då man tänker: Antingen ställer jag mig vid min yttersta gräns eller lever återstoden av mitt liv i skuggorna. Även om man inte längre förstår något, förstår man dock detta: man måste handla.

Det finns något du måste göra, säger jag, ser mig i spegeln, jag utsäger det igen, tre gånger, och sedan: Det är därför det blir att du reser söderut på lovet. För att se vad som händer, och möjligen komma underfund med allt.

Man sade: Han har aldrig uppträtt klandervärt mot annan personal, på andra lärares lektioner har det aldrig varit några nämnbara problem. Om det är sant var jag inte alldeles oförmodat utvald, hade han antagligen *utvalt* mig. Han gjorde inga läxor. De redovisningar han skulle hålla var inte förberedda. Under den tid jag försökte göra människa av Billy the Kid, visade han många prov på den slapphet och självsäkerhet som amerikanska filmer uppmuntrar.

I sista ronden stod han en halv meter från mig vid sidan av katedern och hånade mig öppet inför de andra eleverna. När han tystnade för att hämta andan, steg någonstans bland bänkarna en dov, darrande väsning som plötsligt brast och blev hängande i luften. Jag fick trots min fysiska underlägsenhet kraft bakom slaget. Det lät som en pisksnärt, ett torrt, smackande ljud. Han stirrade på mig, tog sig för näsan med bägge händerna. Blodet pumpades ut mellan fingrarna och samlades opp av tröjärmen.

Sedan faller han till golvet, jag är nästan säker på att han inte gör sig till. Han vrider sig som en mask, man kan nog säga sprattlar. Jämrar sig också, eller skriker, det beror på vem man frågar. Senare säger de att det låg stora pölar av blod på golvet och att städerskan halkade, att hon hade tur som inte bröt armar och ben. Det är grova överdrifter alltihopa.

Men jag minns historien om adjunkten från Skåne, de svulstiga, hypnotiska rubrikerna. Två av hans elever överföll honom och misshandlade honom halvt till döds. Han var hemma, skulle gå ut och handla när det hände. Och den gången fanns det inget motiv. Polisen förklarade åtminstone att man inte funnit något.

Någonstans har jag läst att den som går mot sin undergång förstår bättre än andra vad livet är för något. Jag är inte säker på att jag köper det. Men det förvånar mig att mina känslor liknar förväntan mer än något annat. Jag är på väg tillbaka trots allt.

Det är uppenbart att Leena vill ha bort Eivor från verksamheten. Häromdagen måste han ha fått goda nyheter från huvudstaden, eftersom han skämtade friskt med oss allihop och serverade oss kaffe med några droppar irländsk whisky till. Sedan måste Eivor gå eftersom hon skulle med sina elever till byns bibliotek på studiebesök. Leena frågade mig om allt gick bra och förklarade helt i onödan att Ing-Marie fanns till hands om jag behövde något. Han berättade också en historia om Eivor, och Ing-Marie gapskrattade och skakade på huvudet och visade på alla sätt att hon kunde historien i minsta detalj. Jag blev tvungen att bita mig i läppen eftersom jag inte vill vara en i hans flock och inte bekräfta honom i någon av hans naturliga gåvor.

Det var för ett och ett halvt år sedan. En man från Brasilien kom på besök, på ett halvt dussin norrländska idrottsföreningars initiativ. Mannen var expert på sitt lands urgamla kampsport, Capoeira, och dessutom en av förgrundsgestalterna i den brasilianska fackföreningsrörelsen. Han skulle ha funnits med bland Nobelkommitténs kandidater till fredspriset. Leena fick uppdraget att planera besöket, mest på grund av hans breda kontaktnät men också hans intresse för slaveriets och frihetens historia i världen.

Eftersom brasilianarens engelska var knackig hade Leena ordnat en tolk som skulle följa med på hela turnén genom Norrlands glesbygder. Det skulle bli besök på skolor och föreläsningar i olika slags sammanhang.

Leena hade hämtat sin gäst på tågstationen i Vännäs och sedan kört honom norrut. Som jag redan har snuddat vid är Leena inte särskilt noggrann med formaliteter. Första kvällen tänkte han helt enkelt taga hand om brasilianaren i sin lägenhet här i byn, bjuda honom på mat, få honom att känna sig hemma. Men knappt hade de stigit över tröskeln förrän Leena fick ett alarmerande telefonsamtal, jag minns inte om det var från stan eller från Stockholm. Olyckligt var det, men han insåg att han skulle bli tvungen att ägna någon timma åt ärendet, det var akut och kunde inte vänta. Vad gör man i en sådan situation, när den mest pålitliga arbetstagaren är tillfälligt bortrest? Man måste vackert välja den andra.

Eivor satt och broderade när Leena kom dragandes med brasilianaren. Leena presenterade honom inte, han blinkade bara åt Eivor och sade åt henne att taga hand om honom en stund, han skulle strax vara tillbaka. Sedan har man egentligen bara Eivors ord att gå på, och Leena har naturligtvis dragit ifrån och lagt till och omstrukturerat förloppet så att det skall bli en bra berättelse.

Men ungefär så här kan det ha gått till: Eivor placerar brasilianaren i soffan. Sätter sig själv på en stol. Brasilianaren är en mörkhyad och kraftigt byggd karl men lika kortväxt som Eivor. Hon tycker om hans vänliga ögon men undrar varför han inte vill se sig omkring i lägenheten. Hon antar att de få ord och fraser han stöter ur sig är på engelska. Till slut plockar hon fram broderiet igen och förklarar för mannen att hon ska föreställa Bullerblomstret, Lapplands landskapsblomma. *Bullerblomstret,* upprepar hon lite långsammare och med höjd röst när mannen inte verkar förstå. Bullerblomstret kallas ibland för Smörbollen, hon är en ranunkelväxt påpekar Eivor. Sedan tar hon fram fler broderier på stramalj, en med fjällräv, en med fjällröding och en med siklöja, Norrbottens landskapsfisk. Ibland är det svårt att skilja mellan siklöja och harr, och Eivor visar honom fler broderier och vepor och en tändstickstavla som hennes far gjorde då hon bara var en flicka.

Då Leena dröjer tar hon med sig mannen till en kafeteria där hon brukar köpa bullar med vaniljkräm. De slår sig ned och Eivor försöker taga reda på om han har några pengar. I bortåt fyrtio minuter sitter de och stirrar på varandra.

Plötsligt går det upp för henne att det kanske förväntas av henne att hon testar mannen i språket eller åtminstone gör en första kartläggning. Eftersom kafeterian ligger alldeles i närheten av skolan tar hon honom med sig upp i lokalerna, trots att det är lördag. Där uppe återfinns de sent omsider av Leena, som vänt upp och ned på byn i sökandet efter mannen vars väl han ansvarar för. Han hittar dem i Eivors klassrum, hon har tagit fram klossar i olika färger som hon låter mannen bygga med. För varje ord han efterbildar muntligt eller skriftligt får han en kloss, och lyckas han svara på en fråga, till exempel namn eller hemland, får han två. När Leena ramlar in i klassrummet har den omtalade Nobelpriskandidaten rönt stora framgångar och samlat ihop så mycket som tjugotvå klossar, av vilka han byggt två lika höga torn på bordet.

Endast med stor svårighet skulle jag kunna tolka situationen med Leenas storytelling och Ing-Maries glädje som ett tecken på att jag slutligen kvalificerat mig. Att allt, med andra ord, var uträknat på förhand: berätta historien för Stedler när Ing-Marie är med. Det var inte särskilt intressant med en berättelse som var så präglad av tillägg och så beroende av tolkning, och till yttermera visso kände jag mig ju knappast mindre som en utsocknes. Från mitt perspektiv ändras ingenting av att Eivor är utvecklingsstörd, som Ing-Marie hävdar att Leena sagt.

Jag ville inte ha påtår och ytterligare ett halvglas irländsk whisky tackade jag också nej till. Leena skämtade oavbrutet och drev med radioprofiler och stadsarkitekter. Han berättade om en känd sångare och estradör som svartsjukt skuggat sin flickvän ända till Rhodos medan hans fru krystat fram deras femte barn. Jag var inte irriterad på Leenas hycklande kärvänlighet. I grund och botten har jag svårt att förstå hans avsikter.

Till skillnad från Eivor är Ing-Marie en utmärkt pedagog. Hennes elever verkar nöjda. Det är inte svårt att arbeta med henne. Hon är vacker också, jag tycker särskilt om hennes leende som får henne att påminna om Ingrid Bergman. Det är sålunda mycket på grund av Ing-Marie som Leena vinnlägger sig om att varje vecka komma hit upp och befatta sig med verksamheten. Hon kallar honom ibland darling eller sex machine, även när andra hör.

I lördags såg jag dem sitta vid ett bord på en liten restaurang inte långt från min lägenhet. De verkade ha trevligt. Han var den som pratade. Skrattade gjorde hon, vilket fick honom att gestikulera, han gestikulerade desto mer, ju mer hon skrattade. Jag tänkte: Man upptäcker inte genast att han har ett sympatiskt utseende. Det framträder efterhand.

I söndags återvände han till Stockholm. Ing-Marie tog mig till ett ställe strax utanför byn där hon brukar företa små promenader på sin lediga tid. Hon har inte frågat varför jag ämnade mig till Lappland och jag har inte närmat mig något som skulle kunna uppfattas som en bikt eller bekännelse. Därför har jag inte mycket att säga till henne, annat än sådant som försiggår i klassrummet. I en sådan situation blir alla försök att samtala om människans villkor abstrakta, blodlöst ointressanta. Jag väljer att inte försöka taga reda på om hon vet varför jag är här.

Sedan gick vi på bio. Det var en kriminalkomedi med Olof Bergström och Allan Edwall och flera andra kända skådespelare. Ing-Marie tjöt av skratt. Jag håller med om att det är en rätt bra film, men kanske överskattad av kritikerna. I maj hade den premiär och den går alltså fortfarande. Ing-Marie såg den för tredje gången men hon hade den goda smaken att inte berätta något i förväg eller be mig vara extra uppmärksam när det var dags för en rolig eller viktig scen. Efteråt gick vi hem till mig och jag öppnade ett par flaskor öl. Jag visade henne silvertackan också. Det syntes på sättet varmed hon lät den ligga ömsom i ena handen, ömsom i andra, att hon blev imponerad. Hon frågade mig vad han är värd och jag ljög och sade: Fyra, kanske fem tusen kronor. Då gapade hon och stirrade med ögon som reflekterade silvret i hennes händer. Vi fyllde på våra glas och hon berättade att hon och Leena skall förlova sig under lovet. Innan hon gick gav hon mig en kyss på munnen.

I onsdags gick vi till badhuset. Det var andra gången, vi var dit förrförra veckan också. Ing-Marie hade på sig sin gula baddräkt som hon köpte i England när hon var dit för nio år sedan. Att hon fortfarande kan ha den förvånar mig inte, att den sitter som skuren just för hennes kropp.

Du må tro att hon är skicklig! Hon dyker lätt och ledigt

från flera meters höjd medan jag spottar, hostar, förlorar andningen. I vattnet rör hon sig smidigt och graciöst men kraftfullt samtidigt, nästan explosivt. Vi drack varsin Zingo och sedan knuffade hon i mig från kanten, varvid en vakt kom och skällde ut henne. När vakten hade gått nästan kiknade hon av skratt och gjorde mig sällskap i vattnet. Jag dök och grep efter hennes fötter och då skrek hon, jag fick lov att hålla hennes huvud över ytan. Hon trodde att jag försökte lyfta upp henne och kasta henne över ända. Hon är stark. Med handflatorna mot min panna pressade hon mitt huvud bakåt, samtidigt som hon slog sina ben om midjan på mig. Hela tiden gapskrattade hon. Jag kände hur musklerna i hennes underliv hårdnade och drogs samman och jag uppfångade hennes lite sura andedräkt. Jag kände en stor förundran över henne. Vi blev tvungna att pusta ut intill bassängkanten.

Även på arbetet trivs vi tillsammans. När jag skall resa mig ur soffan i personalrummet för att hämta mer kaffe griper hon snabbt om min axel eller lägger handen högt upp på mitt lår, sedan hämtar hon själv kaffet, eller rättare sagt: Eivor hämtar det åt oss båda. Somliga fredagar har vi marscherat ut ur studieförbundets lokaler arm i arm och sedan har hon skjutit mig ifrån sig, tittat under lugg, och med ett hemlighetsfullt leende lämnat mig ensam.

Jag var bort från arbetet under tre dagar, Leena menade att jag behövde utbildning. När jag var tillbaka på fredagseftermiddagen före lovet gick jag upp i lokalerna för att hämta eventuellt arbete. Jag hade bestämt mig för att resa hem redan dagen därpå, på lördagen, men efter sistlektionen kom

Ing-Marie in i mitt klassrum och man såg att hon gråtit. Hon frågade om utbildningen. Därefter berättade hon att den vietnamesiska kvinnans tvåbenta äkta man ringt och han hade hotat att polisanmäla henne därför att hon tillåtit eleverna att samtala om Förenta Staternas krig mot Viet Cong. Jag tänkte: Hon är som inadekvat, hon är ju nästan förlovad med rektorn.

Jag förklarade för henne att hon inte gjort sig skyldig till något brott och hon hade intet att frukta. Då plötsligt sken hon upp och gav mig en lång och hård kram, och hon kallade mig sin hemliga skyddsängel. Hon gav mig trånande slängkyssar och flätade ihop mina fingrar med sina. Därefter frågade hon om jag ville fara på affären med henne, ned i stan. Jag kunde inte säga nej.

Således tillbringade jag lördagen i björkarnas stad. Vi tittade på förlovningsringar. Av allt att döma och såvitt jag begrep, lyssnade Ing-Marie till mina omdömen, hon klappade händerna av förtjusning och gjorde höga jämfotahopp så att det knakade i golvtiljorna. I en mindre juvelerarbutik måttade hon på skämt med en hög karatespark mot biträdet, som svettades ymnigt men ändå lyckades upprätthålla ett formellt sätt. Ing-Marie bestämde sig så småningom för en ring med en grön sten innefattad. Jag erinrade om att grönt ibland sägs vara svekfullhetens färg och då sade hon att genom dessa orden försvann det sista tvivlet, att hon var den rätta ringen. Även jag kunde konstatera detta, att hon satt som lindad kring fingret. Sedan klagade hon över att hon var hungrig, mumlade något om blodsockret och spelade upp en scen där hon slukade mig med blicken.

Och hon tjatade på mig att vi skulle spela på enarmade banditer. I spelhallen visade hon att hon kan ganska många ord som jag annars bara hört skolelever använda. En gång slog hon mig på armen så att det gjorde riktigt ont. Hon började munhuggas med några tonåringar vid automaten bredvid vår och låtsades också tävla mot dem, det var så fånigt att jag nästan skämdes.

Resten av dagen satt vi på kafeterior och barer och beundrade ringen. Hon somnade mot min axel under hemresan och jag lade henne ned så att hon hade huvudet i mitt knä, och jag strök henne varsamt över lockarna och axlarna. Vi höll varandra om höfterna då jag följde henne hem. Hon mumlade att jag var gentil, en alltigenom ridderlig mänska. Sedan blev det tillbaka till kusten igen för att taga nattåget söderut.

Och det går upp för mig vad som kunde ha varit det rätta inseglet på min återkomst. Sanningen är att det var mer än bara en dagdröm, allt som kunde vara förknippat med att vända hem. Jag faller på knä och ber andaktsfullt om Evas hand, den som hon i samma ögonblick lägger över halsen. Ur stånd att tala går hon därefter och lyfter upp barnet och vaggar det sakta i famnen. Hennes ansikte uttrycker det största som överhuvud kan vederfaras en människa. Vi gifter oss några veckor senare. Vi köper oss en lägenhet i närheten av centrum med utsikt över pilarna och bokarna som jag minns att jag fascinerades av som barn. De hade grenar som låg halvt begravda i vattnet.

Och barnet växer upp, vi blir åtminstone en familj. Jag blir litteraturkritiker, och Eva slutar på sjukhuset och blir min förläggare, kanske kommer vi till och med att skriva böcker tillsammans. Varje dag stiger vi upp och sänder pojken till skolan och ägnar oss därefter åt arbete. Under semestern reser vi i Sydeuropa: Pisa, Florens, Rom, Córdoba,

Sevilla, Barcelona. Eva kommer att mena att hon gjorde rätt som svarade ja. Vi kommer att minnas den där dagen när jag återvände från norr och bar med mig en liten ask som, när jag öppnade den, åstadkom ljusa och skimrande syner i Evas huvud och en djup klarhet i mitt.

Men jag kunde inte, då det var dags, inte förmå mig till att knacka. Jag vet inte hur länge jag stod där utanför vår gemensamma lägenhet med bultande hjärta och örat presssat mot dörren. Det var söndag, kanske låg de bägge två och sov eller också var de ute. Jag valde att inte se efter (jag har ju min egen nyckel) utan gick därifrån och jag växte i övertygelsen att tiden ännu inte är mogen. Jag hyrde ett rum under falskt namn. Av försiktighet stannade jag på rummet resten av dagen. Jag slök vid sängdags yoghurten som jag köpt på stationen. Hela natten låg jag och gladde mig åt mitt och Evas förhållande och vår framtid tillsammans. Jag skall erkänna att jag fällde en tår då jag tänkte på det lilla underverket som Du i Din godhet har välsignat oss med och som jag inte sett på snart två och en halv månader. Vid tanken på honom börjar det värka i bröstet. Det svåraste är när jag tar fram det lilla kortet på honom och försöker föreställa mig hur hans ansikte har förändrats under denna tid.

På måndagen sökte jag opp Stormuftin på hans kontor. Han verkade inte ha så mycket att göra. Hur går det med den nya undervisningen? frågade han och såg besvärad ut. Kanske ansåg han att min närvaro var komprometterande, vilket den nog var när man funderade närmare efter. Jag tänkte att det var märkligt att detta inte slagit mig tidigare. Jag får inte göra sådana enkla misstag igen.

Jag bekräftade att Leena är en bra karl och en god ledare

och Stormuftin upprepade allt som jag redan visste om deras gemensamma historia. När han tittade på klockan för tredje gången bad jag om adressen.

Har du den inte själv, och vad skall du med den till? undrade han och jag tänkte: Han har aldrig haft höga tankar om mig.

Jag sade att jag var som ångerköpt och gärna ville be föräldrarna om tillgift personligen. Han såg mig i ögonen både länge och väl, som om han letade efter tecken på förljugenhet. Till slut sade han: Vad i himmelens namn skall det tjäna för syfte, Stedler?

Innan jag hann svara började han dra i skrivbordslådorna och rotade rätt på adressen. Han rev av en liten remsa av papperet som satt i skrivmaskinen och skrev upp den. Han räckte över remsan, högtidligt, som om det var en stor barmhärtighetshandling.

När jag öppnade dörren för att gå sade han: Ställ för helvete inte till med något, Stedler.

Det var en gul tegelvilla. Jag gick in på en restaurang i närheten och valde ut en plats från vilken man hade två sidor av huset inom synhåll. Jag beställde svart kaffe.

Efter halva koppen gjorde magen uppror. Jag fick under dryga halvtimman barrikadera mig inne på herrarnas och vänta på att något avgörande skulle hända. Hela tiden tänkte jag på att jag kanske skulle missa alltihop på grund av detta. Och jag tänkte på Billy the Kid, kanske därför att jag ville ingjuta känslan av att det inte var endast mitt fel, att jag trots allt hade något att försvara mig med.

Magen blev så småningom lite bättre. Kaffet hade kallnat men jag brydde mig inte om att få det uppvärmt igen. Vid femtiden stannade en blå Opel Kadett utanför huset och det fanns något bekant över kvinnan bakom ratten. Ut ur bilen klev också en finnig tonårspojke, förmodligen den yngre sonen men honom har jag faktiskt aldrig sett förut. Kvinnan hade mörkt och svallande hår och tillsammans med sonen gick hon uppför trapporna och in i huset. Hon kom ut igen en halvtimma senare.

Vid halvsjutiden kom hon tillbaka i sällskap med en man med bakåtstruket hår, kort, grå jacka och för stora jeans som såg nya ut. Inte heller honom har jag sett tidigare.

På tisdagen återvände jag till restaurangen. Den här gången beställde jag lövbiff, potatis och lättöl, fruktpaj med vispgrädde till kaffet. Mannen och kvinnan följde samma tider.

Jag kände inte av magen.

På onsdagen när kvinnan kom hem grep jag tillfället och gick fram till henne. Jag presenterade mig som hennes äldre pojkes före detta lärare men det var inte nödvändigt för man såg på nickningen och det svårtydda leendet att hon genast hade känt igen mig. Innan jag hann förklara mitt ärende blundade hon, andades ut som om någonting fått sin förklaring, och sade att rätt ska vara rätt, i anständighetens namn borde också hennes man vara med i samtalet. När Bertil, som mannen hette, hade kommit hem skulle de båda gå över till restaurangen.

Det gjorde de. Och de tittade sig omkring, tvekade, gick fram till beställningsdisken men satte sig därefter utan ett ord vid mitt bord. Mannen nickade åt mig och tog mig i hand. Det var lite märkligt detta att trots närheten till restaurangen verkade de aldrig ha varit här tidigare.

Kvinnan sade: Ulf har alltid haft lätt för sig. Han är van vid att göra skolarbetet på egen hand. Men vi finns ju med i bakgrunden.

Vi tycker att vi förstår oss på ungdomar, sade mannen. Det här var ju inte bra, fortsatte han och man visste inte riktigt vad han menade.

Svårigheterna har aldrig haft med skolan att göra, förklarade kvinnan. Det är ett större sammanhang, en större komplexitet.

Hon tystnade och verkade för några ögonblick inte alls klar över vad hon önskade säga. Sedan fortsatte hon: Ulf är ingen dumbom, han är väldigt intelligent men har aldrig haft någon ro i kroppen. Inte så att det är rastlösheten som fördärvar honom, utan känslan av att det så att säga inte finns något att kroka fast livet på.

Mannen såg uppfordrande på mig och sade: Som du hör har vi tänkt en hel del kring honom.

Kvinnan frågade: Har du själv barn?

Jag har en liten son, sade jag. Han är några månader bara.

Han växer upp i en svår tid, sade kvinnan. Han måste försöka göra det bästa av sitt liv.

Det måste vi allihop, sade jag.

Kvinnan och mannen såg på mig, som förvirrade, som om de tyngdes av en alltigenom fördunklande oro. Jag tvekade under några sekunder innan jag plockade fram plånboken och den till en blomma utskurna pappersbiten. De tog emot den och lutade sig över den, ungefär som om de försökte lösa en rebus. Kvinnan förstod allt eftersom hon efter en stund sade: Nej, det är omöjligt, aldrig att Ulf skulle skriva något sådant.

Jag undrade hur hon kunde vara så säker men jag avstod

från att fråga. Hon fortsatte: Du kan inte komma med sådana anklagelser. Det här är inte skrivet av Ulf, det skulle han inte vara i stånd till, någon dumbom är han inte, upprepade hon. Mannen såg nästan ömsint på henne och nickade sedan åt mig igen. Han sade: Vi är säkra på det.

Kvinnan blev lugnare. Tro för all del inte, sade hon lite frånvarande, att inte Bertil försökt banka in lite hyfs i pojken han med.

Mannen såg uppriktigt resignerad ut när hon tillade: Hittills utan framgång tyvärr. Vad ska man göra?

Mannen sade: Men han är som sagt ingen dumbom, han vet vad sådana här saker skulle kunna leda till. Att det inte är Ulf som har skrivit det är lika bergsäkert som amen i kyrkan eller att ormar förvaras i sprit. Fast det är klart att vi skall tala med honom om saken.

Du kan vara helt lugn, sade kvinnan. Vi kommer nog att taga reda på hur det förhåller sig. Men Ulf är inte skyldig till det här.

Medan jag frustrerat lyssnade till paret framför mig bestämde jag mig för att Billy the Kid ärvt faderns anletsdrag. Ju mer jag forskade, desto tydligare såg jag att allt fanns där: det tagelliknande håret, de glest sittande ögonen, sonens antydan till skelning, mungiporna som hängde rakt ned. Några yttre likheter med modern skulle man inte finna om man så letade intill tidens nakna ände.

Vad som sedan hände är intressant.

Plötsligt visste jag, på samma sätt som en dödssjuk vet att han tänker prova den nya medicinen om han får chansen, att jag skulle gå till botten med omständigheterna kring den här familjen. Jag skulle inte resa mig från stolen förrän det var gjort. Undan för undan bröt sig minnesbilder ut i ljuset:

miner, gester, ett ord från dörren, korta fraser, bekymrade tonfall. Efteråt tänkte jag att olika omständigheter, tankar och känslor och processer som sökt efter passformer och sammanhang faktiskt hade konvergerat och funnit sin skärningspunkt just i det ögonblick jag frågade: Vet ni var den biologiska mamman finns?

Till min överraskning blev de varken förbluffade eller arga. Kvinnan svarade lika frånvarande som tidigare: Hon arbetar i Bonn. Ulf träffar henne ett par gånger om året.

Vad heter hon? frågade jag.

Ulrika, svarade kvinnan. Ulrika Bremer. Hon sneglade åt mannen, som utvecklade: Hon gifte sig med en begravningsentreprenör. En begravningsentreprenör, har man fan hört på maken.

Han skrattade inte.

Innan vi avslutade vårt samtal och bröt upp ville kvinnan försäkra sig om att jag inte var på väg tillbaka.

Åtminstone inte på två år, sade jag. Hon nickade som i vänligt samförstånd. Hon sade: Vi har ett barn tillsammans Bertil och jag och han skall börja på gymnasiet nästa år. Det skulle naturligtvis vara mycket olyckligt om du blev hans lärare.

Mannen frågade: Vart kom du?

Jag berättade om den nya undervisningsformen. Om besvärligheterna och utmaningarna och stötestenarna och omständigheterna, sedan tryckte vi varandras händer. Mannen undrade rent av om vi skulle gå ut och taga ett glas.

På tåget blev det ett gräl med konduktören. Och jag gick över mina upplevelser och upptäckte att jag var besviken över detta med min före detta elev, att jag inte fått ens minsta

glimten av honom. Det sägs att konstnären avbildar verklig-
heten, inte skapar den. Men detta är alltihopa, att man inte
kan visa vari skillnaden består. Mörkret som hyser denna
skillnaden kan vi inte fördriva. Resultatet blev inte bra men
ett resultat åtminstone. När jag i slutet blickar bakåt kom-
mer jag kanske inte att minnas något annat än Billy the Kids
krossade näsa.

Jag försäkrar Dig att jag talade sanning för Stormuftin.
Jag ångrar mina synder, särskilt den här. Men det har inte
gjort någon skillnad för min del, snarare tvärtom. Din tyst-
nad tvingar mig. Mitt sökande efter svar har lärt mig fruk-
tansvärda saker. Det jag tidigare anade vet jag nu med den
stridandes hela övertygelse: det är inte Billy the Kid som
ligger bakom detta, det är inte Ulf som hotar mig. Fadern
och styvmodern har rätt. Han är en missanpassad gamäng,
en grötmyndig lymmel, men knappast kriminell. Istället har
jag nu en biologisk mor, en person vars planer och intent-
ioner och handlingar jag inte har några möjligheter att för-
utse. Och för att lagen om alltings jävlighet (förlåt) skall upp-
fyllas har hon äktat en dödgrävare.

Om någon anser att jag behöver fler skäl att börja skriva
en roman kan han ju alltid hojta till. Du vet att märkligare
ting har inträffat. Skulle det ens förvåna Dig om vi fann
varandra, jag och den okända kvinnan, den biologiska mo-
dern? Jag talar inte om Den Kosmiska Kärleken, det finns
ingenting romantiskt med den. Sann romantik är alltid kär-
nan i det oförutsägbara, i sökandet efter den saknade, i ett
brev som aldrig når fram, i kampen mellan hopp och för-
tvivlan, och ytterst sett mellan liv och död. Medan jag och
hon blir ett med Varat och Tiden där mellan lakanen kan

man vara säker på att i garderoben står *ein scharfer Bestatter* med tonade glasögon, mustasch och en spänd pianotråd mellan nävarna.

Och vi hade snöfallet det sista tiotalet mil under återfärden norrut. Men det var inte över än, långtifrån över, under denna skickelsedigra vecka skulle Romantiken uppenbara sig en gång till.

Den första människa jag såg när jag steg av bussen var ingen mindre än afrikanen. Jag förstod att ett pussel därmed var lagt, men jag kunde inte se vad det skulle föreställa. Han stod vid tobaksaffären och i handen hade han något, kanske en chokladkaka. Jag stack försiktigt fram huvudet för att se om han var kvar. När han gick fattade jag mitt beslut. Bodde han verkligen på den adress som fanns uppgiven i registret? Det var inte svårt att följa efter honom. Mellan stationen och byns centrum ligger en halv kilometer lång sträcka som inte inkluderar annat än enstaka fäbodar. Jag föreställde mig att vi vandrade i vildmark, på alla sidor kuvade av fjällmassiv.

Vid de första boningshusen höll vi till vänster och strax därpå var det ingen tvekan, man kunde inte vifta bort det orubbliga i att han kanske var på väg hem till mig.

Vi var bara två inkräktare här. Jag tog några steg ut på gatan och tittade trögt efter honom när han försvann in genom porten och det var underligt: han skulle ju komma ned igen men insikten drabbade mig som i allra senaste laget. Jag samlade ihop armar och ben och forslade mig bort till korsningen. Afrikanen visade sig i porten igen, började därefter gå kraftigt framåtböjd åt motsatta hållet. Jag dröjde kvar bakom hörnet tills att jag inte såg honom längre. Händelsen hade tagit ifrån mig all äventyrslust. Jag häpnade över tröttheten och ambivalensen och illamåendet som gjorde mig alldeles mjuk och ledlös. Jag orkade inte fortsätta.

Det har blivit varmare, snön har smultit, vi har bara snö-gloppet kvar. Jag sitter med en av hans uppsatser, den sista han gjorde innan han försvann från lektionerna. Jämfört med hans normala förmåga är det rena rama rapplet, i somliga stycken hart när oläsligt. Den innehåller ord som jag tolkar som stamspråk, och en del ord på franska. Jag har lånat en fransk–svensk parlör på biblioteket. Jag kan inte gå förbi uppsatsen utan att rycka den åt mig. Då blir jag stående och försöker komma underfund med honom.

Den ligger bredvid mig på skrivbordet. Jag kunde visa den för någon, Ing-Marie, eller för någon annan. Men det är som ytterligare en egendomlig omständighet: jag vill behålla den för mig själv. Visade sig afrikanen igen skulle han inte muntligen kunna berätta vad han inte kunnat förklara i skrift.

Jag nyper mig i kinderna. Det hjälper inte.

Först skall jag säga att det har snöat igen och den här gången känner man att det är på allvar. Förra måndagen, första dagen efter lovet, tecknade Ing-Marie åt mig att komma in till henne. Hon hyssjade på mig, stängde dörren om oss och sade att hon ville fira förlovningen med ett litet kolifej.

Kommer Leena också? frågade jag.

Dumhuvud, svarade hon och gav mig ett skuggslag i magen. Det skall vara du och jag. Carl, han är ju i Stockholm. Han skall gå på visningarna.

Jag förstod att det handlade om lägenhetsvisningar. De planerar att efter bröllopet i vår flytta till Södermalm. Ing-

Maries dröm om högvakten går kanske alltså i uppfyllelse. Men om detta talade hon inte alls under kvällen. Hon bor i en liten tvåa ungefär som jag, och tänka sig: samma lukt råder där som hemma hos mig, möjligen lite svagare på grund av dofterna av parfym och honungsbalsam och alla aromer som kvinnor omger sig med. En saftigt grönskande ranka välver sig i hennes vardagsrumsfönster. I sovrummet hänger en inramad kopia av Chagall. Hon har sinne för detaljer, på en hylla står en radda föremål som representerar hela alfabetet. Emellertid har hon fler hyllor och andra ytor med småsaker. Våningen skulle bli trivsammare om allt knasslet rensades bort.

Hon hade kjol med sprund och bjöd på en skaldjurstallrik som hon säger att hon själv har hittat på. Vi drack vitt vin till maten och det blev vaniljglassen toppad med chokladsås och mandelspån och grovhackat strössel av hasselnöt. Sedan drack vi svart kaffe och konjak och sedan bjöd hon upp mig till tonerna av *Earth Wind And Fire* som spelats ända sedan min ankomst. Den sista låten var en ballad och vi rörde oss tätt hopslingrade och Ing-Marie lät mig föra trots att hon är den skickligare dansaren av oss två. Hon skrattade så fort jag klev fel eller tappade balansen. Vi låg på golvet och bälgade vin som två ungdomar.

Hon gjorde sitt enda misstag genom att fråga om jag tror på kärleken. Frågan är besynnerlig: som jag ser det kan man lika gärna fråga om man tror på mat och kläder. Hon lystrade och krävde mig på en motivering och när jag viftade bort ämnet blev hon förnärmad. Jag undrade på vilka grunder hon ansåg att vi måste berätta allt för varandra. Hon menade att om det behövs en förklaring skulle ingen förklaring hjälpa, inget svar föra mig en enda millimeter närmare sanningen om oss båda. Vilken förklaring, vilken sanning? Och mitt tonfall blev nog en smula aggressivt i takt med alkoholens utväxling i blodet. Hon sade: Du behöver för fan inte fräsa så där åt mig. Kan du inte samtala med en kvinna om kärleken?

Jag var för trött för att finna något enkelt svar. Varför låter du henne taga hand om barnet ensam? frågade hon och jag förstod på den rödflammande skiftningen över hennes ansikte att frågan var retorisk, att hon visste alltihopa. Medan vi diskade rådde tystnaden mellan oss.

Jag besökte badrummet och när jag till slut kom ut igen hade hon stängt in sig. Jag sade att jag inte ville såra henne. Sedan ropade jag att hon var ett bortskämt våp och jag tog jackan ute i tamburen. Då fick en kraftig smäll hela lägenheten att vibrera och där stod hon: stolt, heraldisk. Hade jag sett henne för första gången skulle jag möjligen ha blivit skakad. Jag kunde inte ignorera hennes högburna huvud, hon spände blicken i mig som i ett litet barn. Med tjock röst sade hon: Du är som förbannat endimensionell. Man skall icke taga det som inte är ens eget, man skall inte ha begäret till sin nästas hustrun.

Hon drämde igen dörren om sig men öppnade den på nytt. Hon tillade: Och icke till hans fästmön heller. Förrucklade kalvraga! Schajas! Maruffel! Kåtbock! Fan ta dig!

Hon försvann slutgiltigt in i rummet. Att där hördes en hulkning kan jag inte gå ed på. Dagen därpå utförde jag inga pedagogiska mirakel. Lektionerna hade jag inte planerat. Jag varken drack kaffe eller uträttade några behov, jag höll mig i klassrummet. Huvudvärken var med mig intill dagens slut.

När jag tre dagar senare kom hem från arbetet, hörde jag

till min stora fasa röster inifrån lägenheten. Var det konspiratoriska röster? Av det som sedan hände förstod jag att frågan var försumbar.

Dörren var olåst. När jag klev in i tamburen mötte mig synen av två karlar i fläckiga blåställ. Golvet belamrades av verktyg och var redan lortigt trots att de inte påbörjat något arbete. I händerna hade de penna, block, måttstock och vi hälsade och vad skall ni göra frågade jag, vad har hänt?

De stod som fallna från skyarna och de skulle täppa till sprickorna berättade de, och sedan skulle hela lägenheten saneras. Om ni syftar på lukten, sade jag, så kommer den från en anläggning utanför byn. Då mumlade de någonting åt varandra och gav mig som en förstulen blick. De räckte mig ett brev.

Det var beklagligt att jag inte hade fått någon information, misstaget berodde på den mänskliga faktorn, ett enklare boende hade tills vidare ställts iordning åt mig. Detta boende saknade en del bekvämligheter och låg en bit bortanför byn, förhållanden som naturligtvis skulle kompenseras på lämpligt vis när lägenheten inne i byn var beboelig igen. Brevet var undertecknat av Leena.

Man tar bussen norrut från byn. Efter cirka två mil släpps man av ute på den lilla landsvägen, som skär genom en gråvit skog som är svår att föreställa sig slutet av. Man ser inte att det är en hållplats eftersom skyltstolpen är avklippt på mitten. Bussföraren stannar på känsla. Från hållplatsen promenerar man tillbaka en och en halv, kanske två kilometer (man vågar inte gå på själva vägen utan pulsar framåt i drivan intill så att skorna är genomsura och sockorna helt plaskvåta när man kommer fram) och man fortsätter sedan in på en något mindre väg, som i rät vinkel sticker av från den större.

Stugan ligger placerad till vänster en bit in från vägen mitt i en kraftig gip utan stigar eller andra avgränsningar. Inomhus blir det aldrig varmt, man håller kylan i schack med hjälp av en rostig kamin som står uppställd i ett hörn i vardagsrummet. Nej, det finns ingen här som hugger veden. Vedboden står alldeles intill stugan.

En bäddsoffa finns det och ett matbord. På bordet står en vas med buktande hals. Ett pentry har jag också, och ett litet sovrum med våningssäng. Ett toalettrum, ett sprucket handfat, ingen duschkran. Det finns en första hjälpen-låda, tackar ödmjukast för vänligheten och omtanken. Väggarna inomhus är beklädda med pärlspont. Tapeten är ljusaktig med blått, blomliknande mönster som gör den mörk. Om jag skall hinna med frukost måste jag stiga upp senast fyra för att inte missa halvsex-bussen. Nästa bussen kommer inte förrän en timma och femtiofem minuter senare. Jag har redan blivit rejält försenad två gånger och jag såg på eleverna och mediterade över nåden, som blir dyrköpt om det händer en gång till. Det finns varken fax eller telefon härute så jag kunde inte förvarna receptionisten.

Eftersom det var dåligt väder i helgen, halvdager och snålblåsten och därefter nya snöfall har jag ännu inte sett platsen där jag bor i ordentligt dagsljus. Snön ligger dessutom nästan metertjock över gipen. Jag är tvungen att skyffla undan lager efter lager med en skovel som jag har måst köpa själv.

Långt där bortöver bryts barmarken av skogen igen. På andra sidan vägen står den tät, man sitter och blickar ut. Man tittar på de gulbleka ljusen som förflyttar sig fram och tillbaka mellan träden.

Det brinner i kaminen. Men det är kallt, man sitter och

skriver, man behåller ylletröjan på. Jag har raggsockorna, dem jag köpte i lördags. När jag beger mig hemåt om eftermiddagarna måste jag veta vad som finns i kylskåpet och vad som saknas. Det har redan varit att jag lägger mig utan kvällsmat. Natten till igår stod jag inte ut, jag steg upp och åt mig mätt på hårt bröd och socker. Jag har bestämt mig för att det inte skall hända igen.

Jag sitter således kort och gott och nyper mig med jämna mellanrum i armarna. När jag har skrivit färdigt skall jag promenera. Det har slutat snöa, jag får skotta rent framför dörren igen. Det får bli en vandring längre in i skogen, längre bort från storvägen. Då passerar man ytterligare två stugor men det lyser inte inifrån någon av dem. Snön hotar redan stommar och bjälkar med sin tyngd. Jag såg i dem avstjälpningsplatser för murken brasved innan jag tittade mer noggrant. Sedan kommer en affär som ser ut som en övergiven villa. Men det hänger en skylt på dörren med påskriften STÄNGT så det bör ha funnits något att köpa. Utsidan består av smutsig och sliten tjärpapp, det är ett ruckel.

Och jag har tänkt. Du, som känner mig bättre än någon annan och bättre än jag själv, anar givetvis att jag haft planerna på att någon gång under jullovet söka rätt på den okända kvinnan, den biologiska modern, den med namnet Ulrika Bremer, resa och leta opp henne, om inte annat för att slutligen få klarheten, en klarhet för vilken döden skulle vara ett lågt pris att betala. Men det går icke ihop, varför skulle någon riskera karriären och anseendet och friheten bara på grund av hämndbegäret? Det kan inte vara denna för mig okända person. Hon vore bra dum, kopplingen är för stark. Nej, det stämmer ej. Jag tror att jag slutgiltigt slagit det ur hågen.

Det vore kärkommet om renoveringen av lägenheten går undan så att jag kan flytta tillbaka till byn. Samma morgon jag packade om mina väskor och skumpade ut i ödemarken fick jag ett nytt brev. Meddelandet är skrivet med samma maskin på ett liknande papper, fast rosa och den här gången utformat som en gris. Texten lyder: *du lyssnar inte trots vad du gjort mot mig nästa gång ska jag därför tralalalatjofaderalla döda dig*

ps tro inte att du kan luras genom att uppge falskt namn jag känner mig nästan sårad jag följer dina mått och steg jag vet vem du är åke stedler jag hatar dig i evighet jag tycker inte om att leka vad skall vi leka nu ds

Jag vet vad Eva skulle säga om hon såg mig: Koncentrera din kraft på sådant man kan beröra fysiskt. Sådant man kan handskas med, rengöra, förändra utseendet på. Det är inget dåligt råd. Jag gör bäst i att hörsamma det, så som jag också hörsammar Dig, då Du talar.

Dörrlampan är trasig.

Jag hade ett projekt: låta Faust i första boken ställas mot huvudpersonen i *Horlan*. Under tre år använde jag all min lediga tid åt litteraturstudierna, under tre år lyckades jag skrapa bort lite grann på ytan. Goethe föddes hundra år före Maupassant men i böckerna finns intressanta jämförelser att göra.

Du vet eftersom vi har talat om det, jag uppskattar det: att Du lyssnar både till glädjen och sorgen. Jag fick aldrig någon att tro på projektet. Det finns ingen överlappning, påstod de. Inget i tematiken binder böckerna till varandra, menade de. Goethe var i stort romantikern till skillnad från naturalisten Maupassant. Det finns ingenting om den rationalistiska vetenskapens risker som kan sammanklinga med skräck och paranoia. Det är det vanliga sättet att lägga ut sig om de bägge böckernas inbördes förhållande. Jag har dem stående på matbordet, pärm vid pärm. Det är ensamheten som drar skuggvarelserna på sig: då kommer besökarna. I åkerstubben ser Faust en svart hund som han tar för ett andeväsen. Hans famulus lugnar ned honom, det är ju bara hunden. Men djuret följer honom hem och börjar förvandlas. Mot det som pågår förslår inga försök till ockultism och andebesvärjelser, formlerna har inte del i djuret, den onde är redan materialiserad, genom dunsterna framträder en vandrande skolast. Jo, detta har jag vetat länge: Lärdom är den säkraste vägen till fördömelse.

Horlan har man föreslagit är en projektion av huvudpersonens ångest. Ämnet är människans utsatthet, frågan om identitet, kris och så småningom personlighetsklyvningen. Ibland hör man kritikerna säga att huvudpersonen i sin ensamhet skapar sig en slags tvåsamhet med hjälp av Horlan, vari en ny slags människa skall resa sig och dominera den gamla. Även Faust ser i sin oheliga allians en chans att taga sig in i det allra heligaste. Där skall han finna den ekvation som sammanfattar allt i himlen och på jorden. Men det hjälper inte. *Le hors-là*, Den som väntar därute, skall taga huvudpersonens själ i snar besittning. Detta har Den allaredan gjort.

Dessa böcker suggererar mig, som konsten alltid gör när den är som bäst. Men suggestionen är inte sanningen. Det förmätna slaget om själarna har framställts allt sedan Prudentius, eller ännu tidigare. Ifall jag hade Ditt medgivande, skulle jag tänka att först när det politiska och psykologiska och konstnärliga blir hundraprocentigt religiöst, blir det på allvar bekymrande.

Ja, bekymrande är ordet, förmätet. Varför?

Svar: därför att slaget mellan de goda och de onda änglarna inte kan symbolisera någonting.

Det första tecknet kom för dryga veckan sedan, jag hade just gått och lagt mig. Det var tjugofem minusgrader utomhus och det gick inte att urskilja grantopparna mot himlen. Man ser inte längre ljusen som har glimrat på andra sidan vägen, har jag bara inbillat mig att man kan följa djurens rörelser därinne? Jag köpte den nya dörrlampan häromdagen men har inte lyckats få bort kåpan runt den trasiga. Man har snön att tacka för att man ser åtminstone två och en halv meter framför sig när man kikar ut (till lillvägen är det ungefär trettio). I själva verket låter jag alltid en liten läslampa vara tänd på natten. Tapeten med blommorna, av lampan förvrängda till stora insekter, är min sista syn innan jag somnar. Nu låg jag i min säng och lyssnade.

Jag tyckte mig höra det karaktäristiska ljudet av fotsteg i snö: det knakande och knarrande ljudet som jag hör då jag själv företar promenaderna. För ett ögonblick undrade jag om det var hörselminnet som spökade. Till slut samlade jag modet och ställde mig i dörröppningen med ficklampan och lät ljuskäglan åka tvärs över snödrivorna. I och med detta upphörde inte knarrandet, men genom att gå ut hade jag bevisat för alla att jag inte stänger dörren för någon som färdas i området. Hade man ont i sinnet skulle jag ha visat prov på vaksamheten och till och med själsstyrkan.

Morgonen därpå rök det in och det blev att jag måste upp på taket. På kvällen erinrade jag mig nattens händelser och känslan av förlamning. Jag hade på nytt upplevelsen av att någon gick omkring därute. Den här gången hade jag inte gått och lagt mig. Jag fick som en idé och vart fullkomligen vild. Jag släckte överallt. Nästa förmiddag, det var lördagen, skyndade jag mig ut till vägkanten.

Där fanns inga spår. Inga avtryck någonstans, hur man än tittade såg man ingenting. Det led mot afton och jag gick till sängs. Jag låg vaken halva natten.

Jag väntade förgäves.

Nästa kväll kom ljudet tillbaka.

På morgonen låg snön jämn och nyfallen över gipen och några spåren efter stövlar eller skor med grov sula upptäckte man ej, det fanns ingenting att se på grund av nysnön. Men det var mörkt och min ficklampa kanske inte gjorde saken rättvisa.

Jag blev stående tills jag hörde plogbilen stånka förbi utefter storvägen. Jag slog upp fönstret på vid gavel, det var ett par dagar senare. Jag hade ficklampan och jag förväntade mig spår som gick runt knutarna, att det var som tydligt att man vandrat flera varven runt stugan åt bägge hållen och lämnat en mängd avtryck och upptrampade ytor efter sig.

Icke. Mina egna spår.

I övrigt ingenting.

Här kan man stanna upp ett slag och fundera. Man kan diskutera huruvida det gör någon skillnad om det faktiskt smyger omkring någon därute eller om ljudet är en projektion av psykisk stress. Frågan är märgfullt hypotetisk. Du behöver inte vara orolig för min andliga hälsa. Är inte det viktiga att jag vet att det inte finns någon Horla? Är det att lektionsplaneringen, rättningen av uppsatser, att allting blir lidande? För att vårda mig om mina arbetsuppgifter och inte lämna allt åt ödet blir jag tvungen att dricka omåttliga mängder kaffet. Jag kokar starkt kaffe och te, spiller ut hälften, kokar nytt. Jag har svårt att komma till ro så länge det är tyst utanför stugan. När stegen närmar sig vet jag att jag kan göra mig iordning för natten.

Hör jag ingenting kan jag sitta i timmarna i pentryt och uppleva att jag inte hinner samla ihop tankarna. Detta slår mig där jag sitter och jag mumlar till mig själv: Jag måste få tiden att tänka. Det är så mycket med arbetet, måste snart taga ledigt. Det är absurt som det är.

Förra veckan höll det på att gå illa vid rakningen, sedan dess låter jag kniven vara. Även hållningen med ved har blivit ett större omak än när jag flyttade hit ut. Jag är rädd att hugga mig i benet.

Jag har minnesluckorna. Jag vet inte om jag har ätit. I torsdags eller fredags morse hann jag ända ut till storvägen innan jag märkte att jag varken hade mössan eller jackan. Jag somnar alltid på bussen på hemvägen. Föraren väcker mig när det är dags, då mörkret redan för länge sedan har etablerat sig. Det är en vänlig själ, föraren med pannborsten och tjockläpparna. Han gör ett extrastopp vid lillvägen om han inte tänker på annat. Stedlers bordell, säger han ibland. Jag vill bjuda honom in i stugan men vågar icke fråga, han har rutten och jag känner honom ej. Under dagen tänker jag ut ett skämtsamt svar men jag säger ingenting, stiger istället tigande ned i snön och balanserar mig bortåt den sista biten.

Ibland kommer chocken över mig. Jag tror att jag är naken, i frusenheten kurande på mitt säte i bussen och jag vill inte visa mig för honom utan sitter kvar då han stannar. Jag

tänker: Det beror på kallklimatet, det blir tvärtom i dröm-
marna.

En dag försökte jag göra något. Det var sent på eftermid-
dagen. Jag gick ut ur stugan och fram till lillvägen utan en
klädlapp på kroppen. Och jag masserade lemmen under
det att jag trippade framåt, för att hålla någorlunda liv i den
och Du vet att ensamheten skapar sådant också: maktfull-
komligheten. Man tänker: För människan är ingenting på
jorden opassande. Man formulerar reglerna på egen hand.
Man behöver inte taga några hänsyn. Och jag ställde mig vid
vägkanten och fortsatte massera och smeka mig där ned och
det kom ingen, inte ens ekorren och lemmen påverkades
av beröringen och reste sig. Det var ett odelat fysiologiskt,
objektivt skeende, tankar och känslor var det ej. Sexualdrif-
ten har jag icke härute.

Innan det hände trodde jag det knappast, först att det
skulle vara omöjligt. Termometern visade trettiofem minus-
grader. Under natten låg jag vaken i kraftig vånda. Det var
som glödande nålar perforerade mitt skinnet och i synner-
het underlivet. Och jag erinrade mig en sardonisk människa
från Hjo, det var under en fortbildningskurs någonstans i
landet och vi hade några stycken en uppgift tillsammans, jag
minns icke vad. Det blev diskussionerna och Hjobon sade:
Stackars den som är dum och kommer från Närke. I Selma
Lagerlöfs roman skall det ju vara Värmland men han änd-
rade det för min skull och med detta gjorde han intryck på
mig, att han lagrade citat och ordalydelser och kunde plocka
fram dem vid behov. Jag upphov icke min röst till försvaret
utan gav honom mitt tysta erkännande. Sedan dess har jag
lärt mig att vara sparsam med språket.

Jag somnade i alla fall till sist. Då drömde jag på nytt om

nakenheten, lemmen som blånade av kölden och över alla kroppsöppningarna bildades en ogenomtränglig hinna. Jag vittrade långsamt i bitar. På morgonen tänkte jag: Det finns alltid ett bättre sätt.

Ibland när jag gått till sängs får jag en föraning om att de står utanför dörren, värnade och främjade av det kompakta mörkret, och väntar på något misstag från min sida. En enda tanke uppfyller buken och ger mig en mättnadskänsla som ingen mat kan ge: att det vi lärde oss i barnkammaren om vänligheten, kärleken och sederna är en slags metod. När som helst skall ytan krackelera och gnissla isär och utstöta myckenheten av ondskan och innan man lyckas mota ned den igen eller begränsa dess verkningar kommer jag att se mig och Eva och vårt förhållande, som för första gången i verklighetsbelysningen: förtunning, söndring och skingring, sängkläder som icke vill bli rena.

Men jag anstränger mig. Jag gör lite av varje, uträttar små-sakerna och försöker systematisera min tillvaro. Undervis-ningen är en slags hjälp genom att den distraherar mig och får in mina tankar på andra banor. Men varje eftermiddag måste jag packa ihop stencilerna och böckerna och pär-marna och lämna byn. Bussen slingrar sig framåt allt under det att den anfäktas av grenarna som böjer sig ned över vägen. Jag skyndar mig att hugga min ved och tända i kami-nen. Matbordet har jag baxat undan för att vedtravarna som jag tänkt stapla utefter väggen skall få plats. Maten äter jag vid diskbänken.

Elden i kaminen måste vara tillräckligt kraftig för att de-ponera en värme som räcker åtminstone till midnatt, helst längre ändå, men samtidigt så liten att den är helt utslocknad när grantopparna smälter ihop med himlen. Mörkret faller, över stillheten långsamt, i början fast allt hastigare snart. När inga skiftningar i landskapet kan förnimmas börjar knarrandet från snön, det eviga knarrandet och knakandet runt stugans knutar.

Jag lyckades få loss kåpan över ytterdörren. Den gamla glödlampan var rostig och jag fick kämpa för att skruva bort den. Nu lyser det natten igenom. Men ljuset från lampan kastas över tomheten. Trots ljuset ser man inte mycket.

Bussen fick motorstopp. Det hände en av de där dagarna då jag måste springa till stationen med pärmarna och böckerna under armen och jag tappade dem ett par gånger medan jag snubblade framåt och flera papper blev som alldeles fuktiga och några revs tvärs itu då jag krånglade ned alltihop i väskan. Bussen stannade mil från stugan, det var bara jag och en äldre man jag sett några gånger, han har ankellång pälsrock och långt vitt hår. Jag tror att han kommer från någon av de andra byarna häromkring.

Och föraren tittade på motorn och jag stod snett bakom honom hela tiden och han sade: Alldeles död. Som självaste fan, och han skakade flera gånger på huvudet. Till slut anropade han högkvarteret. Det meddelades att ett mindre fordon skulle plocka upp oss. Värmen från bussens motorer skulle klara oss en stund så det var ingen fara ansåg han. Jag tittade på klockan, satte mig tillrätta och försökte få ordning på pärmarna. De fuktiga pappersbuntarna hade i avsnitt blivit alldeles vågiga. Bläcket hade smetats ut över några ark.

Jag tittade på klockan igen. Föraren trodde väl att jag behövde sträcka på benen, han märkte inte att jag gick. Det var ännu inte det tunga och ogenomskådliga mörkret men hårdheten i kylan tog mig med överraskning. Ben och armar började molvärka trots att jag höll ett högt tempo för blodcirkulationens skull. Det dröjde inte länge förrän jag gnällde jag som en hungrig katt på grund av smärtan i ansiktet. När jag äntligen var fram vid stugan tände jag i kaminen och klädde av mig som jag hört att man skall. Jag knådade mina lemmar och jag försökte väcka liv i fingrar och tår och sedan tog jag värktabletterna. Jag lade ut de skrövlade arken på sängen och på golvet framför kaminen. De trasiga kunde jag fästa samman när de torkat. Jag drog på mig nya kläder och satte mig med en bok. Tiden gick. Jag lade lyssnande boken ifrån mig. Jag släckte alla lampor i stugan. Jag ställde mig som vanligt på post i hallen.

En kort stund senare kom de. Det lät som ett par stövlar, inte mer. Under några korta ögonblick tänkte jag: Det är för stunden, det är det varje gång. Snart tystnar det. Snart är de borta.

Då bultade det på dörren och ryckte i klinkan så att det skallrade om kannor och fönsterglas. I realtid höll det inte på länge, men jag tänkte att under tiden och medan det varade hann jag bli gammal. Det var sövande och nästan som känslan av tomhet att inte längre vara främmande för något. Timret motstod prövningen, någonstans förstod jag att bultandet och skallrandet skulle upphöra. Det gjorde det. Men förståndet vek sig och jag tände i vardagsrummet, och med en ordentlig träklabb i handen rusade jag ut och jag slirade omkring i snön och i ögonvrån såg jag en fantomgestalt som med långa kliv var på väg fram runt stugknuten.

Och Heidegger, som vid trettionio års ålder efterträdde sin lärare som professor på universitetet i Freiburg, sade att vår relation till världen inte är en relation till kända ting utan till något, som just står i begrepp att användas av våra händer. Vi kan stå framför en spegel i timmar och efteråt kan vi inte svara på hur ramen såg ut. Därför är Dasein inte så mycket beteckningen för varandet som en aktivitet, är inte jag själv, utan frågan: Vem är jag?

Prins Otto av Grossenmark levde näst intill uteslutande i ett enda litet fyrkantigt rum längst in i den labyrint av rum och salar och korridorer som hans storslagna, imponerande slott bestod av. Och i detta lilla rummet hade han låtit konstruera en ihålig skänk med löstagbar botten, och där under skänkens botten fanns en utskuren lucka i golvet genom vilken han lätt kunde hala sig ned och lägga sig i en konstgjord grop, inte större än att hans magra kropp nätt och jämnt fick plats.

Nietzsche prisade dånet av vrålande krigshärar och våldsamma drabbningar, men var rädd för kor.

Edgar Allan Poe avskydde schackspelet därför att det var alltför lyriskt: liksom en dikt är schackspelet fullt av tornen och hästarna och budbärarna och kungligheterna. Damspelet tyckte han om, de svarta brickorna var för honom såsom punkterna i ett diagram.

Och jag vet inte hur det gick till. Jag har ingen exakt beskrivning att komma med. Gestalten låg halvt begravd i en driva och det kan ha varit att jag slungade klabben i huvudet på honom för nästa morgon upptäckte jag blodfläckarna i snön och klabben var mörkare en liten bit och skavd på mitten och varelsens huvud hade ett otäckt köttsår på ett ställe rätt högt oppi pannan. Detta noterade jag när jag släpat in honom och vältrat upp honom i soffan.

Klockan var inte mer än halv elva. Varelsens ögon var slutna och från pannan blödde han tungt. Jag kontrollerade andningen. Blodsutgjutelsen hejdade jag genom att pressa handdukar mot såret och fästa dem med ett stycke gasbinda som jag först vevade flera varven runt huvudet. Han var svidande kall i hela kroppen och det var nästan värre än såret detta med armarna och benen, som var frostbitna och alldeles oböjliga av köld. Han glittrade av isen i ansiktet. Hans ögonbryn var omänskligt vita. Jag fick av honom kläderna och svepte in honom i filtar, tog hans händer och andades på dem och strök dem mot mina. Jag virade av honom filtarna och grävde ned fingrarna i det magra hullet och lät dem gå systematiskt fram. Jag tog själv av mig och vältrade mig över honom och omfamnade honom som jag sett folk göra på film.

Jag intresserade mig inte för mera, om det pulsade omkring flera därute. Jag skällde på den skadade. Jag skulle vara tvungen att schackra med mina besparingar. Det fanns ingen annan därute men vissheten medförde ingen känsla av seger. Man lutar sig anstormad och snärjd över kanten på trädnymfers och gråhamnars och vidunders brunnar. Men det är i konturerna av en människa, i själva släktlikheten som allt måste sammanfattas. Inget är värre än det.

Vad mer kan jag säga? Han låg blödande inför mig, oförklarad i min soffa och jag fortsatte att förbanna och huta åt honom, i rummet vanka omkring en god stund innan jag lugnade mig. Jag satte mig grubblande ned. Föra honom till läkaren var inte att tänka på. Hur skulle jag bära mig åt rent praktiskt? Dessutom skulle man tvinga mig att svara på besvärliga frågor. Det finns inte mycket i stugan som kom till pass och första hjälpen-lådan är i behov av inventering. Det finns inget att sy ihop sår med, och jag har ej förmågan. Till slut slet jag ut madrassen under soffan och lade mig utan att byta om.

Natten blev lång. Ett par gånger slumrade jag till men vaknade nästan genast av att han jämrade sig, smackade med läpparna, yttrade någonting obegripligt. Han svarade icke på tilltal. Under gryningstimmarna klämde jag till honom rejält i midjan, han suckade djupt av stöten. Jag rättade till förbandet och försökte ge honom vattnet. Han spottade och satte i halsen. Jag trodde aldrig på allvar att han skulle dö men visste att han måste dricka och såret förstås, något måste göras åt såret. På morgonen tog jag som vanligt bussen in till byn. Det är sagt att om jag inte är där vid första lektionen är jag opasslig eller kan av annan anledning inte komma. Men någon kunde få syn på mig. Jag letade upp en telefonkiosk och ringde Birgitta, receptionisten. Jag sade att jag hade värken i bröstet och ryggen och ont i halsen och allt helvete under och över hela denna jordliga krets, att jag måste förbi apoteket och därefter handla maten. Hon sade: Man kan komma ut med sakerna.

Jag förklarade att allting var som ordnat redan och hon ställde inga frågor. På apoteket skaffade jag mig förnödenheter. Jag handlade stora mängder maten. Jag fick vackert taga en taxi tillbaka.

Min patient knep ihop ögonen när jag rullade upp gasbindan och lösgjorde handdukarna. Vi hade tur, såret var inte så djupt. Med tre plåster och lite grov tape blev det bra. Han var tvungen att träffa läkaren men hur skulle jag ens gå tillväga? Han avfärdade inte vattenglaset. Och jag vart orolig igen. Tänk om han ådragit sig köldskadorna? Man har hört om folk som de fått kapa fötterna och händerna på därför att de varit för länge ute i kylan. På kvällen upptäckte jag att sängkläderna var blöta. Att byta och göra rent var ett hopplöst förbannat slavarbete. Det var svårt att vända på honom och handdukarna var knöliga av stelnat blod. De mjuknade alltinunder det att jag torkade opp efter honom och efteråt var jag trött, började jag gå omkring igen. Det var varmt trots kylan. Handdukarna som spred motbjudande dunster omkring sig gav ingen svalka. Jag byltade ihop sängkläderna och stoppade dem innanför tröjan. Jag drog dem över huvudet och utstötte spöklika skrik. Jag sparkade ihop dem på golvet, tillsammans med handdukarna, och uträttade mitt behov över alltihopa. Han märkte inget.

Under natten som kom låg jag på madrassen och lyssnade till hans andetag och jag tänkte på Eva, på barnet, på lägenheten som också är min. Evas andning var det sista jag hörde innan jag lämnade dem och begav mig norrut.

Det bästa vore att återvända till arbetet på måndagen. Ja, på måndagen var jag tvungen att visa mig på arbetet igen. Men jag måste vaka över honom, och jag måste taga hand om honom, och jag måste få opp honom på fötter. Han fick åtminstone inte bli sämre.

Den natten blev det några timmars sömn. Nästa dag var det vackert väder. Han drack all vätskan jag gav honom, han ville inte äta. Jag hoppades innerligt att inte såret skulle infekteras.

Det sades ingenting mellan oss. Jag gjorde mitt bästa för att hålla pannan ren, baddade den varje timma med desinficerade bomullstussar och däremellan gjorde jag mig promenader för att få lite omväxling, eller satt och vakade. Det var förunderligt att se honom! Bäddsoffan var för kort, även mina byxor var för korta. De smala benen stack ut som på fågelskrämman. Tills han återvann styrseln i armar och ben fick jag vara tillstädes och hjälpa till. Jag fick kavla ned byxorna och arbeta ned lemmen i halsen på den buktande vasen. Jag borde ha köpt plastpåsarna. Resultatet hällde jag ut i toaletten eller i snön på baksidan av stugan. Det fungerade bra och när jag kom hem på måndagen fann jag honom sittande på bädden med en av mina böcker bredvid sig. Det var en bok i språkteori och samma kväll fick han ögonen på ett arbetshäfte, *Systematiska övningar* och han lyfte opp häftet med bägge händerna och för första gången såg jag hans tänder ordentligt. Det var som konstigt tyckte jag för det där häftet ingår ju i kursen. Han kände igen det, om det möjligen var därför han blev glad.

Lite gröt trugade jag i honom. Jag ordnade så att man kunde sitta vid matbordet. Sedan hämtade jag flaskan med apelsinlikör. Han undersökte den, vände och vred på den. Han drack ingenting och jag erbjöd honom inget glas. Jag tänkte att det var ett misstag att visa honom flaskan. En av mina lektorer sade en gång att det finns ingenting så jävligt som en full neger. Det var under en studieresa.

På kvällen ville jag undersöka såret men han lade sig inte. Jag gjorde ett försök att titta på honom där han var. Det var inte lätt men han sade inget och jag tyckte att såret verkade läka, ett fult ärr kommer det emellertid att bli. Jag ställde mig att diska. Han fick lite mat. På natten snarkade han, de sällsammaste ljud fortplantade sig i hans strupe och ströps om vartannat.

Om eftermiddagarna när jag kommer hem kan jag urskilja honom redan innan jag når fram till den skyfflade gången. Han sitter på sin bädd, aldrig vid bordet. Nacken är kraftigt vriden framåt så att huvudet döljs av skuldror och axlar. När jag stiger in ligger *Systematiska övningar* bredvid honom och några andra häften som också är mina. Hans lukt har satt sig i stugan. Den retade mig i början, nu känner jag den bara när jag återvänder från arbetet. När jag öppnar dörren slår den emot mig.

Han har raggsockorna. Han verkar tro att jag har skänkt honom kläderna han har. Maten äter han, faten är på eftermiddagen skinande rena, jag lägger inte opp storportionerna, förmodligen är det inte tillräckligt men han klagar ej. Framemot kvällen börjar han tala. Då lyfter han opp något av mina häften, en bok, och han skakar beundrande på huvudet. Bra, säger han. Kanske hoppas han att jag skall ge honom fler saker. Silvertackan har jag gömt.

Jag fortsätter att se om såret i pannan. Maten står färdig bort på köksbänken. För huvudet har jag bullat opp med kuddarna, han ligger med två filtar om sig, iklädd mitt underställ och en skjorta som jag haft i många år. Den är brun men har bleknat betydligt sedan jag köpte den. På honom ser den nästan vit ut.

Det glöder i vedkaminen. Jag har flyttat tillbaka till sovrummet. Trots att jag stänger dörren störs jag av snarkningarna. Klockan är kvart över ett. Om tre timmar stiger jag opp och samlar ihop mina saker, slamrar onödigt högt med skedar och kastruller och går. Står man ett stycke bort på lillvägen tar sig stugan ut som en knappt förnimbar nyans i gryningsmörkret. Inte heller något i stugans närhet avslöjar sig. Taket och vedskjulet täcks av nederbörd, träden är om dagen vita. Gipen är utgrenad och platt men närmare vägen har det bildats snäckformiga drivor och man fantiserar fram att djurkroppar ligger utspridda och begravda under snön. Men jag förblir frisk. Jag ser alltihop utifrån en bedömande människas synvinkel.

Jag räckte honom uppsatsen och han tog undrande emot den. Det blev att han tummade runt på den, han handskades med den med försiktiga, utforskande grepp. Jag anmodade honom till matbordet. Uppsatsen hamnade mellan oss och vi hade den fransksvenska parlören inom räckhåll. Jag läste meningarna högt och gjorde en paus vid varje oklarhet. De franska orden skrev jag på ett separat papper. Efter varje ord präntade jag noga ned den svenska översättningen med knyckiga och kraftiga bokstäver som han inte kunde misstaga sig på och inte undslippa. Han måste läsa efter. Några gånger fick jag föreslå ordalydelsen.

Han gned tummen mot de övriga fingrarna. Rika, sade jag. Vi sökte tillsammans i ordboken. Han nickade, och han sken opp och blev storögd. Han försökte upprepa ordet och han gjorde åtbörder och talade halvspråk. Jag uppmuntrade honom till en början. Strax därpå hade jag som genomskinliga klot som flöt omkring och mina ögon värkte. Jag höjde handen för att få tyst på honom och sedan höll jag stående ett långt förmaningstal, han satt fortfarande. Man kan icke hysa tallriksnuggaren och hålla med maten och husrummet när man borde tänka på sitt egen uppehälle. Han nickade välartat och mot slutet fattade han tag i min ena arm och fick mig nedåt, mot stolen. Jag skall sova, sade jag.

Eivor är mer än lovligt grå och har dessutom någonting osaligt över sig, kanske därför att hon ser att Ing-Marie inte uppför sig som vanligt. Får jag problemet med någonting vänder jag mig fortfarande till henne, till Ing-Marie. Då hjälper hon mig, inte raskt och muntert som hon brukade utan med rörelserna och apparansen och minen hos en som är till åren eller har kroppsliga besvär. Jag vet att hon börjar komma över den där kvällen när vi åt skaldjuren och dansade och hade vårt första gräl. Häromdagen fick jag till och med ett leende: hon tycker att jag passar i skägg.

Kaffekoppen står alltid diskad på min plats. Jag försöker uppträda som vanligt. Det är bara vi tre och vi måste lita på varandra, personalrummet och korridorerna utgör vår gemensamma värld. Den enes liv överlappar den andres.

Men efter sistlektionen häromdagen stod de inne i Eivors klassrum och skrattade lågmält bägge två. Jag förstod det som att det inte hade någonting med mig att göra. Jag ville gå därifrån, så upprörd blev jag fastän jag inte hade något skäl därtill.

Receptionisten räckte fram ett brev. Jag vet inte varför jag fick det av henne, hon sade bara att det blivit något slags missförstånd beträffande utkörningen av min post. Jag hade dittills inte tänkt på posten en enda gång, att även brev skulle ha svårigheter att hitta fram till rätt adress. Därefter gav hon mig en lapp med ett telefonnummer på. När jag såg riktnumret bad jag att få låna telefonen omgående, Birgitta såg mellan fingrarna på att det var riks. Det var en kvinna som svarade och jag hörde inte genast vem det var, bara att rösten lät skorvig. Hon är död, sade kvinnan när jag presenterat mig. Det var en olycka, en buss körde rakt över henne när hon skulle korsa en gata i München. Vi har försökt men inte lyckats få tag i dig.

Det lät på henne som att jag var en av de första hon kommit att tänka på att meddela, som om jag vore inblandad i familjens vidare öden och sorgligheter. Dödsolyckan inträffade egendomligt nog just samma dag som vi satt och samtalade, jag och kvinnan och hennes man, på den där restaurangen. Ulf och Bertil har redan varit på begravningen, sade kvinnan.

Jag sade: Vem sjutton pratar vi om? Men jag hade naturligtvis förstått, för ett ögonblick tänkte jag rent av att det var hennes röst jag hörde, fuktig som jorden, avgrundslik.

Ulrika, sade kvinnan. Ulrika Bremer.

Hon ville minnas att jag frågat om henne.

Och jag fick som hugget i hjärttrakten när jag läste brevet, som var från Eva. Hon är ledsen för allt som hänt och hon tänker alltid på mig och är det måhända därför hon ser mig uppenbarad kring den lilles ögon. Alla barn behöver en riktig far att se upp till, en som är närvarande. Detta har hon rätt i givetvis, men utvecklar inte tankegången utan lämnar över åt mig att reflektera vidare.

Därefter skriver hon endast att barnet utvecklas som det skall, hon är regelbundet på kontrollerna med honom. Han har mjölkskorven och ligger något i underkant med vikten, men han sitter med kuddarna bakom ryggen och han visar att han är med, han är en vaken liten krabat. Hon har köpt leksakerna. På jobbet tycker hon att det går bra. Hon undrar varför jag inte skriver. Hon kan inte veta att det är för hennes och barnets bästa. Jag tar inga risker just nu.

Någon gång kring jul skall jag resa hem till henne. Jag skall taga henne med till det finaste stället i stan. Där skall vi gå igenom alla missförstånd. Vi tar promenaden hem till lägenheten. Och hon skall taga min hand. Och i nattens mörker syr vi ihop allting, älskar oss tillbaka längs hela vår historia och syr ihop den. För femtioelfte gången tänkte jag: Det kan inte fortsätta så här.

Det låg en lapp på min kateder: *Vill byta några ord efter fem. Leena.* Efter sistlektionen väntade jag i närmare timman. I personalrummet var det avfolkat, även i receptionen. Det var inte timman, det var kvarten bara. Därefter hörde jag mitt namn ropas ut. Jag knackade halvhjärtat på fastän dörren stod på glänt. Han satt med pennan. Rummet är ganska stort men inte pråligt, där finns ett par väggbonader och en likadan ranka som den hemma hos Ing-Marie. Skrivbordet såg nyslipat ut men är inte påkostat. Han tittade upp och under ett ögonblick fastnade hans blick på mig, på skägget. Han pekade på en stol som stod skymd bakom ett arkiv. Han sade: Den här exercisen är inget jag önskar.

Han fortsatte att skriva. Det är en jävla exercis, sade han och jag undrade om det var papperen på bordet han menade. Jag drog fram stolen och ställde den en bit från skrivbordet.

Kommer ni överens? frågade han allt under det att han lutade sig över sitt arbete.

Jodå, det gjorde vi förstås. Men mitt svar lät ansträngt och han tycktes inte ha särskilt bråttom. Ing-Marie är skickligheten själv, sade jag. Och en god arbetskamrat.

Han sade: Jag har hört att det går bra. Och jag håller med dig. Även Eivor är obedunkeligen förtjust i henne.

Jag undrade om han missförstod mig med flit men det vart inte helt klart, detta att jag aldrig sagt att jag är förtjust i henne. Han krökte sig över skrivbordet och tecknade åt mig att komma närmare. Eivor fantiserar om henne, småviskade han och tittade snabbt mot dörren. Varför jag tror det? fortsatte han i normalt röstläge och lutade sig mot stolsryggen. Han smackade och plutade med läpparna. Han kastade ett öga bortåt fönstret till. Du har inte en fast anställningsform, sade han därefter. Men ifall du finge tillfället att fortsätta efter jul, hur skulle du ställa dig till det?

Jag öppnade munnen för att svara, men han gjorde en avvärjande åtbörd. Håll käften, sade han, och hans ansikte skulle av den objektiva bedömaren uppfattas som generöst och omtänksamt. Jag rodnade trots att jag gjorde allt för att se oberörd ut. För att kunna få fram något måste jag svälja. Det gjorde ont i halsen, jag svalde och det gjorde ont.

Jag tänkte: Det har börjat ganska olyckligt.

Han sade: Jag har friat, vi gifter oss till våren och bosätter oss på Södermalm. Där är vackert om sommaren, har du vart dit någon gång? Lägenheten ligger inte långt från Riddarfjärden och Gamla stan. Inte jättestort, fyra rum och köket, hundrafjorton kvadratmeter, han är mer än tillräcklig för oss. I ett rum skall flygeln stå som jag köpt åt henne, hon har avsikten att lära sig spela. Har hon sagt något om det? Åhå! När sade hon det?

Det minns jag inte, sade jag. Det var kanske förra veckan, eller för två månader sedan. Någon gång när vi har vart ned till stan tillsammans. Hur skall jag komma ihåg det?

Ännu medan jag talade stack hon in huvudet i dörröppningen, hon var således kvar. Mellan tänderna väste Leena någonting som jag inte kunde höra.

Hon gillar sporten, sade han när hon stängt dörren och gått därifrån. Vi har vart på fotbollen ned i stan och i Stockholm. Kan du tänka dig, en gång vart det som råkurret, spelarna angrep varann och slogs och delarna av publiken med, och de klättrade över inhägnaden och stormade in på plan. Och det värsta av allt: helvetet avbröts inte. Vad ger du mig för det? De fortsatte fan att spela, när det lugnat sig.

Han kastade huvudet bakåt och storskrattade. Och han fortsatte: Hon blir inte lika illa berörd av våldet. Men hon har inte vart ute i världen, hon har det mesta osett. Det är inte hennes fel.

Eftersom jag förväntat mig ett samtal om boendet hade jag förberett några punkter, framför allt de dåliga förbindelserna med byn och det arbete som uppvärmningen av stugan kräver. Men det vart bara att jag frågade: När får jag komma tillbaka till byn?

Åhå! Lägenheten! utbrast han. Visste du att jag själv övernattat i han? Jag var inte där så mycket. Det var under just den tiden jag arbetade som strängast. Jag arbetar fortfarande mycket. Hon accepterar det, hon säger att det tjänar hennes intressen lika mycket som mina. Har hon sagt det?

Vi berättar allt för varandra, sade jag.

Han sade: Ni gör det.

Han vred på skrivbordslampan. Jag såg henne, fortsatte han, första gången på en konferens i stan för fyra år sedan. Sedan möttes vi igen, ett par år senare, det var också i stan. Efter det hade jag svårt att sluta tänka på kvinnan med Ingrid Bergman-leendet. Det är inte förrän i höst som vi börjat gå ut. Jag uppskattar den sidan hos en kvinna. Att det fordras känsligheten och tålamodet, ifall att man vill komma någon vart. Man måste kunna urskilja stämningar och vara uthållig. Invänta den rätta tidpunkten, veta när den kommit.

För att ytterligare förödmjuka mig tecknade han i korthet hennes bakgrund, vilket gav mig tid att tänka. Hans röst var behaglig och kittlande rik på löften, ögonen glödde av intelligens. Ing-Marie växte opp i en liten by inte långt härifrån, inte olik den här. Hennes föräldrar bor fortfarande kvar, tre av bröderna har egna företag och den fjärde gifte sig med en amerikanska. För hennes egen del har det blivit Storbritannien och Norge. Föräldrarna är gamla, hon ser till dem.

Jag sade: Hon tror att hon har en bestämmelse att verka för kvinnosaken. Hon har sitt hjärta på rätta stället. Hon är stark och klok. Jo, jag är förtjust i henne.

Då ställde han sig opp och tog två steg runt bordet. Han hade ett resignerat leende och ögonlocken nästan slutna, som när man tittar på något vid fötterna. Han utbrast: Stedler! Och han skakade på huvudet: Pfjuh, Åke Stedler.

Han satte sig. Jag gick segrande ur rummet, jag stängde inte ens dörren efter mig. Jag kunde inte låta bli att gå tillbaka. Man såg att han stelnade till.

Jag tror inte att du var färdig, sade jag. Jag tror att det var mer.

Han sade: Har du en skruv lös?

Jag skall hjälpa dig på traven, sade jag. Så mycket kan jag säga att hon är en älskande människa, en med mycket sanning och mod och godhet och kärlek inom sig, mer än hon kan bära. Man får som en väldig respekt för henne.

Han kom efter mig, ut i korridoren. Vad gör det för skillnad, ropade han, om ni två bolar med varann. Är det pigan du tror jag gifter mig med? Tjänarinnan? Jag känner dig, Stedler. Jag har träffat dig många gånger redan. Ni lever som om ingenting har hänt. En dag är din sort borta och begraven för gott, men till dess skall du vara med henne. Var glad så länge hon vill ha det så. Men du vet inte vad kvinnosaken är för något. Du har inte en djävulens aning om vad hon ser framför sig när hon talar om den.

Jag hade stannat och väntat in honom och huvudparten av det sagda kunde han därför ha ur sig i vanlig samtalston. Ansiktet på stackarn var mörkt som synden, särskilt vid ögonen såg man att han var överansträngd. Han tog ett par steg närmare, tornade opp sig. Han borstade av sig någonting på ena ärmen. Jag sade: Vi är samspelt. Vi är som huggen ur samma stycket.

Han bugade sig djupt framför mina fötter. Jag fäste mig inte vid hans hånfullhet utan lämnade honom ensam. Kvällen var stjärnklar, jag promenerade hemåt. Saktmodet och självförtroendet var ett lysande stycke skådespeleri. Jag hade gåshud över hela kroppen, den var kvar ännu när jag gick till sängs samma natt. Jag trodde att jag fått febern.

Far har berättat att min mormor var rädd för böcker. Dem skall du icke ha omkring dig, dem skall du icke överlåta dig till, brukade hon säga till mor. Dem skall du undvika att besudla dig utav, genom dem kommer alla människor att bliva dina fiender.

Eva läser gärna hårdkokta deckare, Dashiell Hammett, Raymond Chandler med flera. Tidigare förströdde hon sig med pusseldeckare och annan nöjeslitteratur men på den tiden hade hon alla sina böcker inlåsta i ett skåp med gyllene luckor. En gång såg jag henne med *En sky av vittnen* i händerna. Jag satte hennes smak ifråga och hon svarade att jag kunde fara åt helvete tillsammans med vitterheten och boksyntheten och lärdomskonsten. Jag blev inte arg.

Jag har ålagt honom att kopiera textavsnitt. Ibland måste

han referera innehållet. Jag omformulerar frågorna och använder ständigt nya infallsvinklar vilket är tidskrävande och mödosamt.

Grammatiken är inget stort problem. Arbetet är slarvigt men han har som blicken för mönster och system. Uttalet irriterar mig. Jag förstår honom med hjälp av kontexten men talar han fritt om andra saker förlorar jag nästan genast tråden. Får han lovorden blir han mer utstuderat villig att förkovra sig och han sitter länge med böckerna och jag tvivlar på att han lär sig något. Han suger sig fast över bordet och han följer mig med blicken som han hade i klassrummet, när jag hade honom på kursen. Jag lockar och pockar med befallningarna och hoten. Jag dikterar meningarna, han säger efter. Jag hittar på allteftersom, han härmar mig och uttalar orden med konstlad färdighet. Jag berättade *sagor från Bobinacks land*, om den lilla gumman och den lille gubben som hade det så hjärtinnerligt trevligt på alla sätt och vis eftersom jag inte kom på något annat just då. Jag rör mig från vardagsrummet till hallen till sovrummet och tillbaka igen och när jag inte hör eller han tvekar för länge, repeterar jag drakoniskt hela meningen från början.

Han tycks mena att hans hemland är rikt på diamanten, hon skall breda ut sig i sjöarna och dammarna, hon skall täcka bottnarna så att vattnet gnistrar som en ljusomstrålad spegel. En fransk pilot som en gång flög över ett sådant område skall ha blivit bländskadad av vattnet och styrt rätt in i ett träd.

Han vart glad när jag begrep mig på honom. Jag visade honom ordet för diamanten, det är samma ord på franska och svenska. Han skrattade åt likheten och fingrade mig på axeln. Mitt medlidande höll jag stadigt i tyglarna.

Hade inte myndigheterna länsat vattnen? Frågan förstod han nog men han kunde inte förklara någonting. Han skakade besviket på huvudet flera gånger och utsöndrade harangerna på franska. Diamant, sade han om igen, och han gjorde några försök att med händerna forma tecken eller ting. Han gav opp.

Och vi bemödade oss om språkträningen och vi fortsatte med oförminskad styrka. Jag berättade sagan om de vilda svanarna, och sagan om den unge Kaj som fick som en deformerande flisa i ögat och min elev efterbildade framställningen, ord för ord och mening för mening. Han fick inte maten förrän efter midnatt.

Dagen därpå fick jag veta att lägenheten stod klar att användas igen. Någon måste ha skämtat. Högar av sågspån bildade små vallar mot lägenhetens väggar, spackelklumparna har lämnat fula märken efter sig. Sprickorna ser ut som om de behandlats av ett barn. Sängen stod på trekvart, ett ben är avbrutet. Jag har ställt dit en back.

Jag ringde Ing-Marie. Hon visste redan att lägenheten var klar, det har den varit ett tag redan, har du inte flyttat tillbaka förrän nu? Jag frågade om hon ville komma över på något glas vin.

Det kom inte på fråga. Hon sade: Carl har bett mig att taga fram underlaget för halvårsrapporten.

Låter han dig göra sådant? retades jag.

Hon svarade att hon älskar honom heligt, mer än detta skulle hon göra, såframt han bad henne.

Jag sade: Du blir väl själv rektor ifall han begär tjänstledigheten?

Sådant pjöllret, sade hon. Det gör han icke. Vi har allting klart, vi har planerat alltihopa. Vi är strax gift.

Är han Carl den svartsjuka typen? frågade jag och till min egen stora förvåning hörde jag mig säga: Skulle han bli arg om vi två bolade med varandra?

Hon skrattade: Du menar knulla?

Men hon bytte samtalsämne och började tjåla om utflykten till Hemavan. Jag skall med, sade jag. Och jag funderar på att taga min grupp med mig. Då skrattade hon igen.

Jag borde fortsätta röja opp i lägenheten. Men jag kan inte lämna honom ensam någon längre tid åt gången. Han verkar återställd, och såret är faktiskt läkt. Jag tror inte det vart hjärnskakningen. Men han tycks inte hemma på kokkonsterna och det finns en hel del annat han inte kan. Det som verkar intressera honom är den språkliga lärdomen. Han uttalar mitt namn och visar opp böckerna. Igår kväll läste han högt ur *Främlingen*, hela första kapitlet, han gjorde det på ett onödigt högtravande vis. Boken handlar om en man som inte förstår vad det är att uppskatta livet, inte begriper sig på vad det innebär att leva förrän det är för sent. Han nickade. Han sade det franska ordet för att leva. Vivre, upprepade jag och gav honom parlören tillbaka.

Det börjar vara min mening att det fanns ett högre syfte med ankomsten hitopp och allt som hände dessförinnan. Du har i Din stora visdom planerat allt. Det är inte första gången jag tänker att mina olyckor har något mytologiskt över sig. De får mig att hata allt som inte bär mot målet. Han har ingenting att yvas över, ett offer är han inte. Jag hatar honom för hans egen skull.

Ikväll frågade han om vi kunde gå ut. Jag fick min vanliga boulevard i tankarna, förbi den fallfärdiga lanthandeln, ytterligare någon kilometer djupare in i skogen och sedan tillbaka. Jag valde lanthandeln emedan det inte finns mänskor åt det hållet, än mindre bilarna eller annan trafik. Allt annat vore att taga onödiga risker.

Han verkade en smula strakbent, jag slog inte av på takten utan försökte sporra honom fram till min flank. Han vände opp ansiktet mot månen som bara är en knappt märkbar skiftning, en rosafärgad ansats, hårt trängd av de vältrande molnbankarna. Ett par gånger stannade han och satte handen till örat.

Han ville ej ha kvällsmaten, han läste resten av kvällen. Klockan har blivit halv två, han sitter därute och läser. Kring midnatt gjorde jag ett försök att få honom till handfatet och sängen. Då vart han som fjärran i blicken och jag hotade med att låsa sovrumsdörren. Jag vred om en nyckel i luften. Han undrade varför. Den franska accenten gjorde mig nästan rasande, han kråmade sig och skakade självsäkert på huvudet. Visslade, visade mig tänderna och visslade igen. Det var som att jag skojade med honom.

Jag gick på toaletten. På vägen dit hejdade jag mig, kramade fukten ur rockärmarna i tamburen och makade kängorna närmare varandra. Jag tänkte: Varför? Det kommer du att varsna.

Lucia var djupt religiös och en flicka från Sicilien. Hon vart anklagad för kätteriet men när bålet brann föreföll hon alldeles oberörd medan däremot elden kved och kastade sig fram och tillbaka av smärtan där han flammade och fladdrade kring hennes kropp.

Något sådant har jag för mig, att det var någonting i den vägen. Jag tror inte att de begrepp ett vitten av vad jag sade.

Jag tog en saffransbulle till. Då hördes ett gällt skrik bortigenom receptionen och det var egentligen inte skriket: det är så lugnt opp i lokalerna att allting tycks större och mer dramatiskt än det är. Det var den fläckiga och vithåriga gamla damen som jag tror att jag nämnt förut, samt pastorn i hennes församling. En polisinspektör hade de också. En kvinnlig elev passerade förbi och när hon såg uniformen vart hon rädd. Det berättade senare Birgitta, receptionisten. Hon är bekant med församlingspastorn och med den gamla damen, som heter Maja.

Ing-Marie hade gått och hämtat mig och hon gick före mig till personalrummet. Och jag tänkte på utflykten åt norröver till, som nu således skulle bli ordentligt fördröjd. Ing-Marie såg mer än lovligt irriterad ut, bort vid hissen talades olika tungomål. Inspektören var först med ordet. En av våra elever, en afrikan vid namnet Rémy Wencela, var anmäld försvunnen. Pastorn berättade om mannen, att han var på ett årslångt besök i församlingen.

Jag väntade på frågan som de skulle ställa, det var från inspektören den kom. Jag sade: Nej, har inte sett honom. Gick hem till hans lägenhet en dag och ringde på, det var ingen hemma. Har inte försökt igen. Ja, jag bor i en lägenhet här i närheten.

Han sade: Jag vet att ni tillfälligt har huserat några milen utanför byn, medan lägenheten renoverats.

Det stämmer, sade jag. Varför frågar ni?

Har ni alltså flyttat tillbaka till byn? sade han och jag måste tänka efter några sekunder. Ni har inte flyttat tillbaka, sade han och bytte sida i sitt anteckningsblock. Ni bor kvar därute.

Jag kom inte på något bra svar. Man har iakttagit er när

ni stiger på och av bussen, sade han.

Jag svarade: Jaså, och vad tänker ni att ni möjligen kan dra för slutsatser av detta? Jag städar, ställer iordning efter mig därute. Jag förstår inte vad ni menar.

Jag tänkte: Det här är endast ett förnicklat spel, ett försök att få det att låta som om hans utredning artar sig. Han måste famla efter uppslag, om han anställer ett förhör av detta slaget.

Jag menar ingenting, sade han. Ni har ingenting emot att vi kommer ut och tittar?

Naturligtvis inte, sade jag.

Han sade: Ni ser upprörd ut.

Jag förstår inte vad det här skall tjäna till, sade jag och Ing-Marie, pressad av den väntande hopen därute och av bussen som troligen var framkörd, kom till mitt försvar. Hon tyckte att det var som helt och hållet komiskt alltihopa. Hon sade: Han har väl stuckit sin kos eller tagit livet av sig. Vi är oskyldig. Varför är ni hit och anklagar oss på sådana lösa grunder?

Inspektören försäkrade att man inte anklagade någon, men han tog av oss ett löfte att kontakta den lokala polismyndigheten ifall den bortkomne visar sig åter. När vi kom ned stod Maja och väntade utanför entrén, hon log vänligt och visade att hon ville säga någonting litet mera. Bussen gav ifrån sig dunster av olja och rök, det var svårt att andas. Ing-Marie såg frågande ut så jag tecknade åt henne att sätta igång med förberedelserna inför avfärden. Därefter tog jag den vithåriga avsides. Hon sade: Han har inte rest härifrån, vi skulle veta det. Och han är inte självmördaren. Jovisst att han kan verka som nedslagen ibland, men vem kan klandra han? Kraften har han från Gud.

Hon var tvungen att höja sin bräckliga röst på grund av mullret. Unge Rémy var inte hit av egenviljan men olika förhållanden gjorde resan nödvändig och relationen mellan de bägge församlingarna är god. För fem år sedan befordrades en grupp om sju personer till de svarthyade syskonen i Centralafrika, om den resan talas det ännu bland församlingsborna häropp.

Hon fortsatte: Varför han är hit är mer än jag kunde förtälja, men för gemenskapens räkning är det som fint att han kom. Vi är så glad att han är hit. Kristi kärlek skall genomsyra oss och ge oss hjärtat för varandra.

Vet ni icke vart han blev? frågade hon sedan.

Jag svarade att nej, icke.

När såg ni han sist?

Minns jag inte. Han fanns i mitt klassrum en bra bit in på terminen och så var han borta. Har sett han i byn ett par gånger.

Var det nyligen? undrade hon. Och hon frågade: Skulle ni tala om ifall ni visste vart han blev?

Två gånger ytterligare frågade hon fast i annorlunda ordalag. Ing-Marie knackade på fönstret och gjorde med handen tecknet för tidsnöd. Då grep den fläckiga och vithåriga mig i armarna, böjde sig lite bakåt och vände opp sitt ansikte mot mitt, som när en av ålder omtöcknad gumma återser sitt barn. Hon sade: Berätta för oss utifall att ni vet vart han blev.

När vi om kvällen var tillbaka i byn marscherade jag raskt till stationen och där sade man det jag redan visste, att sistbussen gått. Jag frågade så prudentligt jag kunde om det inte gick att ordna någonting. Då diskuterade man sinsemellan, gav mig en Skoda och sade: Vi känner ju varandra rätt bra vid detta laget.

Jag parkerade ett litet stycke från stugan. Han högg veden och jag gick in och började i köket. Han staplade veden längs ena väggen och jag föreslog honom att stänga dörren. Ifall att han släppte in kylan måste han hugga ännu mer. Vid maten berättade jag oavbrutet om dagens händelser. Att jag inte anpassade språket var mitt sätt att protestera mot han. Men han gjorde inga invändningar.

Så småningom upptäckte jag att jag börjat fundera kring hur jag borde framlägga mina planer för han. Till slut sade jag rent ut att jag måste överge han. Och flytta tillbaka, sade jag och pekade mot byn till. Jag hade rest mig, han formade läpparna till en vissling men det kom ingen tonen, bara en svag luftström. Han krökte på halsen och knäppte med fingrarna. Han knep ihop ögonen.

Jag kommer ut ibland, sade jag. Somliga böcker lämnar jag kvar här i stugan.

Han tycker att Maja är mycket snäll.

Hon verkar bra, instämde jag.

Vi läste tillsammans efter maten. Jag höll diktamen. Han skrev knyckigt, det raspade äckligt mot papperet. Till slut stod jag inte ut längre utan slängde till honom *Främlingen*. Jag slog en lov kring stugan. Jag försäkrade mig om att Skodan var där jag lämnat honom bortefter lillvägen. Jag skulle lämna tillbaka han dagen därpå.

Han hade bäddat ned sig då jag var tillbaks, klockan var inte mer än halv tio. Han skulle diska och torka och skriva av första kapitlet i boken. Han skulle fylla i ett antal övningsstenciler som Ing-Marie kopierat åt mig.

Jag tvättade håret. Och jag öppnade badrumsdörren på glänt och bad honom ironiskt om honungsvattnet. Jag sade:

Finns det någon möjlighet, när kan det vara klart?

Han låtsades sova. Jag tog hand om disken, satte mig vid matbordet. Mannen dödar en annan man. Med stark och klar stämma läste jag ur boken slutet av första delen och en bit in på andra. Sedan vart halsen torr och rösten började svikta. Det sved som djävulen i tungan. Jag kokade honungsvattnet själv. Med tekoppen i handen ställde jag mig på armlängds avstånd från soffan och tänkte: Rör dig icke, jag skall stjälpa vattnet över dig bara det rycker i ditt ögonbryn. Det skall fan bli min sista natt härute.

Så sent som en dag före skidutflykten ringde Leena för att fråga huruvida jag kan spela badminton. Nyfikenheten grep herraväldet över mig och jag fick som känslan uti själen att befrielsen var när, även om jag inte visste vad det skulle innebära.

Det är en tolv banor stor hall, det finns squash också. Vi gick ett set och Leena vann. Hans gymnastikskor såg dyra ut men han behövde inte slita på dem, jag fick springa kors och tvärs över banhalvan och det slutade alltid med att jag förlorade bollen på något simpelt sätt. Jag fick inte ens poängen. Grunderna erbjöd han sig att lära mig men detta nöjet nekade jag honom. Vi satt bredvid banan och pratade. Han räckte mig sin vattenflaska och det generade oss bägge att jag inte accepterade den. Han drack själv några klunkar. Han sträckte fram flaskan en gång till, men jag avböjde då jag redan gjort bort mig.

Han tog av sig skorna och demonstrerade fjädringen och förklarade hur den arbetar. Det var rejäla, ändamålsenliga skor. Och dem skall du ha, och dem skall du inhandla, och senare när jag stod med handduken hörde jag honom tala med någon inne i omklädningsrummet och jag vart som bedrövad till döds på grund av min goda vilja, jag hade ju inte sett honom tala med någon därute bland banorna. Jag fick krampen i tårna och det vart magen. Det var som att hela världen damp över ändan och sprack.

Vem är skägget? frågade den andre. Han svarade: En av hennes arbetskamrater. Nä, han kan inte hålla racketen ens, sade han och man hörde dem skratta hjärtligt.

På hemvägen talade vi om vinter-OS.

Och detta med utflykten. Det var som vanvettskylan och några elever hade inte tillräckligt på sig, de fick inte följa med.

Carl är fin på skidorna, han har en kroppskontroll som inte liknar någonting annat, sade Ing-Marie under bussfärden och jag påpekade att han också är en jävel på badminton. Jag brukar inte använda svordomarna.

Det blev lite åkning på längden. Man rörde sig längs en utstakad bana som Ing-Marie hade ordnat i all hast. Åtta-tio elever provade skidorna innan det var Ing-Maries tur. Och det gick som suset genom åskådarskaran när hon rann iväg, hon löpte smidigt och lätt och vi hann knappt blinka innan hon var tillbaka. Eivor sken opp och vände sig om åt alla hållen, som för att inskärpa Ing-Maries överlägsenhet också på detta område.

Ing-Marie och jag promenerade en sträcka innan det vart hemresan. Vägen steg etappvis och det var månen. Längre oppåt var det en dansrestaurang. Den liknade ett starkt lysande panteon när man såg den nedifrån. Hon sade: Jag kan som inget jämfört med Carl. Han är överdängaren i grammatiken, historian, matematiken, rövkroken, idrotten, matlagningen, även i sömnaden besegrar han mig med hästlängderna. Han är som fan till begåvning.

Hon tittade drömmande mot kvällshimlen och menade att hon vill göra långturen oppigenom fjällen. Nej, inte med mig. Hon sade: För helvete, med Carl naturligtvis. Vad fan trodde du?

Hennes kinder vart gropiga och hon tryckte sig hårdare intill mig. Jag frågade om hon frös. Någon gång efter nyåret ska de bege sig opp, så har de planerat, och hon höjde syftande sitt ansikte mot fjälltopparna. Man sover i stockstugorna och hugger veden själv. Hon sade: Som du gjorde under de där veckorna, eller hur?

Just det, sade jag. Som jag gjorde.

Hon sade: Carl lämnar bilen hos mig innan han far tillbaka. Vi är inte snål, vi tänkte att du ville låna han. Du är väl fortfarande kvar därut i stugan och plockar iordning efter dig, som du själv sade till den där fan till inspektör?

Det stämmer, sade jag.

Tag bilen och kör in alltihopa till byn då, sade hon. Det blir ju som enklare alltihop. Tag han imorgon, efter lektionerna.

Hon undrade över gammtanten. Det var inget, sade jag. Hon heter Maja. Jag har träffat henne förut.

Åh! Just det ja, sade hon. Just det! Då, i kyrkan. Då, när han afrikanen slutade gå på din kursen, i samma veva som du letade efter han.

Ja, sade jag. Då, när jag inte fann han.

När jag dagen därpå kom för nycklarna till bilen, sade hon att jag skall parkera honom på gatan nedanför hennes lägenhet efteråt. Hon släppte inte in mig i klassrummet.

Han arbetar med romanerna jag ger honom. Han är flitig. Han skriver opp orden han inte förstår. Jag högläste ur Eyvind Johnsons *Strändernas svall,* avsnittet där svinaherden samtalar med den förklädde Odyssevs. Han läste efter.

Sedan höll jag diktamen.

Sedan gav jag honom fri skrivning i uppgift. Han bläddrade ivrigt i sin ordbok och jag tänkte: Det kommer ej att fungera, han saknar nyanserna.

Några basvaror har jag lämnat i stugan, två burkar flingor, sockerpåsen, halvpaketet russin, frukt. Jag lagar maten inne i byn.

Jag läste uppsatsen. På en rad områden gav jag honom kritik, som styckindelningen, kommateringen, dubbelteckningen, ordföljden, tempusböjningen och när han misslyckades med det svåra bruket av bestämd form. Jag rättade med rödpennan och han vart tvungen att skriva rent hela texten trots att klockan var efter elva. Han såg opp med jämna mellanrum och lade huvudet en aning på sned. Han tyckte att jag såg trött ut. Mina ögon var som rödsvullna tror jag han menade. Jag sover inne i byn, sade jag och plockade fram några övningar i omvänd ordföljd.

Jag skall sova, inte du, sade jag. Du gör många stenciler innan du lägger dig. När jag kommer hit imorgon skall de här stencilerna vara färdiga. Titta i spegeln, sade han och pekade mot badrumsdörren. Vid midnatt fick han taga en kort rast. Vi åt spaghettin och köttfärssåsen som jag drygat ut med bönorna. Han ville diska men jag vinkade honom till mig.

Istället för övningarna ville han fabricera en uppsats till, jag skall skriva mer sade han. Jag ondgjorde mig över att han inte får tillräckligt med språkundervisningen. Det går alltför långsamt.

Han menar att jag är en bra lärare.

Jag tog disken på en halv minut, klockan två åkte jag tillbaka. Jag tvättade mig och borstade tänderna och han hade rätt: blodsprängda ögonvitor, insjunkna kinder, pannan gulblek som gammalt pergament. Jag sjönk ned i sängen och började läsa uppsatsen. Ljudet av sirener väckte mig. Med huvudet mot väggen låg jag fullt påklädd tvärs över sängen. Fötterna var fortfarande i golvet, det gjorde ont i nacken. Jag hade sprängande huvudvärk.

Man märker att eleverna börjar tyngas ned av mörkret. De som fortfarande kommer är glåmiga och trötta, ingen av dem kan längre framgångsrikt dölja sitt ointresse för undervisningen. Jag gick hem och tillredde en ugnspannkaka. Jag läste uppsatsen en gång till. Vårt arbete ger utdelning. Grammatiken är mer sammanhållen men somliga moment klarar han illa, i synnerhet interpunktionen är klandervärd, liksom ordföljden, substantivböjningen, och komparationen. Tempusproblematiken står oförminskad kvar, men i sin helhet stör inte bristerna läsningen. Han berättar om sitt afrikanska hemland. Det är ett vackert land skriver han. Kaffeodlingar och sockerodlingar och diamantgruvor. Jo, diamanten. Despoter skall ha låtit mörda för hennes skull.

Föräldrarna finns inte längre kvar. Han har en fru och en liten dotter. Frun säljer frukten och grönsakerna på torget. Han hyllar Jesus som beskyddar familjen mot ondskans regemente. Jag har inte frågat varför han är här. Jag undrar om han skriver brev.

Vid maten glimtade han åt sidorna. Är du rädd för mörkret? frågade jag. Han skakade på huvudet. Eftertryckligt och med förunderligt kvillrande röst påstod han att Jesus hjälper och beskyddar honom mot det onda. Jag vet inte varför jag sade: Jaså, du har beskyddet?

Då fårades hans panna och ögonen smalnade av. Alldeles tyst vart det och han, till min förvåning: tårar tillrade på kinderna, det var icke spelat. Han satt kvar vid bordet medan jag dukade av och diskade tallrikarna. Jag skall åka tillbaka, förklarade jag.

När jag tog rocken reste han sig, jag uppfattade att han frågade när vi skulle vara klara.

Snart, men inte riktigt än, svarade jag. Vi måste fortsätta, sade jag då jag märkte att han inte förstått. Då lyfte han ned sin egen rock och lirkade på sig kängorna. Han sade att han skulle promenera. Skyffla framför dörren, sade jag.

På vägen ut till bilen vände jag mig plötsligt om. Han såg inte ut som han brukar. Det såg koreografiskt eller metodiskt ut, på ett sätt som inte är vanligt för honom. Jag undrar om det kom sig av studierna, att systematiken i språket färgar av sig på allt annat, på kroppen också. Jag återvände till stugan och kontrollerade att silvret ligger kvar i den hemliga håligheten i väggtimret. Jag tänkte: Ingen vet att han är här, och han vet inte vad som döljer sig i väggen.

En bra bild. Med sin symmetriska uppbyggnad gjorde hon mig ett lugnande intryck.

Men det var för ögonblicket bara.

Jag valde ut *Strändernas svall* av Johnson igen och bläddrade framåt. En människa som har mordhotet tungt vilande över sitt huvud måste vara misstänksam och aldrig mjukna och aldrig sova med båda ögonen tillslutna, för någonstans bland alla bekanta och obekanta ansikten finns lönnmördarens eget.

Och mörkret skars i trasor av solreflexerna från kniven i

Brutus hand, de fick det att svartna för blicken och hjärtat började som galoppera. Jag fick krampen i bröstet och det vart illamående.

Burkarna med flingor var tom och fruktkorgen, sockerskålen likaledes. Jag har aldrig sett han med sockret. Han dricker inte kaffet och inte filmjölken.

Jag lämnade stugan för andra gången. Jag hejdade mig igen eftersom jag hört något, det hade kommit från skogskanten. Långt där borta har vi en radikal vridning åt höger, man förlorar vägen ur sikte. Jag tyckte att han borde vara på väg tillbaka. Väntade jag i två eller tre minuter skulle jag allra säkrast se honom framträda vid kröken.

Jag tänkte: Han börjar bli för mig som tankens trivialitet, lika dunkel som vinterskymningen, lika vardagsnära och välbeskriven som bäddsoffan, matbordet, taklampan, diskbänken, kaminen, klädhyllan, min egen huvudvärk, tinningarna som plågar mig dag som natt.

Jag frotterade händerna mot varandra och gjorde jämfotahoppen. Man såg honom inte. Då väntade jag inne i stugan istället. Och jag stal mig till att tänka på Ing-Marie och på hennes gula baddräkt. Hon häver sig spänstigt opp på bassängkanten med leendet på läpparna som är bleka av lek och bad.

Glöden i kaminen falnade. Jag gick ut till vägen lagom för att få syn på honom. När han kom närmare såg jag att nu var det icke längre metodiken utan snarare töltandet, och plösarna hängde utåt. Och jag tänkte att det är som vansinnet. Jag är inte som Du, som har kunskapen om de innersta mänskliga avsikterna. Låt vara att jag är skapligt formad, en inte helt genomrutten själ.

Men skaparhanden är Din.

Nu säger afrikanen att vi har en hund.

Han ser stolt ut, som om han tagit ett slags ansvar. Han knäpper högt med fingrarna, kanske åt minen som jag gör. Han säger att det är en gammal hund. Att han ger den maten, att den äter maten.

Han slår sin hand i min, griper min hand allt under det att han knäar av skratt. Han skakar på huvudet och skrattar i falsett, som om han tycker det är lika märkligt. Han håller mig i handen ännu medan vi går mot stugan. Jag vet inte om det är så bra, säger jag. Den måste vara hit av misstag. Såg du ingen människa? Är det en stor hund?

Han upprepar att hunden äter allting, att den äter all maten. Han säger att jag måste se hunden, och han skrattar och gör åtbörder med armarna.

Vilken mat? frågar jag men han har gått in.

Jag ropar: Skyffla gången också, hon är alldeles tillsnöad.

Han vinkar åt mig genom vardagsrumsfönstret. Jag tecknar uppfordrande med armen, innan han hunnit hänga av sig rocken är jag in i tamburen.

Jag säger: Var är den nu?

Han svarar att hunden är mycket hungrig.

Du borde inte ge den maten, säger jag. Vi vill inte ha vilddjuren häromkring eller hur? Förstår du inte att om du ger den maten kommer den tillbaka?

Han svarar upprepande att den kommer tillbaka.

Jag säger: Just det, om du ger den maten kommer den tillbaka. Är hunden mycket smutsig?

Han slår ut med händerna och skakar på huvudet som om han måste taga den i försvaret. Han sjunger nästan, så upprörd är han. Han säger att den är inte smutsig.

Han ser förbryllad ut när jag hänger av mig och omsorgsfullt snörar av mig kängorna.

Vi får inte öda bort vår tid med fruktlöst tal, menar jag. Han sätter sig med penna och papper. Jag plockar fram en bok, slår opp henne på vinst och förlust och börjar diktera. Det är *Markurells i Wadköping* och jag känner en djup och stark tillfredsställelse när jag underlåter att ersätta de ålderdomliga orden.

En knackning som är lätt att känna igen har jag lärt honom. Han skall regla om sig och kommer någon som inte kan den rätta kombinationen, får dörren på inga villkor öppnas.

Jag har handlat maten.

Det vart filmjölken, flingorna ävenledes, bröd och smör, ägg, fyra kycklingar, kaffe.

Sockret.

Apelsinerna.

Pärstampan.

Halvdussinet helvetes hundburkar.

Den måste vara herrelös. Den liknar nästan på pricken gårdvaren som lunkade omkring hemma hos farfar när jag var pojk. På en viktig punkt ljög han: det är den alltigenom ruffigaste varelse jag sett på fyra ben, det är skabbpälsen och den måste vara bra spetig därinunder. Han satt med benen i kors på golvet och kliade den. När jag steg in i vardagsrummet lyfte den på huvudet och såg på mig som om jag vore någon av de objudna, ett främlingsansikte.

Du borde inte gör sådär, sade jag. Den kan ju vara sjuk, eller ha lopporna. Han fäste inget avseende vid orden, han sade bara att han var glad över den fina hunden vi har.

Du kan bli smittad, sade jag.

Jag skopade upp lite hundmaten på en flat tallrik. Den åt opp alltihop på mindre än en minut, han dolde inte glädjen. Han sade att han och gårdvaren vandrat i finvädret.

Han hade sett något, han fann icke ordet. Han gjorde ett brummande ljud. Du såg vägmaskinen, förklarade jag och han nickade.

Jag plockade opp resten av varorna. Du får inte gå långt, sade jag. Du får inte prata med någon.

Jag stannade hos honom hela veckoslutet. Inom denna tidsrymd författade han tolv uppsatser, fullbordade fyrtiotvå övningsstenciler och skrev diktamen nitton gånger. Dessutom fyllde han mer än sextio sidor i gloshäftet. Glosorna ställdes prydligt opp i två kolumner, sida opp och sida ned. Jag förhörde honom. Till slut kunde han alla och han satte också in dem i en kontext. Jag drack mycket kaffe och han åt frukten och brödet. Gårdvaren låg orörlig i ett hörn.

På fredagskvällen gjorde jag en runda för att se om man kommer till någon by om man kör åt andra hållet utefter storvägen. Hörde kanske djuret hemma någonstans? Den röda Mazdan som jag lånat av Leena ställer jag knappa halvkilometern från stugan.

På vägen dit vart det illamåendet igen och yrseln och hela gipen där timmerstugan är belägen präglades av ett sällsamt ljus. Var det norrskenet? Men detta ljuset rann eller strömmade ned och utbjöd sig i stora, voluminösa sjok över stugnocken. En liten stund dröjde jag mig kvar och besåg fenomenet. Min kropp kändes trög och tung. Jag vet att sömnbristen och den dåliga kosthållningen kan påverka omdömet och till och med själva varseblivningen.

Det ligger en by längre norrut. By är mycket sagt, det är

fyra eller fem stugor som ligger utströdda längs en sträcka
på fyra eller fem kilometer. Det skulle vara alltför riskabelt
att stanna och höra efter om någon vill kännas vid gårdva-
ren. Vi kan inte ha den kvar, sade jag när jag var tillbaka.
Han såg förbryllad ut. Jag upprepade: Vi kan inte ha den
kvar, vi vet inte ens om den är snöpt.

Kastrerad, sade jag då han inte förstod.

Med rödpennan gick jag över hans senaste uppsats. Det
vart renskrivningen därefter, och han fick uppgiften att ko-
piera text. Jag pekade ut några tidningsartiklar. Jag har de-
klarerat min frustration: han är senfärdig, takten är för mak-
lig, det går för osnabbt. Vi var oppe hela natten. På morgo-
nen hoppade vi över frukosten och fortsatte arbeta. Medan
han skrev högg jag opp virket och skyfflade gången.

Han avstår hälften av sin mat åt gårdvaren. Burkarna är
tömda, jag har inte köpt fler. Jag har förklarat för honom att
det är kostsamt med hundfodret. Han måste äta ordentligt
emedan mat blir energi som kroppen behöver när man
skall utföra olika slags arbeten. Annars lär han sig ingenting,
menar jag.

Han säger att den måste äta också, och han skedar ned
maten på djurets fat. Vi måste göra oss av med den, här kan
den inte bo påpekar jag. Han undviker ämnet och börjar
prata om någon skogsstig han funnit, jag manövrerar honom
till studierna. Vi hade diktamen i lördags kväll igen, jag läste
ur Martinsons *Nässlorna blomma*. När han bad mig att upp-
repa en mening skrattade jag överlägset och läste snabbare
istället. Han gjorde renskrivningen medan jag kokade vatt-
net. Han ställde opp alla svåra orden tillsammans med sina
franska motsvarigheter i gloshäftet. Därpå skulle han kopi-
era mer utav tidningstexten. Tidningsartikeln handlade om

Finjasjön söder om Hässleholm som har svämmat över på grund av riklig nederbörd och snösmältningen i samband med tjälen. Tvåhundrasjuttio centimeter över det normala har sjön stigit. För att åretruntbostäderna skall kunna räddas har brandkåren och militären rest fördämningarna som regnet och blåsten hotar att förstöra.

Han fick ett nytt uppsatsämne. Han undanbad sig arbetet men det tjänade honom ingenting till. Jag låtsades ligga och slumra i soffan, för att lura honom gjorde jag snarkljuden. I ögonvrån såg jag han med papperet. Han vässade blyertspennan innan han började med skrivandet. Han sade något som jag inte hörde.

Han gick på toaletten och jag steg opp och började läsa uppsatsen. Det visade sig att han åsidosatt ämnet. Jag märkte inte att han kom tillbaka. När jag vred på mig såg jag honom ligga utsträckt i soffan. Framemot efternatten hörde jag några gånger att det slog i ytterdörren. När jag morgonen därpå erbjöd honom lite kyckling skakade han på huvudet och sade att hunden kunde få hans portion.

Då kvällen kom hade vi varken ätit, druckit eller uträttat några behov. Vid midnatt ville han gå ut igen, jag såg på honom att det var något. Han skrapade med naglarna mot kinden och rev sig i håret. Han gapade och spände sig så att halsådror och senor vart synliga. När han var tillbaka satte han sig med papperet. Jag var i pentryt med vattnet som stod på kokningen. Jag var rädd att störa honom i arbetet men kunde inte låta bli att snegla mot honom, studera pennfattningen och hans vinkel över bordet. Vid ett tillfälle såg jag han sträcka på sig, att han grunnade för sig själv.

Minuten senare vände jag mig mot honom igen. Jag vart

bekymrad för jag tyckte att han krängt med huvudet åt vänster och sedan höger, kanske flera gånger i rad, så snabbt att ögat knappt uppfattat det. Jag gick fram till bordet, böjde mig lite framåt och frågade hur det var fatt, om han mådde bra. Han såg mig kort och igenkännande i ögonen, han sade ingenting men det gick som korta stötar genom honom. Jag hatade vekheten i mitt sätt när jag fortsatte att fråga om han kände sig krasslig. Underkäken på han stelnade och det vart halsådrorna igen, alldeles som att han besvärades av något. Han gapade och tillslöt munnen som en fisk på torra land. Han sträckte armarna långsamt oppåt och sedan bakåt tills de korsades bakom huvudet. Armarna fortsatte nedåt igen fast åt fel håll så att man tänkte att ansiktet var vänt bak och fram. Värken steg i bröstet på mig och gick längs nacken opp i huvudet och det var som alla nervtrådarna innanför huden fattat eld. Jag tvang kväljningarna tillbaka. Jag tänkte: Ingenting blir bättre av att jag kräks över bordet. Jag kommer bara att mista mer av hans förtroende.

Jag undrade om också han tyckte det var genant att jag inte låtsades om någonting utan började kallprata om studierna och språkutvecklingen och forskningsrönen och annat jag tagit del av på senaste tiden. Inne vid handfatet fick jag nypa mig hårt i skinnet och skölja ansiktet med kallvattnet. När jag kom ut igen satt han med armarna hängande rättvända utefter sidorna, men han spände sig som förut.

Han formade läpparna till orden, men man hörde rakt ingenting. Är du i hamn med uppgiften, har du skrivit färdigt? frågade jag. När jag därefter stod i pentryt började han skriva igen. Han sade att snart är han klar. Jag plockade ned glasen men ändrade mig, och han ville inte ha något. Senare på natten låg jag i mitt sovrum och försökte sova. Då hörde jag honom därut, han satt kvar vid bordet med pennan. Det var präktigt kallt då det inte fanns någon glöd, den sillmjölken hade inte eldat.

Jag sade: Vi vill inte sitta med takbelysningen, det kommer du ihåg att vi samfällt beslutat. Vi är försiktig, vi är sparsam. Vi vill ha minsta möjliga ljuset. Var har du ficklampan någonstans?

Då förvreds hans ansikte, han fick som raseriet i sig, jag har aldrig sett honom sådan förut. Munnen vart skev och ögonen hopknipna och djupa fåror klöv ansiktet åt alla hållen. Han gapade så kraftigt att man trodde käkarna skulle knaka samman. Man trodde han skulle börja skälla och yla besinningslöst. Ur strupen kom dock vardagstalet, även om det kom gällt och starkt. Av någon anledning fick han mig att tänka på gamla svartvita gangsterfilmer. Jag tänkte: Han låter som när pennan raspar och skär i papperet.

Jag hade sagt att han inte skulle bli arg. Det fanns ingen anledning att börja uraktlåta reglerna och skyldigheterna så här mot slutet, nu när han var på god väg med språket, att fullfölja studierna och få ett vackert resultat. Jag kunde leta rätt på ficklampan.

Hon måste taga hand om barnet ensam, kom det knastrigt, som om rösten förmedlades genom en sådan där gammal transistorradio. Jag kände nackhåren resa sig, jag tyckte åtminstone att det var så han sade. Munnen vart sådär skev igen, han knixade huvudet nedemot axlarna. Han grimaserade våldsamt, som om det gjorde fruktansvärt ont.

Jag sade: Vad menar du?

Jag stirrade på honom. Nej, det måste vara att jag hört galet, och jag intalade mig att det var illamåendet och huvudet som var mina verkliga problem. Jag tror att man inte såg någonting, att jag hade ett opartiskt sätt. I en annan situation skulle jag skämmas om jag märkte att jag pratade på utan att någon ville lyssna.

Han sade att han skulle inte ha någonting att äta, att han hade åligganden, han skulle hugga veden och tända i kaminen. Jag sade: Du skall äta, annars mäktar du inte med ditt arbete. Annars gitter du inte skriva. Hittills har vi endast provat oss fram, hittills har vi endast preparerat jorden. Vi har inte börjat arbeta på allvar. Bekymra dig inte om uppvärmningen, den sörjer jag själv för. Vila dig en stund och fortsätt sedan. Jag kommer tillbaka i eftermiddag.

Han mumlade något. Nej, sade jag, du skall inte dö. Jag kommer åter, sade jag och jag hoppades att mitt skratt skulle mjuka opp stämningen. Jag kommer i eftermiddag. Du är inte obegåvad. Och skulle jag inte dyka opp, då vet du att det finns maten, och hugga virket har du lärt dig. Du klarar dig fint, sade jag och axlade rocken.

Termometern visade på dryga tjugofem grader. Jag steg ut i farstun och kisade bortåt lillvägen till. Jag har inget formellt ansvar för den här unge mannens liv, inte ens för hans utveckling i språket. Han avbröt studierna. Han letade opp mig. Han är fri att åka in till byn om han vill. När som helst kan han sticka sin kos. Det är inte mitt fel att han saknar självförtroendet.

Och jag tänkte: Han är som lite eljest, den.

Jag fick krampen i magen och det var huvudet. Jag var så trött att benen domnade där jag stod. Jag väntade tills klockradion började bräka inifrån sovrummet. Då packade jag ihop mina pinaler och for till byn och mina första lektioner för veckan.

Även den här natten blir jag kvar härute, det är för sent

att fara in till byn. Han har skrivit en ny uppsats som jag skall läsa innan jag lägger mig på madrassen i sovrummet med kläderna på. Det trycker i tinningarna. Jag får inte glömma värktabletterna, de har för mig blivit viktigare än maten. Jag motstår nätt och jämnt impulsen att rycka han ur sömnen och sätta han med renskrivningen. Det vore meningslöst, hon är inte rättad ännu. Sedan har vi illamåendet som rullar över mig i vågorna, och jag får inte styrseln på pennan. Den slinker omkring och det är som att jag förlorat känseln i handen. Jag måttar mot bordet och slår till. Det rister i afrikanen men han vaknar inte utan smackar bara med läpparna. Han låter tungan fara fram och tillbaks. Det ser motbjudande ut, och handen blir inte bättre. Jag stänger dörren till toaletten. Klockan är tre när jag går till sängs.

Jag önskar att jag kunde höra Dig, vad Du i vissheten ser när Du begrundar oss. Bland alla kroppar i denna stora genljudande världen, endast dessa två: den ene vakande likt ett outgrundligt djur, den andre av sorgen och erfarenheten pinad i sina filtar.

Du har haft han hela helgen, påpekade Ing-Marie.

Jag hade räknat med att hon skulle vara mer återhållsam och beräknande och mer som Leena än annars. Hon sade: Carl är här. Ge mig de förnicklade bilnycklarna nu!

Jag halade fram dem, lät dem pendla fram och tillbaka och drog undan handen när hon skulle taga dem. Hon rodnade av ilskan och försökte snappa dem till sig, jag lurade henne igen. Jag nickade mot Leenas kontor och sade: Om Carl är här kan jag överlämna dem själv. Jag kan tacka Carl för lånet också.

Han satt med dokumentationen. Jag behövde bilen ytterligare ett dygn och han tittade opp, det vart några sekunder av tystnaden. Han sade: No problem. Vi skall förresten ha en minnesstund för den där eleven of yours, vad var det han hette? För den som försvann, fortsatte han då jag inte svarade. Ingen verkade känna han men för anständighetens skull tänder vi ljusen och några orden ävenledes, dem skall vi också ha. Från ordningsmaktens sida har man avslutat eftersökningen och förklarat han möjligen död. Inget tyder på att han lämnat landet, inte ens häropp har enligt polisrapporten en endaste person sett skymten av någon bortkommen skräling. Det är bara att invänta vårsolen, då sanningen och allting annat dagerlägges.

Minnesstunden vart av i den lilla samlingslokalen, Leena säger aula. Det enda var att Ing-Marie hela tiden sneglade åt mig. Hon lutade sig åt mig mot slutet. Hon sade: Vars hålls du, vad har du i ditt sinnet? Du ser ut som en jävla vanföreställning.

Det är inte så konstigt, svarade jag. Jag plockar opp efter mig därut och det är pressen och den över tövan tyngande arbetsbördan. Jag nedlägger alla mina självutplånande själskrafter i undervisningen. Terminen är praktiskt taget redan förbi. Inte många elever är mogna för provet.

Men för att hinna ordna inför kvällen släppte jag dem en och en halv timma för tidigt. Eivor såg dem gå och jag förmodar att hon pep raka vägen in till Ing-Marie. Jag pilade därifrån och undvek att möta henne, men glömde därigenom ett dussin stenciler och några provhäften som jag hade tänkt att få med mig ut till stugan.

På tisdagen ville Leena veta hur allting fortskred. Jag svarade att det är bara några detaljer kvar. Braskaminen läcker, golvet har fått fläckar av soten. Man vill göra i ordning efter sig innan man bommar för, det skall vara stugan för nästgästen.

Men Leena förklarade att det behövs icke, han kommer inte att hyras ut till vintergäster. Jag sade: Jag vill inte lämna han i ett sådant skick. Det åligger mig att återställa alltihopa, några bestyr är inte avslutade, han skall vara just sådan som han var när jag flyttade dit, i samma skicket som då.

Han sade att till imorgon då, lägg bilnycklarna i mitt fack om jag inte är inne. På onsdagen frågade han: Vars har du tänkt att fira julen Stedler? Mina boysen kommer opp den tjugoandra eller tjugotredje och vi hämtar Ing-Marie på julaftons morgon. Det blir att resa norröver till hennes föräldrar men ingen övernattning. Jag följer dem boysen tillbaka till Stockholm samma kväll.

På torsdagen var jag på väg till personalrummet för att dricka förmiddagskaffet då jag mötte han i korridoren. Han tog opp detta med bilen igen. Han betedde sig rastlöst, han svängde med armarna och slängde blickarna omkring sig. Jag sade att jag förlagt nycklarna. Sedan såg jag han inte mer den dagen.

På julavslutningen var alla närvarande. Mina elever var mer lättsinniga än på länge, men Ing-Marie förunnade mig icke ens blicken. Hon talade såframt hon fick frågan och då var hon fåstavig i orden och hennes meningsbyggnad var sämre än genomsnittet för språkfolk. När greken eller sydamerikanen berättade någonting skabröst skrattade hon inte. Slutligen ursäktade hon sig och lämnade salen, varpå Eivor stönande vaggade efter henne i händelse av att hon behövde gråta ut mot en äldre kvinnas barm.

Jag har han mycket i tanken. Om det trots allt var fråga

om hjärnskakningen, skulle det förklara hans uppförande? Jag vet inte. Jag tror inte att det finns anledningen för han att vara agiterad eller besviken på mig. Det slog mig att han kanske lider av depressionen, eller att han har det psykotiska inom sig. Jag försöker muntra opp han på alla visen och ger han rikligt med berömmet för hans skriftliga färdigheter. Hans uppsatser blir verkligen bättre. Han berättar att hans hustrun inte kan få egna barn, att dottern är adopterad. Både han och hustrun är kristna så han får inte skilja sig och inte gå till en annan kvinna. Han älskar sin hustru och dotter och prisar Jesus som har räddat både han och hans familj från det onda.

Det fanns under hans barndom ett slags andligt ätteband och en utvaldhet som stadfäst hans fader Jacobs bana, och hans farfars ännu längre tillbaka. Innan uppdraget hann falla på hans egna axlar omvändes emellertid både far och mor till missionärernas lära. Men dessförinnan, då Rémy fortfarande var endast barnet, försvann en dag fadern, han syntes inte till och modern sade: Du skall icke vara ledsen för fars skull. Far måste genomgå och genomleva.

Och det vart att Rémy nöjde sig med detta svaret, då han redan sett myckenheten av mirakler och sällsamheter både bland djur och människor. I över året sträckte sig faderns frånvaro och när han återvände hem var det endast för att omge sig med främlingar, med folk från de avlägsna byarna. Modern sade: De kommer för att be om hjälpen. Din far har blivit en viktig man.

Om natten hände det att Rémy låg klarvaken och lyssnade. Ibland tycktes de rytmiska ljuden så långt bort att man tänkte att det kanske var berget eller vattnet eller skogarna eller savannen som talade, själva jorden man hörde när allt annat tystnat och stillnat. Men andra nätter var det tvärtom, som om ljudet från de spruckna roparna stod alldeles nära, sångerna han inte begrep, oxarnas bölande. Man visste inte om man var vaken eller om ljuden fortplantat sig in i drömmarna. Han fick aldrig stiga opp och titta, från detta hindrade honom hans mor, som i hans gnölande förmanade han att somna om.

Med tiden lärde han sig att se mysterierna i deras inbördes ordning: innan hans far Jacob avskiljs till byns och hela stammens medicinman måste han underkasta sig reningsprocedurerna. Han måste dricka gallan från geten och vistas i vildmarken där han lever av rötterna och bären och insekterna. Emellanåt lyckas han fånga något större djur, en fågel eller en orm. Folk som möter han ser en sinnessjuk eller en häxa, kinderna är som grå och hopskrumpna, kroppen avmagrad och han rullar med ögonen. Man hör inte vad han säger. Hans själ omformas till andarnas instrument.

När han återvänder hem, är det som en helig man som kan bota sjukdomarna och profetera. Runt halsen har han ett band med leopardklorna och benbitarna av olika slag. De viktigaste verktygen är en bred skål av trä och hornet fullt av örterna och skinnstyckena från olika djur. På storduken längst in i hemmet ligger några figurer utbredda, en mossbelupen sten, en oxtunga. Allt har gått i arvet och till flera av föremålen är en ande knuten, men mor säger att de inte betyder någonting. De riktiga andarna, säger mor, finns i hans kropp, i hans själs djupaste tro. Hon lyssnade delvis, hans mor till missionärerna. Jacob tyckte om att reta henne för det, han sade att hon var missionärernas egen lilla *bonne par tous les temps.*

Vid den här tiden gjordes en offensiv i området och en

sträng kamp utbröt som pågick i månaderna. En missionär strök nästan med. Även Jacob Wencela skadades andligen men överlevde. I och med konflikten hade emellertid förändringarna randats för han och för byarna i hela regionen. Han hade fått en ny och heligare ande, mäktigare än dem han förut haft, detta var åtminstone missionärernas mening. Även den nya anden kunde enligt missionärerna bota sjukdomarna och förmedla profetorden, men Jacob kunde inte längre försörja sig på yrket emedan många andra skulle ha fått samma förmågor som han.

Av sin bror, Tomas, fick han anställningen på plantagen. Tomas hade byggt en sädeskvarn och handlat på sig avancerad maskinell utrustning. Han hade arbetare på sina åkermarker och affärsförbindelserna med både afrikanska och franska entreprenörer.

En dag händer det som inte får hända.

Skörden slår fel.

I kvarteret och i hela byn undrar man om det är tillfälligheterna eller krafterna eller oturen, vad som är sakens själva grund. Somliga påstår att en häxa verkar i området. Arton baggar hittas döda och andra drabbas av svulsjukan. En ung man i ett annat kvarter får sin fot krossad då några slitstarka remmar, lagda runt en bilmotor, när de oförklarligt small. Tomas talar med de äldstes råd: i två dygn sitter man tätt församlade och under denna tiden får ingen utomstående träda in till dem. Man vänder sig till kyrkans gud, man gör som missionärerna undervisat: ber i namnet Jesus om beskyddet mot ondskan. Man lägger opp en plan, en som tillförsäkrar Tomas och hans familj en godtagbar levnadsstandard.

Men några timmar in på det andra dygnet får mötet en

annan karaktär. Mattias, en av de äldste, påstår att han vet vem häxan är. Häxan är en man som härstammar från norröver. Det är åren sedan han fördrevs ur byns och släktens gemenskap. Mattias säger att han hade syn på den onde sex dagar och sju nätter tillbaka. Han säger att det är den höga, tornlika, den som kan göra kalven blind, få den äkta mannen att överge sin hustru och beröva den nyblivna modern hennes förstånd. Det är den som kan förvandla sig till svärmar av getingar eller gräshoppor, den på vilken hårsvallet faller insmort, konungsligt glänsande av lamminälvorna och kycklingfettet. Ansiktet, även halsen är som ornerad av silvret och guldet och ädelstenarna. Hans ansiktet är skönare och ljuvligare än den stjärnbeströdda natten och man skall icke skåda ansiktet säger Mattias, anblicken förtorkar medicinmannens makt liksom den grymma harmattan får skörden och växtligheten att ruttna.

Men jag vart avbruten igen. Jag tänker på allt vi har att göra. En dag har gått till spillo och tiden rinner ifrån oss.

Det ringde på dörren. Du vet att jag inte sov som barnet och inte som fyllkajan, med känslorna och kapaciteten förbrända av den senaste tidens missbruk. Du har fört mig ut i ett landskap utan återvändsgränder eller vägskäl. Sömnlösheten och näringsbristen driver mig vidare och gör mig aktiv. Jag blir som noggrann, blir som känsligheten själv. Jag tycker att jag ser trots mörkret och uppfattar ljuden på långt håll. Minsta stimuli väcker mitt omedelbara gensvar. Du har gjort mig sådan. Jag tänker på Dina salvelsefulla bredsidor om kärleken, om försoningen och friden. Jag har nog försökt att hålla Dina bud, men från Ditt upphöjda majestät ser

Du icke att jag blivit vrångbilden av Dig, tvärtemot vad Du i Din stora visdom tänkt ut. Dina ord är som det skarpeggade svärdet, det gör alltihopa värre, det avhöljer människors föresatser. Men det öppnar gammsåren också. Det skiljer oss från varann.

Det var Leena, Ing-Marie också, hon skymdes delvis av dörren och verkade ohågad att stiga fram. Leena såg mig i kalsongerna och han tecknade åt sin trolovade att du kan gå ned igen. Vänta där ned, och det gjorde hon. Och herre gud Stedler, och han åsåg mig som om jag vore mycket sjuk eller till och med döende. I sovrummet bökade jag runt och drog i skrivbordslådorna en duktig stund innan jag bestämde mig för att inte hålla han stången. Utan hans vetskap grävde jag fram bilnycklarna ur byxfickan och räckte över dem. Han hade sig inget över detta. Skall ni inte åka förrän nu? frågade jag. Han gick raskt ut i köket och slog i skåpsluckorna. Han gjorde kaffet för två och snyggade till diskbänken dessutom. Två muggar ordnade han fram. Och han sade: Nej, vi har ofarit, det vart ändrat. Mina boysen anländer idag istället, vi hämtar dem på stationen.

Inte förrän han hällt opp kaffet sade han: Du kan följa med till stationen om det stämmer överens med din planering. Masa inte, Stedler. Det är julafton, tillade han som om detta vore någonting att yvas över. Men vi skyndade oss inte. Kaffet drack vi under tystnaden. Han bekymrade sig för mig därför att han är en anständig människa, jag hade inte tålamodet med han. Jag visste att han skulle påbörda mig sin vilja, att jag skulle följa med hela vägen och fira julen tillsammans med han och Ing-Marie och hans boysen.

Kläderna hängde över stolen bredvid han. Han rev dem brådstupa åt sig och hivade över dem i min famn. Masa inte,

Stedler, upprepade han. Hon fryser väl där ned. Jag klädde mig hastigt, men därefter vart vi kvar i lägenheten. Leena gjorde påtåren. Jag kunde inte säga att kläderna egentligen skulle tvättas.

När Ing-Marie slutligen såg oss komma var det som att hon planerat att säga något. Leena körde till stationen där hans två boysen suttit och väntat. De var tonåringarna, lika långa som han själv och av allt att döma mer självsäkra än den jag knäckte näsan på. Vi hälsade när de kröp in hos mig i baksätet och jag tänkte att jag skulle säga någonting, om jag kanske skulle nämna att jag likaledes var far och hade familjen men jag övergav det. Jag märkte hur dåligt mina kläder luktade av svett och ris och kroppkakorna. Pojkarna var artiga nog att inte visa något.

Jag tänkte: Det luktar av *han* också.

Ing-Marie satt hård och stum där fram och Leena talade med sina pojkar om den och den flickvännen, om utbildningen och sommaren och framtiden. De talade oavbrutet med varandra.

Ing-Maries föräldrar såg mycket gamla ut, han var blind och hon hade vita strån över munnen. En av Ing-Maries bröder var där med hustrun och flickan. Medan vi satt med sillen och prinskorvarna och rödbetssalladen lade Leena ut sig om det försmädliga som hänt han Beatlesmedlemmen, att han skjutits ned på öppna gatan utanför hemmet i New York. Jag skrattade tillgjort åt Leenas skämt och Ing-Marie plågades svårt av förödmjukelsen. Hon tittade ned i tallriken eller böjde sitt huvud åt brodern, som om det inte anstod dem att fira utan istället föra lågmälda, allvarliga samtal som hade med föräldrarna och plikterna att göra.

Efteråt knäpptes televisionen på och Leena tog ut sina

pojkar på skidpromenaden. Ing-Maries bror följde dem ut. Hans fru ställde sig med disken och Ing-Marie assisterade henne och de gamla lade sig oppepå. Då jag inte fann något att göra vart jag sittande med flickan framför televisionen. Hungrande efter hämnden talade Ing-Marie med tordönsstämman med svägerskan ute i köket. Hon låtsades vara på finhumöret. Jag föreställde mig den gula baddräkten, den flåsande andedräkten i mitt öra.

Det serverades kaffet och konjaken så snart Leena och de andra var tillbaka. Leena förklarade att varken han eller hans boysen hade tid att vänta på jultomten. Vid dessa orden vart Ing-Marie som ursinnig, hon slog ut med händerna och påpekade att fy helvete, klockan var fan bara halv fem. Brodern måste försöka dämpa ned henne ute i köket. Leena vände sig överskylande åt mitt håll. Han sade: Du kan stanna över natten om du önskar, det finns sängplatserna åt alla. Ing-Marie skulle uppskatta om du gjorde det.

Jag är inte hennes barnflicka, ropade jag. Under återfärden satt jag på hennes plats. Leena skroderade om sin karriär och pojkarna visslade åt han och applåderade. Han läxade opp dem och förklarade för dem att man skall hedra sina föräldrar. Leena och hans boysen verkar trivas fint tillsammans.

Jag bad han att köra mig ut vid stugan. Han undrade varför i hela herrans namn men jag sade: Det är min ensak. Jag tänkte taga promenaden in till byn.

Han fick tvivelblicken. Då vart det som ett slags vanvett av alltihopa, jag kände det raskt stiga mig åt huvudet. Något skrovligt och sjukt lossnade i strupen på mig då jag sade: Du tänker kanske att jag gömmer han därute, att jag håller han fången därute i stugan?

Av de sällsamma orden bleknade de bägge pojkarnas far, som hade sina bägge pojkarna ovetandes i baksätet. Jag förklarade att jag kunde promenera en bit, han behövde inte köra ända fram. Han sade: Givetvis att jag inte skulle tänka så. Det vore en allvarlig och riskabel tanke, måhända rent av brottet i sig. Jag förstår att om man har tiden, att man hinner fästa sig vid hemmet där man bor. Så är det med den saken. Vi fäster oss vid det jordiska, så gör ock djuren.

Hans pojkar mumlade något. Och när det vart dags sade han: God jul. Och drick inte för mycket utav glöggen under mellandagarna. Vi ses efter nyåret.

Jag har aldrig vetat något lika säkert som att de där sista orden inte hade någon verklig innebörd. För ett kort ögonblick såg jag i hans ansiktet en slags tacksamhet, att jag bekräftat hans misstankar. Jag begrep mig på han, hela historien hade som en självupplösande karaktär och han måste självklart tänka på kursverksamhetens rykte. Men det var sorgligt att våra vägar måste skiljas nu när vi fått bandet mellan oss. Han rullade iväg, och medan lederna värkte hedrade jag dessa folk: Leena, den alltigenom rådande anstiftaren, som förespår och sammanväger och tillvällar sig överblicken, men ävenledes visar sina fiender tillbörlig respekt och inte bemäktigar sig sådant som inte är hans. Och Ing-Marie givetvis: en oslipad sten i denna världen, grovkornig, oförutsägbar, livsfarlig. Och djävulskheten till en skönhet. Jag bjöd dem ett farväl. Kanske kommer jag alltid att minnas den tiden när jag fanns för dem och de för mig. Jag överlåter dem till varandra. Vi kommer inte att mötas igen.

I natt vaknade jag av att han stod lutad över min säng. Jag

insöp den bitterstickande atmosfären men såg han icke, han syntes möjligen som en konturlös fördjupning av mörkret. Nästa gång jag vaknade var den borta, lukten likaså. Jag har strängeligen sagt att han måste arbeta snabbare om han skall bli klar. Han skakar resignerat på huvudet, jag tänker: Han är en halvmesyr, soffstampa, eunuck, en som inte får till någon sådd. Han får fan inget ur handen.

Men att utsäga det. Istället räcker jag över artiklarna och tjockromanerna och förväntar mig något tillbaka. Jag dikterar textstycken och anställer glosförhör. Han bemödar sig om den fria skrivningen. Vi äter på morgonen, på kvällen i undantagsfall.

Jag gick varvet kring stugan. Jag tog med mig snön in i tamburen och jag undrade över gårdvaren, om den var kvar. Vars är den? frågade jag men han svarade inget på en stund. Han sade att den är bort.

Och han mumlade frikativt, att den inte givits tillräckligt med maten, att den letat sig vidare. Jag tänkte: Han ljuger, han har slagit ihjäl den. Jag uppbådar lite god vilja, han ville kanske bespara den ytterligare en vinter av lidande.

Jag hängde inte av mig kläderna utan företog ännu några varven runt stugan, pulsade fritt omkring i omgivningarna och när jag kom tillbaka ställde jag mig bakom han i avsikten att störa och skrämma. Och jag gjorde några försök att tolka han, under aftonen taga reda på om min farhåga var sann. Frågade jag hur det gick med uppsatsen och hur den artade sig, då menade jag: Vars är det sorgliga skrället? Öppnade jag skåpet och påpekade att frukten var slut, var innebörden: Hur kan man döda ett oskyldigt djur?

Och det vart åter undersökningarna och jag stack omkring mig med en lång käpp. Ända bort till storvägen vandrade jag och en bra bit in i skogen på andra sidan, där jag hittills aldrig har satt foten. Jag stötte med käppen mot något som inte var en sten och satte mig grävande på knä. Det var den förfrusna kroppen av en järv.

Veden har jag huggit opp. Han står oppstaplad mot väggen inne i vardagsrummet. Det sprakar och smäller, kanske var han inte torr, eller om det beror på träslaget. Det rök in, afrikanen ville öppna fönstret. Min fromma förhoppning: att han fortsätter med sitt och inte stör mig.

Jag sitter på pallen vid diskbänken och arbetar med kritan och blocket. Tidigare har jag tecknat till exempel Riddarholmskyrkan, Waldemarsudde, Långholmen, och vyn från Mose Backe. Det var under första stockholmsbesöket tillsammans med Eva. Jag tecknar snabbt och intuitivt. Det har blivit fyra bilder redan. På allihopa sitter han krökt över bordet och skriver, med mig vid kortändan närmast fönstret en liten bit från bordskanten, så att man ser mitt ansikte i profil. På en bild har jag svängt ena benet över det andra och stödjer hakan mot knogarna. Det synliga ögonbrynet är böjt på ett sätt som ser främmande ut. Han sitter med sina papperen och verkar inte medveten om att jag studerar han. (Vi har trots det begränsade utrymmet flyttat tillbaka bordet ut i rummets mitt.)

På en annan bild sneglar han mot något i taket. Jag satte dit en fladdermus, suddade ut den, valde fågeln istället. Jag suddade ut fågeln och föll i tankarna och vart allvarlig. Och jag avbildade han med överkroppen sträckt och med den ena armen höjd, och däropp, ett stycke nedanför takbjälkarna, gjorde jag ett litet ljusomstrålat klot som jag tog bort innan det ens var halvfärdigt. Jag lade teckningen åt sidan.

Jag rättade några av hans färdiga uppsatser.

Efter att församlingens äldste samlats till rådslag, började man stålsätta sig inför vedermödorna som skulle komma att bli det enda förväntade resultatet av att man öppet satt sig opp emot en häxa. Missionärerna som levde på nordsidan hölls utanför.

Men det visade sig omöjligt att få korn på den onde. Om det ryktades att han befann sig i närheten av dalsänkan eller sov i någons skjul, var han inte kvar när någon modig person gick dit för att se efter. Uppfattningen blev att de hade värsta sorten emot sig. Jacob Wencela påpekade rådligt att det inte hade någon betydelse emedan Jesus hjälper och beskyddar dem som tror, och Jacob anmodade de äldste att bedja oavbrutet. Man gick till den vitrappade kyrkan som missionärerna uppfört. Man möttes emellanåt i hemmen. Så länge vi hör till Jesus, menade Jacob, är vi trygg.

Men Tomas talade med sin broder Jacob. Han sade: De kristnas gud är väldig. Men han är guden för de okunniga. Han tillåter lidandet utan att mänskorna gjort sig förtjänad av det. Han utfärdar storartade löften, men gör icke som mänskor vill.

Jacob Wencela lyssnade, nej det brodern åsyftade kunde icke ske. Men han lät sig långsamt övertalas, det var broderns ängslan och enträgna rastlöshet som avgjorde saken. Utan de äldstes kännedom gav de sig iväg strax före midnatt samma kväll. Tidigt på morgonen var de fram vid skogen där Jacob somligstädes vistats under reningen, detta förklarades för Tomas. De fortsatte tills skogen glesnade och slutligen öppnade sig. I gläntan låg en liten damm vid foten av ett mindre bergsmassiv. Det fanns vattenfallet också.

Tomas var hungrig. Han gjorde föreslaget att söka fånga

sig något vilt. Men Jacob sade att andarna kan uppträda som djuren. Broderns hemställan var förflugen, ja brådstörtad, och Jacob talade strängt till han medan de hukade sig vid vattenbrynet. Jacob snarade en tjäder, men inte för att äta. Vid dagbräckningen vältrade han några stenblock åt sidan och plockade ur en hålighet i berget fram de gamla föremålen som han nyttjat före omvändelsen. Halsbandet hängde han över axlarna. Tomas sade ingenting och ställde inga frågor. Jacob slaktade tjädern och gjorde opp elden. Fettet och inälvorna brändes allt under det att Jacob uttalade de magiska bönerna. Han fattade skålen av trä och förde henne handfast genom vattnet. Slyet och sanden lät han sjunka till skålens botten, därigenom att stenarna då trädde fram. Vad ser du? frågade han.

Det är hjulet, svarade brodern. Eller månen, under somliga nätter då vår jord inte skymmer solens ljus. Men Jacob Wencela sade: Det är inte hjulet, och inte månen.

Han förklarade hur det kom sig att skörden blivit förstörd och varför brodern fått en häxa emot sig. Det var framgångarna ute på åkrarna, det var avundsjukan över den goda avkastningen från odlingarna. Häxan var lejd.

Tomas frågade hur förbannelsen skulle hävas. Du fortsätter med jordbruket vart svaret. Olyckorna skall även framgent drabba dig, men ingen så stor som den här. Din familj blir inte utan maten, men du måste vara strävsam och alltid leva enkelt och fattigt.

Tomas vart icke nedslagen. Han sade: Tack min broder. Och tacka andarna för att de har visat mig vägen. Jag skall förstöra mina maskiner. Och kvarnen skall jag bränna.

Och sedan kommer någonting märkligt: Jacob visar brodern att bakom vattenfallet är det som en tunnel rakt in under berget. Därinne delar sig tunneln i flera mindre som alla utmynnar i smågrottor, varav somliga står i förbindelse med varandra. (Jag frågade Rémy hur det är möjligt, berget måste vara rena rama dödsfällan, såsom skalet bara. Han nickade men begrep nog inte frågan.) I en av grottorna är vattnet fullt av stenarna som Jacob använde när han förmedlade oraklet. Där är så rikligt av dem att det ingenstans syns någon botten där man kan sätta ned fötterna.

Det är givetvis diamanter. När jag vart kristen tvingades andarna tillbaka hit, säger Jacob. De bor här, de är vattenandar. Och han tar av sin bror ett heligt löfte att aldrig omnämnda det underjordiska vattnet. När Rémy såg grottorna första gången var Jacob redan åldringen, försvagad av ledsjukdom och det var hjärtat. Han tog med Rémy på en vandring. Sonen undervisades och lärde sig att denna skatten inte tillhör mänskor, det är en höghelig plats, härom städes har icke vem som helst tillträdet, och du skall bevara hemligheten, och din son efter dig. Ber vi i namnet Jesus kommer andarna att lyda oss vad vi än önskar och ber om.

Så talade Jacob Wencela, fadern. Men året senare förändrades i ett enda slag allt de edsvurna planerat. Tomas var hemma hos en vän och den här kvällen var vännens hus tjockt av folket eftersom att äldsta pojken i huset just förlovat sig. Och Tomas kom att höra hur man talade om de underjordiska grottorna.

Vattnet under berget äger andarnas krafter, resonerade man. Nej, vi själva har aldrig vart dit. Några vandrande familjer har berättat för oss om skatten.

Tomas underrättade genast Jacob. Redan natten därefter gjorde de åter vandringen till berget och den lilla sjön. Inne i den särskilda grottan fanns inga spåren efter nomaderna. De bägge bröderna unnade sig kortvilan eftersom Jacob var trött efter vandringen. Jacob vart som i djupa tankar och Tomas vågade inte störa, han uppfattade så mycket som att han och brodern inte var nöjd.

Efter en lång stund sade Jacob: Titta noggrant, vi har en karl där borta. Benen sticker ut därbakom busken.

Men brodern kunde inte urskilja någonting. Jacob fortsatte: Det är en jägare. Intill han ligger hans bågen och pilarna och där finns ävenledes säcken med proviant. Vi skall begrava han där han är, och vi skall säga folket att det inte fanns något annat att göra. Sådana kroppsliga rester skulle draga olyckan över varje by i hela regionen om de begravdes på vanligt vis.

Tomas såg mäktigt frågande ut. Jacob sade: Ser du inte att han sitter rak som ungträdet rätt oppur marken? Halsen är avskuren och ögonen urplockade, de skall grävas fram genom att man sticker fingrarna i buken som är öppnad oppifrån och ner. Mannens tänder saknas, samt det organ som används vid fortplantningen. Av inälvorna finns bara magra, geléaktiga skorvigheter kvar. De spricker sönder under fötterna då man går i gräset.

Och de gjorde det, de återvände hem, och de berättade att de funnit den sorgliga jägaren alldeles intill berget med det underfyllda vattnet. Antagligen hade han spårat bocken eller buffeln.

Av kroppsbesvären dog Jacob Wencela kort därefter. Man utvalde en hustru åt sonen. Kring händelsen med jägaren vävdes berättelser. Mödrar viskade förmanande åt barnen att de fick icke vistas i närheten av skogen och de måste vara på sin vakt. Männen samtalade lågröstat och gjorde sig otillbörliga frågor, till exempel varifrån dessa demoner härstammade och varför de var bofasta i grottorna inunder berget. Man vårdade sig varsamt om att inte utsäga namnet på den i gamla tider omvittnade onda anden med två ansikten, ett i huvudet och ett i buken, således fyra ögon för att lättare kunna upptäcka mänskors oförrätter och svek.

Tomas yppade så småningom Jacobs listiga manöver för sin brorson. Rémy förstod det som att Tomas inte fick någon vila i kroppen, att det skavde i han över bergets rikedomar, dess förborgenhet.

Tomas och Rémy kallade samman byns äldste. Det vart komplicerat. Trots mängden varnande fingrar i luften beslöt rådet samfällt att grottan under berget skulle vara en del av byarnas andliga existens. Det var de äldstes mening att ledarskapet skulle falla på den gamle Mattias, som i sin ungdom botat två döende barn med hjälp av örterna och slaktoffren och synerna. Avskiljningen firades och det anslogs tid för bönen och församlingssången. Rådet menade att det heliga vattnet skulle bisträcka och beskärma byarna mot häxornas magi.

Mattias väpnades för färden och Tomas vart hans vägvisare. En morgon i gryningen lämnade de byn. Detta är intressant: redan med milen och timmarna kvar upplevde Tomas att något var fel. Mattias gnällde, vacklade och mäktade inte gå. Han sade: Jo det har sannerligen varit vandringen. Mina ben bär mig icke som förr.

Tomas sade: Vi är snart dit.

Kanske förivrar vi oss, ansåg Mattias och masserade fötterna. Din bror var storskådaren, ja, den främste i byarnas historia. Jag är inte som han, inte som någon i er släkt.

Tomas erinrade den gamle om äldsterådets vilja. Det var

inte långt kvar till målet, de var strax dit om de fördrog lite till. Mattias sade: Låt oss slå lägret här.

Men Tomas tubbade på att fortsätta. De var som alldeles i närheten av berget, den gudomliga källan och undersköna rikedomen. Vi slår läger och imorgon beslutar vi vad som är bäst att göra, sade den gamle Mattias och mot denna halsstarrighet förmådde Tomas ingenting. Natten förklang och på morgonen låg Mattias med krampryckningarna i hela sin magra kropp.

Du måste gå efter hjälpen, viskade han åt sin vägvisare. Det betyder döden att fortsätta. Tomas förordade att stanna tills kramperna var borta.

Men Mattias sade: Du måste gå efter hjälpen.

Låt oss först uppfylla rådets vilja och fortsätta, det är endast ett litet stycke kvar, men det tjänade inget till att ombedja den gamle till sinnesändring. Tomas Wencela fick vackert återvända till byn. Gammgubben levde fortfarande när hjälpen kom, när han fortfarande befann sig endast timmarna från grottan. Under återvandringen bars han på en stol av grenar. Med halvtimman kvar till byn kom tio av de äldste dem till mötes i procession. Mattias åt försvarligt och kunde taga emot besök. Han hade många år kvar. Men berget där andarna fanns såg han aldrig med egna ögon.

Några åren senare sitter Rémy en kväll i kafeterian och roar sig med några kamrater. Den kvällen slutar med att han planterar sitt utsäde i en mer fruktbar mylla än den han själv blivit given genom det heliga ståndet. Det är en kvinna som han regelbundet sett och även talat med under flera års tid. Under nio månader växer sig de onda andarna runda och starka i han men ännu starkare i hans farbror. Rémy beklagar sig inför farbrodern och ber om rådgivningen. Kanske att ingen av dem ensam måste bära skulden för det som sedan händer. Strax efter förlossningen får Tomas makten att lägga ett lamslående töcken över kvinnans och hennes släktingars hus. Utan att någon opponerar sig går han in i huset, snappar bort det lilla barnet och beger sig ut i natten med rovet skylt i en duk. Det är en liten flicka. Tomas överlämnar henne åt Rémy.

Så gick adoptionen till. Kort därefter kommer ångern, Rémy förklarar det för sin farbror, att han tänker avslöja alltihop. Tomas blir ursinnig och sedan rädd, särskilt emedan Rémy är av meningen att han låg med kvinnan på farbroderns nakna inrådan. Från och med nu börjar Tomas umgås med blodstankarna. Skulle han våga göra sig kvitt sin brorson? Då skulle ingen få veta sanningen.

Men tills vidare har Tomas turen på sin sida. Rémy har satt sina egna planer i verket. För att lindra ångern och pinan stjäl han ur kyrkans insamlingar, pengar som han tänker skänka till den stackars kvinnan. Stölden upptäcks givetvis. De äldste håller överläggningarna, de vet att de borde utmäta ett straff. Missionärerna anmanar dem att vara milda i domen.

Rémy får veta att det skall bli en lång resa för hans del. Tomas säger hycklande: När din fader Jacob dog och gick hem vart du såsom mitt eget barn. Jag har endast handlat i god tro, och det fordras icke att du stannar länge opp i nordmarkerna. Kanske året, tilläventyrs två. Folk glömmer, snart kan du återvända hem igen.

Rémy ses ofta i sällskap med sin farbror, eller med en av missionärerna som han tycker om, och det händer att han gråter i andra människors närvaro. Folk berättar att dottern liknar han, och särskilt då kring ögonen. Hon hänger på sin fostermors arm eller på ryggen, fostermodern som således måste taga hand om henne utan faderns bistånd. Hon sitter med en hoprullad matta bakom sig och petar med fingrarna i jorden. Ibland ser mormor efter henne fast mormor klagar över att medicinmannen inte har något mot hennes onda drömmar och värkande ben. När Rémy lämnar byn och gemenskapen är det inte många som kommit för att vinka av han.

Om flickan skriver han inget mer. Jag tror inte att Tomas på allvar övervägde att tysta sin brorson för att därigenom sopa igen alla spåren efter det avskyvärda brottet. Rémy tror att Tomas ville vinnlägga sig om att inte släktkedjan skulle brytas. Att inte föra vidare faderns krafter är något som Tomas aldrig skulle förlåta sin brorson. Alltihopa hängde på att Rémy avlade ett barn, en avkomma måste han ha, då kunde Tomas låta detta barnet genomgå reningsprocessen i det fördolda. Rémy är likväl besluten att återvända söderut. Han skriver att han skall göra opp med sin farbror, han skall ställa den förbannade häxan till svars för allt. Rémy vet att farbrodern är vettskrämd över själva tanken att han skall bli den anklagade, att han skall få sitt namnet befläckat och förlora hedern. Rémy har tillvunnit sig en allvarlig hållhake på Tomas. Om Tomas gör som Rémy vill, skall det kanske inte sluta med fördärvet för någon av dem.

Jag sitter på kökspallen. Igår natt mätte termometern trettiofem minusgrader. Blir det kallare spricker han.

Det här är sista veckan.

Jag tyckte synd om min elev. Två moderna romaner tog

jag fram men ställde tillbaka dem igen. Jag gjorde kompotten på äpplen och apelsiner och där fanns lite grädden som höll på att surna till. Vi åt lite, han fortsatte med arbetet efteråt. Det värkte i kroppen, det gick rent av trögt att gå den korta sträckan mellan stugan och lillvägen. Inne i hallen luktade det unket och soffan var obäddad. En bra stund satt jag och stirrade på mannen vid bordet. Med mina tankar försökte jag tränga in i hans, det var outhärdligt.

Jag företog långpromenaden. Gick åt andra hållet, bort från storvägen. Måste göra sprången för att hålla mig varm och fick som huggen i sidorna. Rucklet såg om möjligt mer förfallet ut än tidigare. Man tänker på ett ansikte vars ena halvan förvrids av smärtan och den andra hänger tungt som efter förlamningen.

Gående längs vägen lyssnade jag. Gårdvaren var kanske bara skadad och låg i dödsplågorna någonstans.

Och jag kom att tänka på veden som borde vara nästintill utbrunnen för oss. Det var som att han läst mina tankar, skogen skingrades och trots mörkret och avståndet såg man någonting, såg man som regelbundna, apokalyptiska halvcirklar därbort vid stugan. Jag gick förbi han och sköt igen dörren efter mig.

Jag tänkte: Han hade inte jackan.

Även yllemössan hängde på sin krok in i tamburen. Och jag tecknade ur minnet: den svarte mannen med yxbladet i rak linje ovanför huvudet, i skjortärmarna, och när han kom in reste han klabbarna inuti kaminen som jag lärt han göra. Det brann snart nog med ringlande lågor. Han tog av sig byxor och understället och man såg hur kalsongerna var insnörpta baktill så allt vart som uppenbart. Jag tänkte: Behåll du hellre stället på min vän, så behöver du icke förslösa så mycket tid på uppvärmningen.

Han satte sig med storögonen i bäddsoffan och blinkade sig omkring. Jag frågade om allt var som det skulle. Istället för att komma med något svar, rev han ut britsen.

Där låg ett paket.

Ingen adressat, ingen avsändare, ingen poststämpel. Då jag skar opp remmarna trillade ett hårt papper ut, det var ett fotografi, det föreställde stugan vi bor i. Fotografen måste ha tagit kortet bortifrån lillvägen. På baksidan fanns ett meddelande.

Jag gav han i uppgiften att läsa högt och det gjorde han överraskande tydligt: *Det här får du som ett tecken på att jag fortfarande är med dig i allt du gör. Jag mår inte bra, men som du nog anar mår jag bättre än den i vars arma hand du lagt ditt liv. Jag har läst alla dina brev till honom och sörjer över att du verkar fast besluten att inte göra mig till viljes, trots att det inte är mycket jag begär. Ser jag dig här i stan igen kommer du därför att få mer generösa gåvor. Försök inte leta rätt på honom, jag har gömt honom väl.*

Vem kom med paketet? frågar jag afrikanen. Såg du han, vem var det? Han har något utstuderat och lite skamset i sin blicken då han svarar att det var häxan.

Var det mannen eller kvinnan? Men han upprepar att det var häxan som kom, kanske är häxan hunden som förvandlat sig. Och han råkar på grund av den laddade situationen stöta ur sig ett gutturalt skratt som hade generat oss båda ifall vi inte varit så uppskärrade. Jag tar ur paketet ut ett uppbåd av tape och smörpapperet som jag varsamt löser opp.

Innehållet faller mjukt till golvet.

Det är fem fingertoppar, avskurna vid sistleden. De har

tillhört vänsterhanden, naglarna är i mörkaste laget men det kan vara på grund av kallvädret. De känns fortfarande fasta och friska. Snart kommer de att ruttna och falla isär.

Jag har under åren haft många tillfällen att betrakta dessa fingertopparna och naglarna. Jag ser Dig klart med ena armbågen i bordskanten och handen lätt böjd framåt, som om det vore tillåtet att gå fram och kyssa den under utflödet av Din visdomskraft i rummet där jag sitter och lyssnar till Dina anvisningar.

Jo, jag känner igen dem.

(Vem i himmelens namn har gjort dig detta?)

Det är Dina fingertoppar och naglar jag plockar opp och när jag visar dem för han rinner hans ögonen av skräck.

Jag fann bilden med oss två sittande kring bordet. Jag ritade ett barn som svävar fritt i luften ovanför hans huvud, jag satte dit en stege. Barnet, som inte är mycket mer än ett foster, klättrar opp och ned på stegen. Det går inte att bestämma om det är flickan eller pojken.

Jag bläddrade fram ett nytt ark. Bilden som min penna tvingade fram skiljer sig inte från de övriga. Han sitter kurande med arbetet framför sig medan jag begrundar alltihop bortifrån fönstret. Vi har som vart där mycket länge. Han arbetar oupphörligt och mitt ansikte där bort vid fönstret ser slitet ut, som stugrucklet inne i skogen. Avståndet som reser sig mellan oss får mitt öga att värka. Det spelande ljuset från lågorna gör afrikanens ansikte skummande mustigt som av kokande linoleum eller smältande brons. Med två tre halsbrytande grepp skär jag i hans panna ut en liten öppning ur vilken älvor kommer fladdrande i kaskader. Det är komiskt och jag skrattar högt, han tittar opp från sina papper, comment, quoi, men jag skakar på huvudet, det var ingenting, du kan fortsätta med ditt, och han fortsätter med sitt. Jag tar bort älvorna och lappar ihop hans panna igen.

Pärlsponten buktar sig i vindlande rörelser och jag skuggar somliga partier av väggen medan andra förblir upplysta. Afrikanens huvud skimrar ikoniskt. Bort vid fönstret ruvar den outgrundlige.

Hans öga uppfattar allt.

Det är tidigt på morgonen när jag störs av toalettlocket. Och det är i stort magen och de bultande tinningarna.

Enkannerligen och obedunkeligen tinningarna.

Jag tänker: Nu är målet mycket när.

Då hör jag något på nytt, det är ytterdörren som klapprar mot karmvirket. Jag klär mig och går ut. Länge vandrar jag i omgivningarna och går för andra gången över storvägen. Det är grådager. Mellan två stammar skymtar jag några som tycks röra sig mycket snabbt. Jag finner dem långt senare. Afrikanen sitter nedsjunken i bara mässingen under några lågt hängande grenar av gran. I hans knäna vilar gårdvaren glanande oppemot mig då jag viker grenarna åt sidan. Och jag undrar över snön, varför hon är mörkare runtomkring dem, tills jag förstår att han äter av djuret, sliter och rycker åt sig utav de ångande ryggstyckena, maler med tänderna sönder det rosiga köttet. Den låter han göra det, i sin förmätenhet äta.

Senare stiger jag opp och stänger dörren som ännu står och klapprar. I min nöd ställer jag mig att diska blankpolerade kastruller och det mest skinande porslin. Jag vet att det inte skulle bära särskilt långt ifall jag gick ut. Nu går jag hem igen skulle jag säga, hem till teckningen som jag skall studera och möjligen förändra något litet, en detalj bara: den arbetandes vinkling över matbordet eller fönstret bakom den vakandes profil. Jo, det är som vanvettskylan och jag huttrar av köld, och jag kan se det gyllene huvudet inom mig, och pennan som vandrar över papperet.

Jag har känslominnena av ofattbara ansträngningar, men också minnesluckorna. Vad som uträttades eller sades under gårdagen kan jag inte för mitt liv komma ihåg. Det gör ingenting.

Jag äter det som finns tillhanda: knäckebrödsflisorna, lite russin för blodsockret. Jag dricker direkt ur kranen.

Jag stänger in mig i sovrummet och vänder sida i blocket. Jag ritar han halvvägs opp ur stolen. Vid fönstret är det tomt. Afrikanen vrider sig omkring, kastar blickarna mot pentryt. Längst ned skriver jag, från ena kanten till andra: HÄXAN KAN FÅ DEN ÄKTA MANNEN ATT ÖVERGE SIN HUSTRU

Jag bläddrar till den tidigare bilden, hon med barnet. Jag skriver ceremoniöst: OCH BERÖVA DEN NYBLIVNA MODERN HENNES FÖRSTÅND, och streck och skuggor blir mindre skarpa med hjälp av min kautschuk. Jag sitter blick stilla med bilden i handen och jag begrundar henne under några ögonblicken och upptäcker plötsligt att det har gått timman, nästan två. På grund av den stängda dörren har temperaturen i rummet krupit ned mot nollstrecket. Jag gör varvet runt stugan och sedan är det att jag låter blicken positioneras mellan fönstret och sänglampan och när jag blundar får jag syn på alltihop, slutligen ser jag och fattar jag, nu får jag inte ge opp och inte ge vika för den bläcksvarta smärtan och det raspande ångestgisslet. Och när jag märker att jag är nära till sömnen, då ruskar jag på huvudet. Då slår jag mig ampert över kinderna.

Och jag vänder sida i blocket en sista gång, inte emedan jag famlar efter sanningen utan för att jag vill se henne ur ett annorledes perspektiv. Den outgrundlige avbildas inte sittande, utan opprätt vid bordet. Man har han snett från vänster. Han står den erfarnes plats och det finns något obestämt i hans sätt att tvinga papperen bakåt och försöka överblicka resultatet. Det syns inget av ögonen och skäggmoffset döljer det mesta av hans hals. Men det finns en planenlighet i han. Det är inte bilden av kroknade förhoppningar man får, utan av vägen som leder framåt och bara man följer henne står man förr eller senare vid sitt mål. Hon är som outrannsaklig och gåtlikt rak. Längs hennes bägge kanter står självklarheterna oppresta och man ser genast vad de betyder och man behöver icke stanna till. Det är ett bottenlöst mysterium, en dårskap hur en sådan väg kan finnas, kan stakas ut. I kaminen pyr glöden, i bäddsoffan ligger den andre: den erfarne. Han har skjortan och understället bara. Högerbenet ligger böjt under det vänstra och fotsulan är oppvänd mot tecknaren, bildskaparen, den outgrundlige som välver sig över bordet och hela stugan, som om det vore han som utgjorde dess väggar och grund. Han försöker kalkylera och beräkna och summera hur länge mannen i soffan legat där.

Förrådet av bränslet har krympt. Jag har ylletröjan och några byten sockorna kvar. I frysboxen hittar jag ett par stenhårda brödlimpor som jag knaprar kanterna av. Det värker i tänderna och jag river opp mig i tandköttet, och jag dricker munnen kallvatten. Jag kretsar fram till storvägen och brägglar mig vidare tills jag kliver galet och fockar bröstet i storgrenen. Då stravlar jag mig tillbaka. Det är släckt, icke ens dörrlampan brinner och det är den mest stjärnlösa himmelen oppå jord. Man förnimmer en skärfärgad kärna utav stugan ifall att man lyfter på huvudet. Jag kan inte finna rätt på huggkubben, inne i boden stöter jag omkull henne. Det är ett riskfyllt påfund att klyva veden när man knappt ser handen framför sig, jag sträcker mig i vänster skulderbladet och ögonblicket efter sitter yxan i högervristen så den nya brasan blir det ingenting utav. Men det är ingen stor sak, och hon tog icke farligt. Sovrumsdörren är noggrant tillskjuten och jag har stoppat tidningar i glipan där ned så att icke den förtvivlade värmen skall leta sig in. Jag måste anpassa mig till de ständigt sjunkande temperaturerna för att stadfästa den nya ordningen, för att hon icke skall mjukna och vaxa samman eller glesna bort. När nu sanningen framställer sig, klar och skir som den kalla vinterhimlen: förstod jag icke alltihop innerst inne redan från begynnelsen? Och det blir som hugsvalelsen, som den mest själsomstörtande häpnadsglädjen över alla innebörder jag ser: allting skall ordna sig, och jag erinrar mig de underjordiska grottorna, dess hemliga rikedom. Jag tänker på hans fjärran hemland, på kontinenten där människor med masker dansar genom nätterna och gör sakerna vi ej begriper och ej har orden för. Och jag nagelfar varje pennstreck och kurva, jag blir vid sistbilden: den erfarne som ligger i soffan och bredvid han syns gammplåstret som påminner om hur alltihopa började. Den outgrundlige, som omhändertagit och lärt han språket, står vid bordet och jag tycker plötsligt han är för lång, jag ändrar ingenting, men detta med hans ansikte som icke kan vara så ljust i mörkret, och där ut vid lillvägen står den osynlige, sagans onda häxa vars uppgift det varit att spinna sin väv, invänta tidpunkten och sedan skrämma till lydnaden. Den erfarne ligger på sin

bädd och känner intet, och det är som att han sover, det var
icke lång tid sedan han var svårtolkad, omöjlig nästan, där-
efter har veckor gått, dagar passerat, och bildskaparen som
bläddrar i texterna räknar dem allihop och han räknar tim-
marna som förrunnit sedan allt vart stilla, han läser några
rader, andarna och makterna genomströmmar livet bakom
han, om det är de slocknade lågorna från kaminen som ger
han föreställningen men folk får som konturerna och krop-
parna och det är viktigt, och mysterierna, och ohygglighet-
erna, men det är planenligheten i hans rörelser och man
tänker på nytt att han är som byggstenen i en stor och mag-
nifik idé, och nu lägger han ifrån sig blocket, och nu går han
ut från rummet och fram till mannen i soffan, han vet icke
om det är dag eller natt, och han lägger handen på mannens
bröst, där är det ännu såsom branden, och det är något in-
fernaliskt vad de viskar dessa rösterna, rummet som ljudlöst
sorlar utav de outhärdliga rösterna, i kaminen dör glöden
ifrån han i en sista bortseglande svavelblomma, han måste
hålla kvar handen för att icke frysa ihjäl.

Konstnären avbildar verkligheten, skapar den inte. Men vi
vet inte vari skillnaden består, det mörker som hyser denna
verklighet går inte att fördriva. Och det skall sägas: historien
kan inte fås ogjord och inte belysas i detaljerna. Vi förunnas
icke nåden att uppleva vårt liv som genom ett djupt andetag
eller skådarsynen, ögonblicksbilden av den föreställda värl-
den såsom en förlängning av oss själva. Kanske är det som
nåden att vi inte får.

Skogen luktar bränt, man tänker att det vart krigsdrabb-
ningarna under natten. Starkare luktar det ju närmare byn

man kommer. Vid foten av en stor gran låg någonting och osade, det var en svavelhylsa. Jag petade på henne med en pinne, hon finfördelades över snön som vart askfärgat och med pinnens hjälp kunde jag åstadkomma en utslagen ros eller något så illustrativt som en grå stjärna.

Och solen var på väg oppåt, och på himlen såg man för första gången på länge ljuset, och någonting purt blått. Jag förstörde stjärnan, jag tar inga risker. På avstånd såg jag ställvis ytterligare fyra eller fem pyrande härdar och det vart vidare några kilometer till.

Och jag vände om, man såg de första bodarna. Då gick jag tillbaka. Jag föll baklänges i en driva framför stugan och jag tog utav mig på överkroppen. Jag tänkte att jag kunde unna mig att sitta där en stund och gjorde det också. Plötsligt spratt jag till och förstod att jag somnat, jag kände mig ännu alldeles utmattad efter promenaden. Framemot eftermiddagen eldade jag och kokade vattnet. Det finns inga teblad, inget socker och ingen mjölk så man dricker vattnet som det är. Jag vet inte när jag åt senast, kanske igår eller kanske ingenting på flera dygn. Brödskalkarna som låg framme var torra och smakade damm, jag kastade dem åt fåglarna.

Jag är inte det minsta hungrig.

Det var en dålig, en ny lukt inomhus. Jag slog opp alla fönster på vid gavel och var fram med rengöringsmedlet och hinken. Jag skurade hela stugan ren. Jag har inte tagit mig till att vandra mera emot byn. Det behöver jag inte heller, de var som ett prov dessa promenaderna. Mina planer ligger blankt färdigsmidda, döpta i vatten och eld om vartannat och det är min bålda mening att jag slutgiltigt bevisat dem min överlåtelse.

Ändå tänker jag låta tre dagar gå. Denna tid avlåter jag åt

ödet att gripa in. Då vet jag att jag har en stor skuld att betala. Om ingenting händer, har jag tecknet av ett annorlunda slag: vägen ligger öppen och det finns icke längre anledningen att tveka.

Även detta brev kommer jag att adressera och posta till Dig. Det skulle vara en motsägelsefull handling, om jag inte visste att det är Du själv som sänt mig dessa hotfulla meddelanden. Jag förstår samtidigt vem Du försökt framställa som avsändare. Du har framgångsrikt eggat fram mardrömmarna och spöksynerna för mig. Men Din mest geniala och mest skrämmande besvärjelse vart också den som svek Dig. Tänk med vilken lätthet Du kunde ligga steget före mig hela tiden och finna vägen till stugan, när jag sänt Dig en sådan detaljerad vägbeskrivning! Det är med en djup klarhet och ett skugglikt lugn jag tecknar bilden av Dig, stående ut på lillvägen, skakande av köld, med det makabra paketet under armen och med vänsterhanden i bandage. Du har visat att Du vill slå in kilen i vår vänskap och skapa avståndet mellan oss, ett som Du kan kontrollera. Det skulle ej lyckas, vi känner varandra för väl. Jag förlåter Dig. Försök att hålla modet oppe. Jag skall förklara allt.

Vi lider allihop under det ekonomiska förtrycket som politiken genom sin girighet bär ansvaret för. Jag har talat med honom om det. Han gjorde inga miner, han höll sig still bara. Om han hade febern har den lämnat honom. Och jag förstod det som att djupt där ned i hans ögonmörker finns min och Evas och barnets framtid förborgad. Vi har somligt gemensamt, vi delar som en slags bestämmelse. En sekvens av vägen skall gå genom hans värld, en liten tid måste jag se det han ser och stödja honom mot dem han har emot sig. Han står ensam i en stor och farofylld värld.

Och när de tre dagarna gått skall jag taga mig in till byn och sätta mig på första bussen till stan. Därifrån färdas jag med tåget till Stockholm. Där kommer Du och jag att mötas vid biljettförsäljningen den sjunde januari klockan tolv. Han kommer också att vara där, två dygn efter min avresa skall han enligt vår överenskommelse komma efter mig. Han har fått pengarna. Sedan väljer vi en lämplig flight, jag har läst att man mellanlandar i Marseille.

Vi skall söka efter svar tillsammans. Det vi påbörjat förklingar icke utan väntar tålmodigt och allsmäktigt på sin fullbordan, vare sig vi vill det eller ej. Det hittills svåraste provet ligger fortfarande framför oss. I bästa fall kommer gårdagens och morgondagens vanvett att förgrena sig och därigenom skänka oss avlastningen och möjligen lite ro, även om vi inte kan räkna med det. Försök att inte vara rädd.

Färden skall gå till Afrika.

ANDRA DELEN

‡

"Afrika?" sa han. "Ja, det har jag hört talas om." Vad han inte visste var detta: att ungefär tre timmar efter slutpsalmen, några flyktiga ögonblick på vår jord, skulle han stå hjälplös och famlande inför det som man inte kan tänka och inte går att föreställa sig. Man kan säga: det som i sig självt är onämnbart.

Eva satt jämte honom och det pös krampaktigt och osaligt om hennes person. Uppe i koret hade kantorn övat färdigt men han klev inte ner. Eva satt blek, hon var nästan vitaktig i ansiktet. Man kan undra ifall det var som en slags rättmätighet, detta att sonen en dag skulle få veta mer. Man kunde möjligen kunna säga arv, ett andligt. "Om vi skulle äta vid tre", sprack det ur henne. Han sa: "Afrika, just det, det var så sant." Inte alldeles oförmodat ville han skyla sitt intresse för familjens angelägenheter. Mitt på podiet stod kistan i melerad ek. Och det blev församlingssånger, kantorn var en skicklig organist, prästen bröt stjälken av några tulpaner och lade dem på kistlocket.

Vid kaffet hade modern fått något litet av färgen tillbaka. Han blev presenterad för några av hennes bekanta. "Det här är Patrik", sade hon. Och hon begrep sig på honom, och hon gav honom rätten att gå. Kyrkan, kapellet och församlingshemmet ligger inte långt från stadsgränsen. Då man träder ut kan anhopningen av bostadshus och fabrikstorn anas mellan raderna av nyplanterade lönnar. Han valde att gå tillbaka via skogen, som löper österut på andra sidan landsvägen. När han kisade upp mot boktopparna och tallkronorna hördes ett ljud som när en väldig port öppnas. Han tyckte att även här i den föga rörda naturen följde honom minnet av kyrkans gångjärn, det gamla ljudet av civilisation.

Han tänkte: "Vad förmår inte människor. Vad vore ett mirakel, om inte en ingång som öppnades upp just här mitt i växtligheten. Det ändrar inte på någonting, detta att höga träd som utmanas av vinden skapar den inre bilden av tunnlar och pelare och valv."

Han lyssnade efter liknande ljud, och han föreställde sig kistan med de brutna tulpanerna. "Åke är död", tänkte han. Vid minnet av den ende far han haft tårades hans ögon.

Flickvännen bodde i ett flerfamiljshus på norr. På hennes matbord låg böcker uppslagna ovanpå varandra.

"Hur är det?" sa hon utan att titta upp.

Han gick till det andra rummet. "Man säger hur *var* det", tänkte han och önskade att hon var sig själv. Den dämpade rösten fick honom att känna sig som en inkräktare eller till och med tyrann. Han fick lust att vippa ner grönväxterna på golvet. Han tänkte: "Du talar som en sorgedrottning, som om orden bars upp av fornstor tid och högtflygande dagar. Jag hatar när du talar så."

I dessa tankar återvände han till köket, det sista tänkte han rakt i ansiktet på henne.

Hon sa: "Datorn har hängt sig."

Han sa: "Åke och Eva skildes aldrig helt och hållet så länge jag var liten. Vi åkte på semester tillsammans några gånger. Han flyttade till Göteborg, då kände man att det var över, då var jag på gymnasiet. Sedan kom jag själv till Göteborg och påbörjade lärarutbildningen. Vi hittade på saker. Gick på bio, fiskade om det var bra väder. Några gånger sov jag över hos honom."

Hon såg oförstående ut. "Jag läser min personliga runa över Åke", förklarade han, "avbryt mig inte. Vi befann oss mitt i Vasastan när spårvagnsolyckan inträffade. Han talade alltid om den globala uppvärmningen och hade en fäbless för konspirationsteorier (fäbless betyder svaghet). Elfte september gjorde honom uppspelt. Man hittade honom på ett vandrarhem i Köpenhamn. Det var hjärtinfarkt."

Han bläddrade frånvarande i en av böckerna. "Stopp", och hon rev boken ifrån honom. Hon sa: "Jag gör inga hundöron, de är alldeles för fina för det. Nu vet jag inte var jag läste."

"Ska jag kolla datorn?"

"Jag vet fan vad fäbless betyder."

"Skulle du skriva mina memoarer?" frågade han. Hon lyckades inte dölja att hon hade genomskådat honom. Han var nöjd med hur besöket artat sig. Med boken tryckt mot barmen följde hon honom med blicken. Hon besvarade inte hans avskedshälsning.

Han tänkte: "Om jag någon gång blir författare ska jag spela upp det här samtalet. Men jag ska krydda samtalet med en köttslig händelse på tamburgolvet och vi ska ligga där när hennes föräldrar kommer in. De ska ringa polisen. Folk ska läsa om det. *Misstänkt våldtäkt mot nittonårig kvinnlig student* ska det stå. En murvel gräver fram att den misstänkte gärningsmannen är hennes före detta lärare och jag ska gömma mig i boktopparna och tallkronorna och på vintern ska jag utvandra till staten New York eller kanske snarare Québec, min engelska är lite trubbig."

På en stormarknad köpte han bondbönor, en halv liter havregrädde, inlagda päron och tunnbröd. Modern stökade i köket. "Eva, prisat vare ditt namn", sa han. Hon hade gjort mjölmålla, quinoa med avokado och körsbärstomater. Hon sa: "Det är skönt ute."

När han stod med disken påpekade hon att hans byxor var för korta. Den nya lägenheten var klar, det var en två-planare men inte större än den gamla till ytan. Nej, någon hjälp ville hon inte ha. Firman skulle ta hand om allt.

Han sa: "Sista gången jag träffade honom var på bokmäs-san för kanske fyra eller fem år sen. Han sa ingenting om Afrika. Han pratade aldrig om afrikaresan. Om jag inte minns fel nämnde farfar den någon gång."

"Hur tyckte du att han var, då vid mässan?"

"Jag undrade varför han handlade så mycket böcker. Jag fick hjälpa honom att bära och ändå tappade han hälften vid utgångarna. Jag tvivlade på att han skulle läsa de där böck-erna. Jag tvivlade på att han skulle läsa en enda av dem."

"Han var deprimerad", sa fostermodern.

"Upprymd. Kanske manisk."

"Det var en vacker begravning."

Och de talade om ceremonin. Ja, det hade varit en ut-sökt kista, nästan kunglig. Nej, inte skrytsam, så menade han inte. Jo, det skulle bli ett vackert minne. Och hon bryggde kaffet. Han tystnade och blev inåtvänd när hon sa: "Alla bör få ett värdigt avsked."

Han kom att tänka på matkassen. "Gå inte än", sa hon.

"Det var som så att Åke kom tillbaks när jag trodde att vårt förhållande var historia. Jag menar inte att det var något dåligt, bara att det var oväntat. Det är länge sedan nu."

Sonen märkte att hon hade svårt med orden. "Förstod du genast att han mådde sämre?" frågade han. "Han talade i sömnen", sa hon. "När jag kom hem från jobbet kunde han fortfarande ligga till sängs. Du var bara ett och ett halvt. Jo, man förstod nog att hans besvär fortfarande plågade honom. Jo, han mådde nog sämre. En kväll kom urladdningen: jag tror att han hade haft något ärende för jag ser honom framför mig med kängorna och rocken på, eller om han var på väg någonstans. Hursomhelst så skrek jag åt honom att han måste strama upp sig eller något liknande, han sa ingenting. Lite senare hade jag gjort mig iordning för kvällen. Då märkte jag att han var kvar därute i hallen. Då talade han äntligen."

Hon tystnade och såg vädjande på honom. "Jag är ledsen", sa hon men det lät mest som en darrande suck. Han tog hennes händer i sina för han visste inte vad han skulle göra. "Lugn, det är okej", sa han trots att han inte hade någon känsel kvar i armarna.

Och inför honom framställer Eva detta som inte kan tänkas och inte går att föreställa sig. Man kunde säga: det som i sig självt är onämnbart. Med blicken söker hon göra honom ett lindrande töcken, det som orden inte förmår därför att de är fyrkantigt sagolika och har för mycket av det absoluta mellan sig: av det obevekliga som binder dem samman. Utanför hennes lägenhet är det vackert väder. Hennes röst stockar sig, det blir tårar. Han längtar efter den friska luften, han anser att det är onaturligt varmt därinne.

Hon säger: "Jag försökte styra in honom på ämnet några

gånger. Fåfäng möda, han menade att det inte gick att ändra på något.”

Under en lång stund är det tyst mellan dem. Hon fortsätter att torka disken. Hon klamrar sig fast vid tallrikar och glas som om hennes överlevnad hängde på det.

”Varför Afrika?” säger han utan några personliga vibrationer i rösten, som om det skulle vara ett polisförhör. Ja, han vill fråga om hon gick till polisen, men hur ska han kunna fråga något sådant när han inte ens är säker på att han kan resa sig ur stolen.

”Det är klart att han hade någon slags avsikt med resan. Men det var lögn att jag skulle få ur honom något. Det enda jag hade var ett brev. Kuvertet var stämplat i Stockholm den sjunde januari åttioett. I brevet berättar han vart han är på väg och sedan säger han att han har lösningen på våra problem.”

Som om hon kunde läsa hans tankar säger hon: ”Jag tror inte att någon utomstående någonsin fick reda på vad som hände. Men som du förstår är det omöjligt för mig att vara säker på sådana i grunden ovetbara saker.”

”Hur länge var han borta?”

”Ett par veckor, kanske tre.”

”Fick han inte tillbaka sin anställning?”

”Nej. Jag vet inte hur det påverkade honom. Han fortsatte med sin terapi, samtalen tycktes gynna honom. Han slutade gå.”

”Vad hände sen?”

”De mörka andarna, som han kallade dem, var så småningom tillbaks. De lämnade honom i fred för det mesta, men de rörde sig i en slags omloppsbana och emellanåt korsades deras vägar och då blev hans tankar onda och han hatade sig själv och ville dö. Han började utebli från möten och påstod ibland att han ringde från utlandet. Under en period hade han konstnärsambitioner. Han försökte skriva en roman, han målade. En oljetavla fick han med i någon slags tävling. Han sa att han fick en stark frihetskänsla i kroppen när han staplade alla sina ambitioner ovanpå varandra och brände upp dem."

Ljuset inifrån dessa hemliga rum bländar honom där han sitter och stryker sig med underarmen över ögonen och försöker resa sig. Den här gången säger hon ingenting för att hålla honom kvar. När han gått tar hon sig med viss ansträngning ut i hallen. Hon upptäcker att han glömt sin matkasse.

Resten av dagen tillbringade han på en parkbänk. Han försäkrade sig om att upprätthålla ett stort mått av saklighet, det var viktigt, ansåg han, att inte göra alltihopa värre genom att övermannas av skräcken. Men på vägen hem stannade han vid en mack och köpte svindyr glass som han knäppte iväg efter två skedar. Han undrade om han möjligen fått i sig något dåligt. Det var kallt, det var inte omöjligt att snön var på väg tillbaka. Man hade en stjärnklar himmel. Han ändrade sina planer och började gå mot centrum. Han hade på långt håll fått syn på flickvännen som var tillsammans med en jämnårig kamrat, dem följde han. Fyra personer stod och diskuterade någonting kring ett bord med en stor, stålgrå kanna och ett paket med bruna pappmuggar.

"Det är gratis", sa de fyra människorna trots att han inte viftat med någon plånbok. "Må Gud ge ditt inre öga ljus och välsigna dig med all den välsignelse som genom Kristus finns i himlen."

I linje med Stortorget gick flickvännen och hennes kamrat över gatan, hon hade sagt att de skulle till Biffhuset. Han skulle just följa efter när någon sa: "Patrik Adamsson Stedler!"

Det var en före detta arbetskamrat. Han hade två andra bredvid sig, bägge två betydligt yngre än han själv. De presenterade sig. "Jag heter bara Adamsson", sa Patrik. "Stedler har jag lagt bort, det var Åkes namn."

Den före detta arbetskamraten sa: "Häng med, man vet aldrig var det slutar." Man förstod av hans ton och kroppsspråk att han sällan lyckats få någon att tro på honom. Han var fortfarande finlemmad men hade fått en iögonfallande kulmage. Han berättade för de två andra under vilka omständigheter han och Patrik träffats första gången och hur de lärt känna varandra. När de lite senare blivit insläppta och fått varsitt krus ljust öl framför sig klappade han sig på magen och sa: "Det har inte blivit så mycket träning."

De hämtade nästa omgång och sedan nästa, och sedan fick en av de andra två syn på en dam som han kände, han gick dit för att tala allvar med henne. När Patrik återvände från herrummet var den andre på väg därifrån och den före detta arbetskamraten var knallröd över kinderna och halsen. Även Patrik fann honom outhärdlig. De såg knappt åt hans håll när de gick.

Utomhus var det överallt långa köer och Patrik insåg att den andre försökte fånga hans uppmärksamhet. Det var en fetlagd man, några år yngre än Patrik, han hade stubbat hår och polisonger. "Den här Åke, var det din farsa alltså eller?" sa han. "Är han död alltså eller?" Patrik sa: "Han hade högt blodtryck. Om du vill så ska jag berätta något. Jo, det är en hemlighet skulle man kunna säga."

De hade stannat alldeles i närheten av parken där Patrik fördrivit sin eftermiddag i ensamhet. Medan han berättade måste den stubbade gripa honom om axeln. "Det var som självaste fan", sa han. "Det var som djävulen", och adrenalinet gjorde att han fick en vit, fladdrande salivsträng utefter hakan.

Och den stubbade måste skratta, och han måste nästan vika sig dubbel, och han gjorde några snabba rörelser med handen som när en man tillfredsställer sig själv: det var tecknet för det överraskande, fantastiska eller sällsamma och när han sträckte på sig måste han torka sig i ögonen och Patrik tänkte att det också berodde på kylan. Det måste bero på kylan att man gick med tårar i ögonen, att man kände sig tårögd hela tiden. Men nu fick den andre Patrik med sig. Han hade upptäckt någonting.

Det var en gammal luffare med plastkasse och han satt på samma bänk som den Patrik suttit på tidigare. Den stubbade gick fram till bänken. "Hej på dig", och han vände sig flinande mot Patrik. Han sa: "Är det inte lite kallt va? Vad är det här, en väst?" Med ena handen nöp han tag i luffarens kläder och fick genast en örfil tillbaka. Han tog ett par snabba steg bakåt, sköt fram bröstet och vände sig mot Patrik på nytt. Han sa, högtidligt nästan: "Vi vill bara hjälpa till." Han tvang upp luffaren på fötter. Det uppstod ett slags handgemäng under vilket uteliggaren morrade och svor medan den stubbade försökte tala honom tillrätta. Patrik, som började förstå vilken inverkan alkohol hade på just den här unge mannen, blev rädd och sa: "Kom så går vi."

Då gjorde luffaren ett hastigt utfall och försökte koppla ett grepp om halsen på den stubbade, som förlorade balansen och föll bakåt med luffaren över sig. Patrik var snabbt framme och gav den gamle mannen en hård spark på sidan av låret. Luffaren stirrade mer än blängde, som om han inte förrän nu förstod att de var två. Han linkade därifrån medan den stubbade kastade glåpord efter honom. "Idiot", sa han. Patrik sa: "En jävla idiot."

De skrattade. Kassen som luffaren glömt kvar slungade den stubbade i vattnet. Sedan fumlade han med gylfen och ställde sig mot ett träd. "Vart ska vi?" frågade han sedan.

Patrik skakade på huvudet. "Inget mer för mig ikväll", sa han. "Jag tänker gå hem." Men de fortsatte tillsammans och den stubbade ordade hela tiden och nämnde händelser och namn och platser, och han tog några dansande steg sidledes och sträckte armarna nedåt och spretade med fingrar som var knubbiga på prinskorvars vis, och Patrik undrade om han sårat honom. De gick in i en portgång och den stubbade vände sig mot väggen. Patrik gav honom en stöt i ryggen så att han förlorade balansen och pinkade ner sina skor. Han drog sig inåt, mot bakgården. Patrik stannade i porten och lyssnade. En stund hörde man ett metalliskt slammer, sedan var den andre tillbaka.

"Han är en fjant", sa han. Patrik gissade att det var hans före detta arbetskamrat som åsyftades.

Den stubbade fortsatte: "Vart ska vi?"

"Gå vart fan du vill", muttrade Patrik. Under några minuter hörde han svordomar och höga vrål bakom sig och vid ett tillfälle lyckades han urskilja orden: "Hallå, du måste berätta mera om din farsa, det var en jävla historia du berättade!"

‡

Det folk som vandrar i mörkret skall se ett stort ljus, ja, över
dem som bo i dödsskuggans land skall ett ljus skina klart.
Du skall göra folket talrikt, du skall göra dess glädje stor.
Inför dig skola de glädja sig och om kvällarna lade sig Patrik
på sängen och det bar mot småtimmarna innan han gjorde
sig klar att sova. På morgonen läste han bibeln.

Det är inte görligt att fastställa plats och datum för alla de
händelser, genom vilka ett mänskligt öde formas. Men att
han alltid var först till arbetsplatsen är tämligen säkert, även
att han var överdrivet noggrann och krävde mer än vanligt
av sina elever. Det räckte med lite för att han skulle hålla
dem kvar efter sista lektionen och sedan tala långrandigt om
alla problem och oroväckande prognoser som de gemen-
samt måste förhålla sig till. Hos somliga av dem väckte han
medömkan, och några försökte vara honom till lags. Ibland
stannade de i klassrummet på rasterna för att han, med de-
ras uppsatser och inlämningar och utkast omkring sig, inte
skulle känna sig ensam.

På helgerna körde han Eva till en väninna strax utanför

stan. Hon anmodade honom alltid att ta hand om sig, och inom honom steg en slags vrede som inte hade med Eva att göra och inte var menad åt henne, men det blev hon som måste utstå den. Han sa inget men hon upplevde den som någonting kallt och hårt mot buken, som ett knivblad. Men värst var det när hon förlorade uppfattningen om proportioner: hon tyckte att hon kunde sträcka fram handen och röra vid folk som befann sig på andra sidan gatan och när hon låg i badet brukade väggarna se egendomligt avlägsna ut. ”Det är straffet för min tystnad”, tänkte hon, ”att jag inte talat förrän nu.”

Han hämtade henne på kvällen och förde henne i säkerhet hem. Ibland ringde han tillbaka och förklarade att hon ägde en god mors alla egenskaper, att han stod i tacksamhetsskuld till henne. Han visste att hon ville säga hur lik sin far han var kring ögonen, att det var någonting fint trots allt, som ett slags minne. Men hon sa ingenting.

En eftermiddag hade flickvännen brett ut sig över vardagsrumsbordet när han kom hem. Hon sa: ”Jag är så trött på min lägenhet.” Han såg på medan hon bläddrade och gjorde anteckningar. ”Jag har en mardröm”, sa han och hon skrev färdigt meningen, lade pennan ifrån sig och sa: ”Berätta.”

Hon såg nästan lycklig ut när han var klar. ”Va´ märkligt!” utropade hon, och hon tillade: ”Jag älskar dig!”

Om det kunde vara något han sett eller hört, som inte blivit liksom bearbetat ordentligt. Och hon blev ivrig: ville han inte följa med henne imorgon, prefekten måste få höra detta. Nej, något sådant gick han inte med på. ”Vaknar du?” undrade hon, men han svarade: ”Det är ingen nattdröm. Jag drömmer på dagen, när jag är vaken. Man kanske kan säga

146

vision."

Då såg hon bekymrat på honom och mönstrade honom och sa: "Något är det som ansätter dig." Och de gjorde toast med tomater och svamp och vegetabilisk ost. Hon röjde undan böckerna och anteckningsblocken och han tände lyktan trots att det fortfarande var ljust ute. Och kvällen gick medan de såg på teve. Han hade tagit fram en Zinfandel. På bordet stod två glas med fot.

"Kanske onda andar", sa han, och då skrattade hon som på befallning. De gjorde slut på halva flaskan och det svaga skrattet, det som han kanske ålagt henne, fanns på hennes läppar ännu medan hon lade sig tillrätta och öppnade sitt väsen för honom.

Under den närmaste tiden ägnade hon mer tid åt honom än normalt, må så vara att hon retades med honom för de där ordens skull. Mot ondskan, kunde man möjligen säga, stod flickvännens konstfärdiga glädje som en bundsförvant. Ibland sa han: "Jag är en lyckligt lottad människa."

Under sista veckan före sommaruppehållet var det inte konstigt, han gick mest för sig själv, att hans arbetskamrater såg i honom ett rov för dystra tankar. Han dök oanmäld upp hos Eva och fann där hennes särbo som nyligen återvänt från utlandet. Patrik beundrade som vanligt den nya lägenheten. Särbon var en kraftigt byggd man i sextioårsåldern med mörkt, flygigt hår som föll ner mot axlarna. Han ville lämna dem ensamma.

"Du behöver inte gå", sa Eva. "Jag har redan sagt honom allt jag vet. Vi har inga hemligheter för varann."

Med det sista riktade hon sig till Patrik, som visste att hon ville slippa prata om Åke i särbons närvaro. "Åke och den där eleven träffades uppe i Norrland dit Åke flyttat i arbetet", sa hon ändå till särbon, som om hon ville behålla kontrollen över situationen och förebygga obekväma frågor. "Det var efter den berömda knockouten." Hon skrattade och tillade: "Patrik kunde hantera honom. En gång bad han Åke på skämt att komma och hälsa på i hans egen klass, där fanns också några rötägg som Åke gärna fick ta hand om. Det var kul att de kunde skoja om saken."

"Jo, det var kul", bekräftade Patrik. "Och resultatet blev, åtminstone indirekt, att han reste till Centralafrika. Vet du om de reste tillsammans?"

"Det låter väl rimligt. Jag vet inte så noga."

"Finns det mer som du inte berättat för mig?"

Men Eva upprepade: "Jag vet inte så noga, det var ju så länge sedan. Jag vill inte gräla med dig."

"Vi grälar inte. Berätta om den här Rémy."

"Så hette den där eleven som Åke hade", sa Eva med en överdrivet klargörande nickning åt särbon. "Som han förmodligen reste tillsammans med. Men dotterns namn fick jag aldrig reda på. Och den här Rémy ville hem igen såklart, han hade inga pengar, Åke hjälpte honom. Men jag vet inte hur det kom sig att de bägge lärde känna varandra. Sådant är livet. Somligt är okänt."

Särbon, som inte ville prata om de filosofiska striderna och seminarierna nere i Mellaneuropa, hade inga kommentarer. Men Patrik undrade fortfarande varför Åke skrivit att han hade lösningen på alla deras problem. Eva kunde inte svara på hans frågor. De hade orubbliga lager av år och decennier emot sig och allt hon ännu kunde se och höra låg i försåt för henne, som det brukar göra när en människa i sitt inre har bevarat något som hon hörde eller såg som barn eller åtminstone för väldigt länge sedan.

Någon gång i mitten av sommarledigheten tog Patrik och flickvännen en sista minuten-resa till Rhodos. Det blev lägenhetshotell och sol och bad och på kvällarna ville flickvännen dansa, men inte Patrik, som var förbannat tråkig och en introvert människa ansåg flickvännen, vars hämsko han blev tyckte hon då. De hyrde en Suzuki och körde runt på ön, på en liten restaurang lärde de känna ett annat par från Sverige. Patrik tyckte ändå att den var trivsam och avkopplande, resan som de gjorde. Men genast efter hemkomsten blev han tystare och mer tankspridd igen, han kunde ordlöst lämna hennes lägenhet och gick sedan inte att få kontakt med på dagar. När de var tillsammans kunde hon släppa allt hon hade för handen och fråga: "Varför i helvete läser du de där böckerna om afrikanska religioner, är det fortbildning eller?" Och han kunde svara: "Det är inte religion. Det är häxkonst, svart magi."

"Sak samma", menade flickvännen. Och han överdrev hur belåten han var över att erbjudas ett tillfälle att förklara skillnaden.

Tidigare hade han engagerat sig i miljörörelsen och debatten om humanistiska bildningsideal men nu började han undvika engagemang och till och med allt socialt liv. Han gick till läkare och klagade på dålig mage och en stor trötthet, kanske att hans kropp inte tog upp den näring den behövde. Det stack i armar och ben och susade i hans öron och hjärtat bultade så hårt att han inte kunde sova om nätterna. Nej, han rökte inte, och han undrade varför man inte kontrollerade hans blodtryck. "Finns det sådana problem i familjen?" Läkaren frågade i alla fall.

Och han gick upp till Evas lägenhet för att gå över Åkes kvarlåtenskap en gång till. Han bad henne att plocka fram förteckningen, vilket hon gjorde, även om hon också gjorde invändningar och påpekanden. Han ögnade igenom förteckningen och hävdade att den var ofullständig. Eva sa om livet, att sådant är det: motsägelsefullt. En människa gör erfarenheter som förändrar henne och kanske också andra, men när hon dör efterlämnar hon inget av värde. Av de avgörande händelserna i hennes liv finns inga spår, även om man fingrar omkring i hennes lådor hittar man dem inte eftersom de är borta.

Patrik frågade: "Har du rekapitulerat något mer från den där tiden? Det vore oskattbart." Han ställde den frågan varje gång. Hon sa: "Jag kan inte dra mig till minnes mer." Ibland sa hon: "Innerst inne var han inte så dålig."

Och Patrik satt i timmar i sin lägenhet och tänkte på visionen, den alldeles fullt vakna mardrömmen som han försäkrade sin flickvän att han inte längre plågades av.

Han befann sig i ett stort hus med många rum, och i varje rum fanns ett mycket skarpt ljus som bländade honom när han öppnade. Han måste stå kvar vid dörren och vänja sig vid ljuset en stund innan han såg att där inne fanns en människa. Överallt var det likadant. Han försökte memorera ansikten för att bli på det säkra när han trodde sig vara färdig, när han sett alla rum och alla människor. Han hade fått uppfattningen att somliga av dem var döende och därför hade han inte mycket tid på sig. Inifrån skulle huset göra sig annorlunda när folk blev ivägburna och begravda. Då måste han börja sin pilgrimsfärd igen, och han visste att det fanns risker, att den här sortens färder är förknippade med den största fara.

Ja, tiden var knapp. Någonstans inifrån själsdjupet ljöd det uppfordrande budskapet att låta det bero, låta alltihopa ha sin gång och istället göra tiden till en vän, vältra sig i det överflöd av timmar, månader och år som tiden skänker den förnöjsamme.

På golvet invid sängen låg stora resväskan av grön papp öppnad. Därur steg fortfarande svagt doften av nytvättad bomull. Där låg långbyxorna, de tre jeansshortsen, skjortorna, linnena, sandalerna, hatten och sololjan och böckerna och de vetenskapliga tidskrifterna. Ett resestrykjärn och en liten bandspelare av märket Panasonic. Och i tankarna hade han Åke Stedler, en person vars handlingar borde bli maskföda tillsammans med kroppen under jord.

‡

Flickvännen frågade varför han inte sagt något om stipendiet och planerna. Han sa: "Jag ville inte såra dig." "Du ska resa om du vill", menade då flickvännen. "Men det kommer att kännas tomt." Hennes ögon började glänsa men hon tycktes inte ha några svårigheter att godta ursäkten, alldeles som att resan också låg i hennes intresse.

Med Eva blev det inte lika enkelt. Hon gjorde sig samma fråga som flickvännen och hon talade om alla faror som var förenade med en sådan resa. När Patrik berättade vilket land det var fråga om blev hon främmande på rösten, som om någonting nytt och oförutsett seglat upp mellan dem för att sätta deras lojaliteter på prov. "Jag har vaccinerat mig", sa han. "Jag ska ringa varje dag, du borde inte vara orolig. Jag blir inte borta särskilt länge, jag har kontakter därnere, de kommer ta hand om allt. Det är välplanerat."

Och hon blev nog lugnare av de orden, men när han skulle gå sa hon: "Du kan inte dölja något för mig." Hemma ringde han tillbaka och de talade länge med varann. För att göra henne glad sa han att han skulle gifta sig vid hemkomsten. Hon blev ifrån sig och ville genast tala med sin blivande

152

svärdotter. Då skrattade han och sa: "Hon vet inte om det än."

Hon förebrådde honom och kallade honom skälm. Innan de avslutade kom främlingsrösten tillbaka. Hon kunde inte begripa vad det skulle tjäna till. Han förklarade att det var visserligen inget forskningsstipendium men ändå, erfarenheter från fältet är alltid meriterande brukade man säga. Och det var för några veckor bara, en kort tid, sedan skulle de vara tillsammans igen.

Under hösten gick det inte en natt utan att han steg upp långt före gryningen, klädde sig och gick igenom packlistan för femtioelfte gången. Och han bestämde sig för att slutligen hade dagen kommit när det sista skulle uträttas.

Tidigt en morgon stod han på perrongen med stora resväskan i höger hand och trunken i den vänstra. Den bärbara datorn hade han hängt över sig. När de lämnade stationen fick han syn på den före detta arbetskamraten. Lite senare reste han sig men det blev inget med det: den andre låtsades sova, han satt så att Patrik kunde se hans ansikte om han lutade sig en aning utåt, ögonlocken som var stora och markerade gjorde tillsammans med den lilla näsan och hakan och överbettet att han såg outvecklad ut. En gång gick han på toaletten. Då slängde han en flyktig blick på Patrik men visade inte att han känt igen honom. På stationen i Stockholm syntes han inte till. Men plötsligt passerade han förbi utanför biljettförsäljningen och Patrik gick snabbt efter och grep honom i armen. Den andre snodde runt, hans ansikte stod rakt ut men sjönk därefter tillbaka in i huvudet. Han sa: "Patrik, jahapp!"

Han berättade att det skulle bli studentfest. Det var tydligen ett skämt, han skrattade med en falsk och frånstötande hurtfriskhet, sedan förklarade han att sonen som var bosatt i Stockholm med sin mor hade tagit studenten och nu skulle det bli en lite senarelagd uppvaktning med en present. Han plockade ur sin väska fram ett blått paket, skakade på det och sa: "Kockknivar, ett helt set. Jag ska bjuda på oxfilé och ge honom presenten."

"Han kommer att bli glad", sa Patrik.

Han såg sin före detta arbetskamrat gå mot trappan som leder ner till tunnelbanan. Han motstod en stark impuls att springa ikapp honom och säga ytterligare några ord. Istället köpte han en landgång.

På bussen läste han.

Inne i flygterminalen ropade man ut att hans plan var minst tre timmar försenat.

Han grubblade över den tid han fått. "Det är en förrädisk gåva", filosoferade han och försökte sova bort en del av tiden. Han drack en kaffe, då hade han redan en halv seger. Planet lyfte runt nio och några timmar senare landade man i Marseille. Passagerarna kördes till ett hotell.

Om flygresan finns ingenting som är speciellt viktigt att berätta. Det regnade och blåste hårt morgonen därpå och när han vaknade strax före landningen visste han inte genast var han befann sig. Han lyfte på sig datorn och kontrollerade sina intyg. Vid utgången sprack främmande lukter upp i huvudet på honom och en annan resenär sa: "Vilken förbannad djävulshetta", det var en man i sjuttioårsåldern med rödsvullet ansikte och kopparbrun skjorta. Han var på väg till sin väninna. "Hon är en mycket ovanlig person", sa han på franska. Han gned sig oavbrutet i ögonen och torkade sig i pannan.

Ungefär så här gick det till i tullhuset: Patrik, som hade

rasat ihop i ett hörn på grund av den överväldigande värmen, blev strax uppkörd av en gendarm som påpekade att alla skulle igenom så fort som möjligt. På frågor svarade han inte utan viftade bort mot tulldiskarna. "Vite! Vite!" ropade han. Men vid kontrollen nöjde man sig inte med Patriks dokument utan förde honom till ett rum i närheten. Förhörsledaren hade mustasch och gula ögonvitor. Hans kropp var atletisk, även när han böjde sig framåt såg man att den gråblå uniformen satt mycket bra på honom.

Patrik måste lämna sina personuppgifter. Han berättade vad han skulle göra i landet, att han var lärare. Den uniformerade tände en cigarett och tittade hastigt på gendarmerna vid dörren. Sedan vinkade han till sig dokumenten och intygen men läste ingenting. Passet synade han. "Jag har fått ett stipendium", sa Patrik.

Mannen gav honom en förbluffad blick, som om denna uppgift fick alltihop att framstå i en ny och helt annorlunda belysning. Han sa: "Jag förstår inte varför ni är här."

"Jag är stipendiat", upprepade Patrik.

"Varför reser ni inte till något europeiskt land? Här finns inget av intresse för er. Res hem igen, här ska ni inte stanna." Han väste något till gendarmerna vid dörren. "Jag kan inte se något skäl till att ni skulle komma hit. Det måste vara ett misstag."

Han lämnade rummet tillsammans med de bägge andra, de blev borta ganska länge. Patrik hörde sorlet från tullhuset, de ilskna rösterna, sirenerna från staden. Han började få huvudvärk. Han tänkte: "De har rätt."

När de kom tillbaka satte sig förhörsledaren omedelbart med en bunt dokumentmappar han haft under armen och började skriva. Efter en ganska lång stund upprepade han högdraget, medan han fortsatte arbeta: "Här finns ingenting som är intressant. Det här är inte ett land för er."

Patrik, som förväntat sig att eskorteras tillbaka till flygplanet eller till ett häkte, fann sig istället stående på andra sidan tulldiskarna och metalldetektorerna med sin packning omkring sig.

Han fanns i huvudstaden i mer än två veckor innan han sökte upp oss. Under den här tiden levde han från en dag till nästa, som en person helt utan ambitioner. Inget konstigt med det givetvis, jag är väl förtrogen med landet och den våldsamma värmen i huvudstaden där fukten gör värmen än värre. Han hittade ett rum. Han deponerade lite pengar i receptionen för att inte ge intryck av penningstyrka. Från fönstret hade han utsikt över en bakgård med kvinnor som hängde tvätt. Om nätterna stördes han av hundar. Det var hettan och uppvaktningen från gatuförsäljarna som höll honom mestadels inomhus.

Han hittade ett litet ställe med air conditionné. Personalen var nästan överdrivet serviceinriktad och han blev förkyld. Han köpte soda, mapa, sesamkakor och konserverade sardiner i en butik i närheten av hotellet och receptionisten, en kvinna med baryton, kallade honom för mon cheri. Han trodde att hon ville träffa honom privat, men när han till slut uppbringat lite mod skrattade hon bara ohämmat och skojade med de andra kvinnorna. Han intalade sig att han frågat därför att han behövde någon som kunde ge honom upplysningar. Han bad henne om en karta.

Vi förväxlade honom först med en annan.

Så här var det: just vid den tiden väntade vi en ung broder som skulle ersätta en utlandsarbetare vars föräldrar omkommit i en trafikolycka i Pennsylvania. Missförståndet klarades upp och en broder som hette Wayne utsågs att följa svensken och vaka över hans liv. Dessa bägge män hade inte mycket gemensamt. Wayne utlade sig ofta och mycket över Guds härlighet som återspeglas i Kristus och Kristi kropp, kyrkan, som måste lida för världen.

”Jag hörde att din rektor är amerikan” sa han, och Patrik svarade: ”Jag har några kontakter även bland svenskarna här i landet. Men jo, han vet lite om er verksamhet och tyckte det var en god idé.”

Frérerna har sin bas centralt i huvudstaden. Hundratals skivor av korrugerad plåt avgränsar det tiotusen kvadratmeter stora området. Det är tre vitkalkade byggnader med blåfärgad grund. I ett hörn av området står en pajott för nattvakten. En liten gbagba rymmer fyra små sköldpaddor, och på gårdsplanen finns två getter. Ett träkors är nerstucket i jorden under ett par mangoträd, det är kapellet. Vi sörer har vårt område några kvarter därifrån.

Wayne följde Patrik till hans hotell. Han hjälpte honom inne på banken och presenterade honom för personer han kände. Han pekade ut restauranger där man kunde äta. Patrik hade en rem åtdragen kring magen och frampå hängde den svarta magväskan med tre dragkedjor som Eva köpt åt honom strax före avresan. Med Waynes hjälp lyckades han komma i kontakt med ett par rektorer. Patrik lyssnade på alla och följde med på rundvandringar. Han talade med elever han träffade men antecknade ingenting och hade därför ingenting att renskriva. Wayne undrade över det. Patrik förklarade: ”Det är inget vanligt stipendium. Min uppgift är att uppleva och närvara. Det ska vara en demokratisk närvaro.” Han skämtade inte.

På en av skolorna lärde han känna en ung man vid namn Clovis. Den bärbara utrustningen som Patrik hade med sig var fin tyckte Clovis, och han visade att teknologin även på den här skolan var modern, till och med avancerad. Hans händer rörde sig med en för människor sällsynt snabbhet över tangentbordet och han talade hela tiden och skrattade emellanåt. När han tog av sig glasögonen med ena handen fortsatte den andra med oförtruten hastighet att uppdatera, ändra inställningar och söka efter programkod.

Amerikanen tog honom med till bibelskolan och visade honom hälsovårdsprojektet och vattenprojektet. Wayne sa: "Hos oss amerikanska frèrer finns sju anställda. Av dem är nitton infödda."

Han skrattade. Patrik bad honom att använda franska, och han frågade om det fanns några afrikaner med chefspositioner. "Absolut inte", sa Wayne. "Hos oss hittar du inte en enda chef. Den som önskar vara den störste bland människor ska vara en tjänare för andra."

Patrik sa: "Jag är i stort sett färdig här. Snart ska jag ge mig av inåt landet."

Eva var sårad och förvirrad över att Patrik, enligt hennes uppfattning, inte varit uppriktigt mot henne. Hon berättade att särbon blivit dålig, man visste inte vad han led av, Parkinsons sjukdom kanske.

Patrik förklarade att han inte hade något att dölja, men hans arbete var mer krävande än väntat.

Med flickvännen hade han inte så mycket kontakt. Hon skrev på sin slutuppsats och arbetade på helgerna. Ett samtal kunde hon tvärt avsluta. Hon försäkrade att hon saknade honom.

En rektor föreslog att han skulle hålla ett föredrag. Vid

tillfället fanns personer från andra skolor på plats. Där satt också en medaljerad ämbetsman från kommunen, han ändrade inte ansiktsuttryck. Efteråt fick Patrik beröm av rektorn. Wayne frågade honom hur hans planering såg ut. Han reste gärna med honom dit han ämnade sig men han måste få veta hur hans planering såg ut, inne i landet var det annorlunda, där kunde allt hända, där var det svårare med överblicken. Att på förhand bestämma rutten var det bästa, ordna att de rätta förbindelserna knöts.

Allt klarades med amerikanens bistånd. Clovis, som fått reda på Patriks adress, tittade in dagen före avfärden. Han berättade kort om landets historia, autokraterna hade givit vika för flerpartival och parlament, polisen fick inte längre hugga handen av tjuvar, åtminstone inte offentligt, men revolutionerna förstås, flera presidenter hade tvingats i landsflykt, alla hade inte återvänt.

Och man fick inte glömma Daniel Mosa, namnet hade Patrik redan hört. "Han är mer än en militär makonzi", sa Clovis. "Somliga tror att han är ett högre väsen, kanske till och med en representation av Zabolo själv eftersom han aldrig blir infångad. Presidenter har gjort statsbesök endast på grund av Daniel Mosa. Han har ett band bestående av mördare och kannibaler. Han är själv kannibal, som man säger. Han ska ha ätit upp hälften av sina släktingar."

"Var är han nu?" frågade Patrik.

"Han har vistats i Libyen, pakara, men har setts betydligt längre söderut."

Clovis hade ett intresse för politisk historia. Han gjorde några kommentarer angående de båda världskrigen, han berättade om Churchills antisemitism och stora svek mot de grekiska frihetskämparna, och han redogjorde för på vilka sätt en anarkist och en borgerlig tänkare menar olika saker, ja rent av talar utifrån två sinsemellan oförenliga världar, när de hävdar att det inte existerar något civilsamhälle. Och han kom in på Renault och Volvo och Ford och jämförde dem med japanska bilar, och luften stod stilla och man fick ont i huvudet. Patrik gjorde ett försök att åstadkomma ett annat slags samtal och han började tala om andra saker. Han sa: "Jag har klarat magen i alla fall."

"Du blir sjuk till slut, pakara", menade Clovis. "Kanske bara för en dag eller två, men du klarar inte magen. Undvik kallskuret och okokta grönsaker, och ägg som inte är genomlagade. Glass ska du inte äta, inte kete kondo, inte frukt som inte kan skalas."

Stekt mat, okej, men ingenting från grillen.

Korv, bacon, gratänger, vita bönor, absolut inte majonnäs.

Pengar var smitthärdar.

Man skulle inte borsta tänderna i kranvattnet.

Ngungu, malariamyggan, var roten till det onda, nej det fanns flera arter. Man fick inte slarva med sin profylax. Nej, Patrik hade inte hört att de fanns även i Europa, även längst upp i norr.

De gick till en restaurang. Och detta med upptäckten av den kosmiska bakgrundsstrålningen som var en revolutionerande upptäckt, och Clovis förklarade varför det är rimligt att fastställa universums ålder till mellan tretton och fjorton miljarder år. Han redogjorde sannskyldigt för Ptolemaios, och hans bok *Almagest* som för övrigt är arabiska, den ursprungliga titeln är *Megale syntaxis* vilket betyder ungefär *Den stora sammanfattningen*, och han bredde ut sig om Galilei och Newton och Leibniz. Einstein kritiserade han ingående. Han talade passionerat om kvantfysik, och förklarade skillnaden mellan en deterministisk och en probabilistisk syn på universums lagar, att en probabilistisk syn är problematisk eftersom statistiska undersökningar lever i sin egen verklighet, det vill säga de kan bekräftas eller falsifieras endast av andra statistiska undersökningar.

Och Zenons paradox, och Immanuel Kant, och Jorge Luis Borges kabbalistiska fabel om det universum vi tror präglas av ordning. Och systematiken i Darwins arbete var på sin tid banbrytande, Clovis fascinerades djupt av biologiämnet och evolutionsteorin uppfattade han som en av de mest intressanta av alla materialistiska läror från modern tid. Han förklarade också på vilka sätt somliga forskare har försökt tackla de darwinistiska anomalierna och varför andra lämnat den store biologen därhän. Varför flera av världens främsta naturvetenskapsmän är filosofiska bakåtsträvare: i synnerhet därför att de vägrar att tala i termer av ett intelligent universum trots att det finns många intelligenta däggdjursarter på jorden.

Patrik undervisades omsorgsfullt om de naturvetenskapliga paradigmens historia och de stora västerländska hegemonierna i modern tid. På vilka sätt allting vi idag uppfattar som modernt har många av sina rötter i artonhundratalet, det århundrade då allt viktigt utspelade sig, huvudsakligen kampen mellan socialism och liberalism, allt annat är detaljer och bieffekter. Och musiken: Clovis utgöt sig om hur de stora kompositörernas aristokratiska sökande efter folklighet fann sin höjdpunkt i Stravinskys *Våroffer*, och han visade med många och långa intonationer och ekvilibristiska flygfärder hur Bach till skillnad från Telemanns planenliga orkestreringar gjorde varje ton till en källa till oändliga möjligheter.

Patrik nämnde att han tyckte om litteratur och Clovis såg genast bekymrad ut och sa att han inte kände sig hemma på området. Men det var hans mening att romantiken var något stelbent med sitt ointresse för denna dunkla och brustna värld, men bildningsromanerna inom den tyska traditionen beundrade han naturligtvis, och hos Mallarmé och Verlaine fanns många av hans favoriter och han läste ur minnet hela *Art poétique.* Kvinnoporträtten i Dostojevskijs *Brott och straff* jämförde han med Zolas *Thérèse Raquin*, och han hade konstruerat en alldeles egen fortsättning på Dickens ofullbordade verk *Edwin Drood.*

Ingen, menade Clovis, kunde emellertid mäta sig med Tolstoj, vars förmåga att bygga upp auktoritet ur tomma intet inte liknar någon annan författares. Clovis vinnlade sig noggrant om att förklara för Patrik hur han måste gå till väga för att förnimma Tolstojs storhet: Tolstoj ska läsas tillsammans med Barthes, Foucault, Diderot, Sterne, och de ryska formkritikerna. Om man vet att Tolstoj var skickligare än andra i konsten att dölja att han bara var retoriker, samtidigt som man upplever en stark fascination eller till och med skamsen glädje när man läser hans texter, då har ännu ingen människa lyckats dekonstruera Tolstojs auktoritet.

Den främsta litteraturen är den som föreställer världen som en förtätad plats, där alla vet att de varit men ingen riktigt kan erinra sig. Clovis riktade stark kritik mot västvärldens trivialisering av kulturen: "Det är inget bevänt med era berättarröster, pakara. De blir sällan synliga som motiv och saknar därför konkretion. De blir något som hamnar utanför själva konsten." Och han räknade upp ett och ett halvt

tjog skriftställare som kunde sägas representera den filosofiska romanen. Men först och främst måste man framhålla
Rousseau. "Jean-Jacques Rousseau var filosof, pedagog, epiker, och ytterligare några saker. Och han var den mest förtappade människan på jorden. När han en gång skulle förföra en kvinna upptäckte han att vårtan saknades på kvinnans ena bröst. Han drabbades av skräck och djup avsky,
som om han plötsligt hade ett vidunder i sin famn. Men det
var inte missbildningen han hatade, utan hennes kroppslighet som av missbildningen blev påtaglig för honom och därför inte släppte igenom hans eget ljus. Hon var en annan
person, alltså någon med vilken det inte kunde finnas någon
gränslös enhet."

Mot slutet av måltiden sa Patrik: "Jag undrar om det här
i staden hänt något ohyggligt, något som inte går att förklara.
Jag undrar om du hört talas om något sådant." Och han betalade för dem bägge. Utanför syntes ljuset från dörröppningar och människor som samlade ihop det sista inför natten och lite längre bort utmed boulevarden: det gulglödgade
konglomeratet av glas och plåt.

De små vägarna förvandlades emellanåt till milslånga rak-
sträckor. Man kunde resa i timmar utan att möta något an-
nat fordon. ”Det kan vara ganska besvärligt att färdas under
regnperioden”, sa Wayne. ”Vägarna stängs av. Så här års är
det lättare.”

Patrik sa: ”Den blåa trunken är röd.”

”Dammet tränger in överallt”, förklarade Wayne. ”Man
värjer sig inte längre.”

De stannade i en by och åt gozo, det är rötter som torkats
och stötts till mjöl. De fick också nyama, kött som amerika-
nen inte kände igen smaken på, och strimlade blad från lia-
ner, och pilipili. Omkring sig hade de en större mängd barn.
En man åt tillsammans med dem, han hade fez och var gles
mellan de övre framtänderna. Wayne förklarade: ”Han är
haussa, det betyder muslim.”

Nästa mål åt de i bilen: mapa, konserverade sardiner och
pamplemousse, och Patrik skar sig i handflatan med kni-
ven. Ett par timmar efter mörkrets inbrott var de framme
hos de italienska sörerna (det är egentligen ett franskt ord)
som gav dem en överdådig middag, och saft som erinrade
Patrik om fluorsköljningarna i skolan när han var liten. Efter

maten fick de starkt, svart kaffe och majswhisky, ricottakaka, Ris à la Malta med gorgonzola, päron, valnötter och bananer i gelé som folierats i mandelsprit. Sörerna gav dem inget val. Wayne sa: "Det är ingen fara, jag äter allt. Ty Guds rike är inte mat och dryck utan rättfärdighet och frid och glädje i den helige ande."

Patrik berättade för dem om sin bakgrund och att han var stipendiat, och morgonen därpå vaknade han med magsmärtor och blev liggande. Framemot tiotiden kräktes han våldsamt. En syster kom med skurborste och amerikanen grep inte tillfället att vittna utan satte sig på en stol bredvid sängen och talade vardagligt till honom, han sa ingenting som krävde reflektion, svar eller invändningar. Systern kom in med vatten, stolpiller och hink. Wayne sa: "Det är ingen fara, det går snart över. Var bara lugn. Det är ett sätt att vänja kroppen vid de främmande bakterierna."

Nej, det var inte maten. Sedan sa han: "Jag ska lämna er ifred", och han nickade åt pillret där det låg inom räckhåll för den sjuke. Ett par timmar senare var magen bättre. När Wayne kom tillbaka frågade Patrik: "Varför ägnar du din tid åt en främling?"

Uppgiften kunde inte falla på vem som helst, och amerikanen gjorde klart för Patrik att han, Wayne, hade anledning att vara stolt. "Hos oss måste man kunna visa upp andlig frukt", förklarade han. Patrik sa: "Är det därför man har lämnat ansvaret för mig i dina händer? För att du har dina bröders förtroende?"

"Yes indeed I have", sa Wayne. Men sedan ångrade han orden, den hopsjunkna hållningen signalerade detta, liksom uppgivenheten i hans rörelser. Inte förrän till kvällen var han redo att se sin skyddsling i ögonen igen. De erbjöds att stanna ytterligare en natt, vid småtimmarna fick Patrik rusa ut på dati puru. Det var ett mandomsprov, eller missionary training, menade amerikanen.

Morgonen därpå blev det petit dejeuner i form av papaya smaksatt av citronsaft, välling, mapa, ost och kaffe. Därefter tog de farväl av sörerna. Patrik överraskades av den starka känslan av besvikelse han fick när han och Wayne inte blev kyssta. Strax före lunch körde de in på svenskarnas missionsstation. Frånsett universitetet inne i huvudstaden fanns här landets enda, det utgjordes av två byggnader varav den ena inte var mer än ett fyrkantigt betongskal.

Wayne sa: "Här har vi mbunzu, den vite mannen, bestående av svenskar och amerikaner och italienare och fransmän. Svenskarna är inte fler än fyra fem stycken, då menar jag familjer. Så det blir högst en tjugo eller kanske tjugofem personer, ifall man inte räknar med de ensamstående kvinnorna förstås."

Svenskarna hade ställt iordning rum. "De amerikanska frèrerna och sörerna hälsar er", sa Wayne på franska. Patrik berättade om sitt ärende i landet. "Vintern är snart här", sa deras värdar som hette Stefan och Elinor. De hade ett barn som fick bananpuré och malda pumpafrön att äta. "Man känner det på värmen. Allt blir torrt och det blir fler eldsvådor än normalt." Och de berättade om stadens historia, om sjukvårdsprojektet, och vattenprojektet.

Patrik och Wayne inbjöds att närvara vid en liten andakt i en av missionärsbostäderna samma kväll. Man läste högt ur Johannes evangelium berättelsen om Kristus och kvinnan vid Sykars brunn. En missionär talade på franska om livets vatten: den som hör evangeliet och tror, den skall aldrig mera törsta. Efteråt firade man Herrens måltid.

Det blev kvällsvard hos Stefan och Elinor. Vid bordet fanns en äldre missionär som bodde ensam i en liten stad trettio mil söderöver. "Särskilt ensam är jag inte", invände hon. "Jag har Israel, utan honom hade jag nog lämnat er alla för länge sen. Där finns också andra. Jag har allt jag behöver, mer därtill."

Hennes namn var Helmi.

Israel, det var pastorn i församlingen.

Där fanns också Bo som var läkare. Han hade sin praktik i huvudstaden men de yngre hade tagit över. Själv rörde han sig ute i landet och hjälpte till med lite av varje om han hade vägarna förbi. Man skrattade och menade att Bo var en som ofta hade vägarna förbi. Han var som Helmi, i sjuttioårsåldern. Patrik noterade det silvervita, livskraftiga håret som föll ner i pannan. "Bo har varit ovärderlig för sjukvårdsprojektet", menade Elinor.

Och Helmi hade ett stort och köttigt ansikte och kinder som darrade när hon tog till orda. Håret var uppknutet i nacken. De kraftiga vecken kring ögonen skapade intrycket av en mycket viljestark människa. Hon talade om kraften i Guds ord.

Trots att Patrik var agnostiker lät han sig storligen imponeras av kvinnan. Han tänkte: "Wayne är den ende bland oss hos vilken hon inte kan skaffa sig något rykte eller anseende. På honom kan hon inte göra intryck, det kan ingen levande människa på den här jorden."

Mot slutet av måltiden stod en ung afrikan på verandan. Det var Ambrois på vattenprojektet. Han lutade sig fram och viskade något till Stefan som genast följde med honom. När de återvände hade det blivit märkbart kallare. Stefan berättade att någon kört ner en Land Rover i smörjgropen, man visste ännu inte vem.

Patrik, som hade ett sjå att hålla ögonen öppna, visades till sitt rum som var beläget i en gul barack mitt på stationen. Wayne önskade honom en god natt och gick sedan tillbaka till de andra.

Ännu lite senare, då samtalen mattats av, grep amerikanen tillfället. Han frågade lite avvaktande om det möjligen fanns någon kring bordet som kände till eller hört talas om en afrikan vid namnet Rémy.

"Här finns en liten pojk med det namnet", svarade Elinor. "Varför undrar du?"

"Det är inte jag som frågar, det är stipendiaten. Han frågade mig innan vi lämnade huvudstaden om det finns någon i vår organisation eller någon annan jag känner med detta namn. Han hävdar att det ska finnas en fru och en dotter till honom också, om de fortfarande lever."

"Så han heter Rémy, den här mannen som eftersöks?" sa Elinor eftertänksamt. "Varför vill han veta, känner han kanske mannen i fråga? Finns det något efternamn?"

"Det vet jag inte. Han verkade inte särskilt angelägen."

Elinor verkade ha slagits av något, hon vände sig mot de bägge gamla. Men dessa satt stumma och stela. Amerikanen trodde att de hade viktigare saker att bekymra sig för.

Sina ärenden uträttade Patrik inom loppet av två dagar. Han besökte gymnasieskolan på orten och talade med rektorn och följde med på en rundvandring. Två nyzeeländare deltog i studiebesöket. Med tre elever från olika årskurser genomförde han intervjuer utan att anteckna något.

Han drack ett glas med nyzeeländarna innan han återvände till missionsstationen. Dagen därpå besökte han universitetet, sedan var han klar.

Wayne frågade om han var nöjd.

Elinor berättade att i vinter skulle deras station stå värd för missionärsdagarna, det skulle komma att krävas förberedelser.

Patrik frågade efter en karta över staden, en karta av det mer detaljerade slaget. "En sådan skulle vara mig till stor hjälp", menade han. "Om ni eller någon annan har en sådan, en som ni inte behöver."

Om kvällarna duschade han i det första, solvarma vattnet. Han försökte få Wayne att gå före men denne sa: "Till privilegier och njutningar är jag inte bestämd."

Patrik såg noggrant till att inte trampa på kackerlackorna när han duschade. När han låg i sin säng tänkte han på den gamla Helmi, den som alla lyssnade på. Han föreställde sig också Israel, den som fick henne att stanna i Afrika.

Och han erinrade sig drömmen eller visionen, numera den vars herre han var. Och han måste fortsätta att memorera alla ansikten han såg i rummen, i vartenda ett han passerade förbi. Han måste få en tillförlitlig uppfattning av huset, han måste få en idé som stod sig över tid, för därinne åldrades man och dog. Ljuset inifrån rummen kunde skapa groteska karikatyrer av livet.

Ja, det var bråttom. Någon gång under den fjärde eller femte natten på missionsstationen vaknade han av en försiktig knackning på dörren. Det var inte alldeles lugnt i omgivningarna men cikadorna dränkte nästan alla andra ljud. Stefan väntade därutanför, och den unge missionären som var harmynt och undervisade nya utlandsarbetare i språket. Månens frostbrända glans och bladverkens skuggor klöv tillsammans deras ansikten i fyra halvor, varav ingen på allvar gjorde dem rättvisa. De såg båda främmande ut.

‡

Det första officiella brevet jag fick hade en oklanderlig ton. Man påpekade hövligt att min nyfikenhet inte var obefogad, även andra hade varit intresserade, vilket var en överflödig upplysning eftersom alla inblandade var väl medvetna om att ämnet Åke Stedler hade stötts och blötts i våra kretsar både medan han levde och än mer efter hans död. Jag förstod att det var mina vänner som fört saken vidare. Nu ville man få en bild av var jag stod.

En stor del av brevet kretsade kring diamanterna. Man erinrade om kommissionens tidigare utlåtande, att diamanterna var huvudskälet till Åkes afrikaresa. Han hade varit i ekonomiskt trångmål, han trodde på Rémy Wencelas berättelse till den grad att han var beredd att göra ett försök. Han var desperat, något annat hade man aldrig haft anledning att tro. Det hade inte varit enkelt för den stackars mannen, där utgick man från att jag inte hade några nämnvärda invändningar. Man hade i själva verket alltid upplevt ett fint samförstånd i frågan, även om man ibland skilde sig åt i detaljerna. Det viktigaste var, ansåg man, att undvika likskändning och istället lysa frid över Åkes minne, i den föga anmärkningsvärda vetskapen att han haft fel och brister precis som alla andra.

Vidare ansåg man inte att jag behövde vara orolig, i sammanhanget ett påstående som gav mig en hel del att fundera över. Slutknorren var att till syvende och sist kunde ingen vara alldeles på det säkra med Åke Stedlers bevekelsegrunder och drivkrafter, inte med honom och ingen annan heller för den delen. Åke hade även haft det mentala emot sig under större delen av sitt vuxna liv.

I mitt svar beväpnade jag mig med filosoferna. Jodå, jag instämde i att diamanterna var ett pelagus causa. Och ja, det var också min mening att Åke Stedler levt ett liv som man inte önskade ens sin värsta fiende. Men den som lider under skuldbördan, säger Buber, har ofta inget emot att få sitt lidande förvandlat till en känsla som är renodlat neurotisk. En sådan känsla är lättare att bära eftersom den inte sitter i existensen utan i själen. Faktisk skuld är i grunden olik den skräck som föds i det undermedvetna.

Och Patrik måste klä sig, under vägen skulle man framställa saken för honom. Wayne som vaknat i rummet intill följde med. Patrik uppfattade endast vagt de bägge männen, deras samtal där framme i den fyrhjulsdrivna Range Rovern: den påstridige amerikanen, Stefan som tappert försökte koncentrera sig på körningen. ”Vi ska en bit österut”, sa Stefan och talade så att också Patrik skulle höra. ”Till en station några mil nordväst om huvudstaden.”

Det var inte förrän efter nästan halva sträckan som Patrik begrep vad det rörde sig om. Då försökte han övertala Stefan att vända eller åtminstone stanna och släppa av honom. Wayne sa: ”Lugn, de vill ha någon med samma blodgrupp i närheten. Du behöver förmodligen inte."

När de var framme var det redan tidig morgon. En läkar-missionär tog emot dem, kvinnan låg i starka födslovåndor. "Jaha Patrik", deklarerade läkaren. Blir det nödvändigt får vi tappa dig."

Det var en kvinna från Schweiz. Patrik tappades inte, det gick bra. Efter ett par timmar reste de västerut igen. De var inte hemma förrän vid middagstid, då solen redan stod högt på himlen. Och Wayne talade länge med Patrik om Stefans offervilja. Patrik deklarerade: "Du behövde inte nödga honom att ta hand om oss hela tiden. Jag har inte tid att åka omkring på alla projekt."

Men sådan var Stefan, den självutgivande sorten. Det var hänförande att skåda Kristuslikheten i honom, och Andens frukter var tydliga i honom, och han var Guds utvalde. Och Patrik gav amerikanen sitt medhåll, Stefan var verkligen en ödmjuk person på många sätt. "Stefan har lovat att ta med oss runt", upprepade Wayne. "Du kommer att få tala med många intressanta människor och kommer inte att förspilla något och inte tänka ont om honom efteråt."

De gjorde ett besök på vårdutbildningen, där de mottogs av föreståndarinnan som hette Elisabeth. Hon var lång och kraftig och hennes färgrika kläder förstärkte intrycket ytterligare. Hon ägde en sällsynt utstrålning, Patrik fick anstränga sig för att inte förhålla sig till henne som till en mycket hög dignitär. De passerade några kvinnor som satt kring en eld och drejade krukor och flätade pallar och väskor. En man undervisade i hygientekniska frågor i en by några mil utanför stadsgränsen, han ansågs vara en kompetent person. De såg vattenprojektet och i ett mindre och mer avskilt bostadsområde kringgick de planen för denna dag och det blev en utgrening förbi ett diamantbolag. Därinne höll sig en man svårtydd i den magra belysningen, hörn och linjer fördunklades av djupa skuggor ur vilka han inte ville stiga fram. Han vecklade ut ett stort vitt papper. Stenarna som papperet innehöll varierade i storlek och glimmade likt mannens ögon med ett påbjudande och svekfullt ljus. Mannen nämnde inte värdet på dem.

"Diamant är en form av kol", sa han. "Diamant är det hårdaste naturliga materialet på jorden. Ordet kommer från grekiskans adamas vilket betyder oövervinnerlig."

Han förklarade att man mäter hårdheten i en skala, där förmågan att göra repor är avgörande. "Diamantens kristallstruktur är så ohyggligt massiv och stark att endast mycket små partiklar kan tränga in i den. De gula och bruna skiftningarna ni ser i de här stenarna kommer av kväveatomer. De har blivit orena. Värdet på dem sjunker. De här ska slipas ner till åttkantiga briljanter med taffel och sammanlagt sexton fasetter."

Patrik frågade: "Varifrån kommer de?"

Mannen flinade brett. "Från en mörk plats ungefär tvåhundra kilometer under oss, pakara. Där kom de att bildas genom ett fruktansvärt tryck och en obegriplig hetta och miljarder år senare fördes de av vulkanisk magma upp till jordytan. Har ni tittat på gruvan?"

Utanför ett hus av lera och med halmtak satt en kvinna mitt i dammet och stötte i en balja med en träpåk. "Gozo", sa amerikanen. "Vi säger också maniok." Och de såg andra kvinnor som karvade i rötterna med kniv och tvättade dem. Trots den obeskrivliga värmen kunde Patrik beundra landskapet. Nedanför dem utbad sig gröna dalar och långt där

borta höjde sig grönskan och steg och blev till berg och sol-
reflexerna hindrade dem delvis från att titta.

Stefan tyckte nog att det var en slags höjdpunkt på utflyk-
ten när de mötte en gammal man med stora vita polisonger.
Den gamle mannen berättade att två av hans systrar och en
bror dukat under för sjukdomen. Patrik undrade över död-
ligheten i landet, om det fanns många barn utan föräldrar.
Kanske hörde inte Stefan frågan. "Det finns alltså inga barn-
hem?" frågade Patrik om kvällen. "Släktingar tar hand om
dem", sa Wayne.

Morgonen därpå begav sig Patrik iväg mycket tidigt utan
att säga något till amerikanen. I sin ryggsäck hade han penna
och block och panasonicen. Den var enkel och omodern
men det gick fortfarande bra att spela in röster och musik
och ljud. Gick den förlorad skulle det inte vara hela världen.
Han ville inte skylta med den senaste tekniken.

Några barn följde honom i hasorna tills han mötte Nico-
las. Då skingrades barnen snabbt och Nicolas eskorterade
Patrik genom staden. Nicolas var ung och rund av muskler
och hade en gul skjorta med avklippta ärmar. I hans sällskap
kände sig Patrik i det närmaste sjukligt intetsägande. Patrik
frågade: "Har det i er stads historia inträffat sådant man inte
gärna pratar om, något oförklarligt?"

Ynglingen grimaserade och berättade att personer i hans
egen familj dött av gåtfulla sjukdomar. Varför man inte kun-
nat bota dem? Frågan visade att Patrik inte begripit någon-
ting. Man skördar det man sår. Sese, jorden, har sina lagar.
Yayu, himlen, har sina. Någonstans i själva brytpunkten le-
ver människan. Sjukdomarna hade lagts på dem av andra
personer, sådana som var villiga att offra dem åt andarna för
att själva få större makt. Ungefär så föreställde sig Patrik att

den andre menade.

I ett annat kvarter slog han sig i språk med några män. Han förstod på dem att det i deras släkt funnits en man vid namn Rémy, men att den mannen inte haft en dotter utan två, och fyra söner dessutom. En gång hade Rémy fallit av flaket på en Land Rover och man hade måst raka halva hjässan för att komma åt att sy. Annars hade han levt ett gott liv och hans barn fanns kvar, ville Patrik träffa dem?

I en öppning rasslade och vred sig en hoptorkad gumma, hon började härja på männen. Hon ondgjorde sig över att mbunzu intresserade sig för det onämnbara, frågar man om det så kommer det. Gummans haka flög snett upp och ner som om det intet fanns några ben i hennes ansikte. Hon sa: "Ni får vad ni förtjänar!" Männen försökte förklara för Patrik. En av dem tog honom lite avsides och sa: "Det finns en stad längre söderut där hon har bekanta. De berättar om jordar som stelnade och skördar som förstördes, och bölder som plötsligt började blomma på människors kroppar. Hon törs inte prata om det, hon är rädd för att det ska överföras på henne eller hennes efterkommande. Det är likundu, pakara."

"Pratar ni om svart magi?"

"Staden lider under ngangas makt, pakara. Den behärskas av häxor. I ytterkanten fanns ett berg berättar våra baba, där andarna bodde i vattnet som rann upp inunder."

Patrik uppfattade det som att det onda skulle ha sin källa där, och han ville omedelbart resa dit. Nej, berget fanns inte kvar, mannen blev med ens försagd. "Berget är borta pakara", upprepade han sedan. "Skogen är skövlad. Våra baba berättar hur träden föll i området. Det fanns dock mycket vatten, så det blev att man monterade en pump.

Våra baba säger att vattnet som rinner ur den pumpen, att man kan bli sjuk och galen ifall man dricker av det."

Och med sitt huvud nästan i beröring med Patriks ramlade han på: "Det sägs att man ska hålla sig borta från platsen. Det går ett sätt att tänka bland folk, att platsen är bebodd. Inte av andar, inte människor eller djur. Höga varelser med stor makt, större än kraften i ngangas magi. Likundus herrar är de. Vi tror att det bara är prat och sagor, men det är farligt att gå dit."

Men det var mer om gumman därborta, om det fnasiga ansiktet som knapert stack fram bland de andra, som med leenden och lugnande gester försökte lägga band på henne. Patrik frågade på nytt om vad hon sa, men orden verkade för mannen sakna mening. "Hon pratar om avkomman, att man inte ska ge sig i lag med avkomman, med de strålande stjärnorna. De lyser över ofruktsamheten, ofruktsamheten säger hon, liksom misskörden inom dem, är alltid det dåliga året, den dåliga skörden vart år som går."

"Menar hon högheterna?" undrade Patrik. Han förstod inte varför han fick gåshud över hela kroppen när mannen kämpade med översättningen: "Vattnet kan inte ge dem livet tillbaka. Genom stenarna kommer ljuset, strålar de vitklädda som stjärnor."

Och Patrik fick träffa sönerna och döttrarna, dem som alla haft en far vid namnet Rémy, vars gulnade porträtt man vårdade och aktade. Sönerna och döttrarna hade själva barn och vart och ett av barnen fick säga sitt namn och sin ålder. De åt gozo och pilipili och strimlade grönsaker och drack soda av pamplemousse och Patrik lyssnade fogligt när man berättade om denne Rémy som lämnat en sådan rikedom av människor efter sig. Och en av sönerna sa: "Våra döda lever vidare genom oss."

Då blev Patrik mållös, man fick hjälpa honom tillbaka.

De hade sitt första gräl den kvällen. Amerikanen förstod inte varför Patrik gav sig iväg på egen hand, utan vare sig datorn eller telefonen och med honom, Wayne, oroligt sökandes efter honom i timtal. Patrik försvarade sig med att han inte var sådan att han bad om hjälp med allt. Han måste tänka på sitt arbete. Och han visste ännu inte själv efter vilka riktlinjer han skulle lägga upp arbetet framöver. Nej, han var inte hungrig.

Stefan bröt benet dagen före Lucia. Han satt på altanen till långt inpå nätterna med Ambrois vid sin sida. Afrikanen skakade på huvudet och hade några melodramatiska åtbörder i beredskap åt den som råkade komma förbi.

Patrik körde över en hund på vägen ut från staden norröver. Han hade lånat en Land Rover och som tur var hade Wayne utbroderat sig om det dumdristiga i att färdas ensam och insisterat på att följa med. När Patrik tittade i backspegeln tyckte han att hunden låg på sidan, huvudet for metriskt upp och ner och det såg ut som om den vädrade. Amerikanen sa: "Fortsätt. Det är ingen fara med hunden, den slår de ihjäl. Men fortsätt rakt fram och se dig inte tillbaka. De pryglar dig om du stannar."

Lite senare sa han, att inte heller om man körde över en människa fick man stanna. "Då har man lagt sitt sista kort. De lynchar dig rakt av, på plats." Det fanns ingenting överlägset i hans leende, han tycktes bara hålla inne med att han ansåg det vara ett förväntat och rent av rimligt beteende. Nej det är inte blodshämnd, inte som vi förstår det åtminstone.

Inte på någon av lärarens frågor kunde han svara.

Patrik sa som det var, att det började skramla betänkligt i hans tunnor. Amerikanen sa: "Hellre utan pengar än utan förtroende."

På vägen tillbaka stannade de och handlade två stora flaskor soda i en bod. En bit därifrån hölls en skara ungdomar, det var elever från en skola, de satt och åt i gräset och sjöng. Patrik och Wayne närmade sig försiktigt för att titta, de ville inte störa. Då kom en ung man fram till dem. Han undrade om någon av dem ville ha en flickvän.

Vänd mot Patrik sa han: "Titta pakara, där borta sitter hon." Och han pekade ut en flicka i röd sjalett och röd klänning med svarta prickar. Flickan vinkade åt dem och hennes kamrater också, och de fnissade högt och dolde sina ansikten i klänningarna.

Och Stefan när de var hemma igen kände sig matt över hela kroppen. Alla tyckte att han var glåmig och grå i huden. Elinor berättade att en grupp om åtta eller nio barn hade trängt sig upp på altanen och de hade mellan sig haft en liten gosse vars ena ben hängt och slängt mot golvet när han burits fram. Det var ett djupt sår, man såg ända in till benstommen på honom. Det är eran hund som gjort detta hade de skrikit, de hade varit utom sig och alldeles oförsonliga. Stefan och Elinor hade skrikit tillbaka, de har ju ingen hund. Men de rasande barnen hade envist bitit sig fast där på altanen, och hunden var méchant, en som inte gillar svarta. Och det var deras hund, en svensk hund. Då hade Stefan skrikit åt dem att de kunde gå till polisen om de ville. Medan detta pågick hade Ambrois inte varit hos dem, hade han varit ute. Och Patrik sa: "Jag är klar här. Jag ska resa vidare."

Men han blev kvar i ytterligare ett par veckor. Han besökte nya kvarter och byar och kom ända bort till stadsdelsgränsen, där han nogsamt funderade över åt vilket håll det skulle bli därnäst. Varje morgon gjorde amerikanen en matsäck åt honom.

Om kvällarna satt han med kartan och markerade med kryss och linjer vilka vägar han tagit. Och detta med Wayne, den bekymrade, som mumlande skakade på huvudet. "Det är olyckligt att du far omkring ensam", ansåg han. Patrik sa: "Jag löser dig från uppgiften."

Wayne menade att så enkelt var det inte. "Det är ett laglöst land fullt av häxor", förklarade han. "Om jag mötte någon av dem vet jag inte vad jag skulle göra. Det har funnits stunder när jag övervägt att konfrontera dem öppet och utan skrupler."

"Menar du att du skulle drista dig till att döda en människa?" sa Patrik med spotsk munterhet.

"Inte en människa, jag vet inte", gensvarade amerikanen. "Jag vet inte ifall det är människor." Och han lade händerna över bröstet och blickade mot himlen, som om han sökte efter fördragsamhet.

Patrik sa: "Jag löser dig i Jesus namn från uppgiften."

Det var inte på grund av dessa ord som amerikanen därefter lät honom vara ifred. Han visste att hans unge vän och skyddsling inte kunde bedöma saker och ting på ett andligt vis.

Ett par dagar före jul knackade det på amerikanens dörr, Patrik var då ute i byarna. Det var några av svensk-missionärerna, de hade en del frågor kring stipendiaten och Elinor som var en av dem, hon sa: "Han är trevlig och alla tycker om honom, men vi skulle behöva veta hur länge han ska ha rummet. Ibland äter han också hos oss."

"Patrik har sitt att brottas med", sa Wayne. "Han har inte tagit ställning till Kristus."

"Vi kan inte förse honom med mat och logi", sa Elinor. "Vi har ju inte fått några direktiv från samfundet." En annan sa: "Varför vandrar han runt och frågar efter mörkrets gärningar, efter oheliga ting?"

De oroade sig i onödan. Patrik hade sitt arbete, och Herren höll sina händer över honom och bevarade honom i sin kärlek. När svenskarna undrade varför han höll sig avskild och inte ville tala om sitt arbete, sa Wayne: "Det är hans stipendium och inte vårt, han begrundar allting han ser. Det kommer inte an på någon av oss andra att avgöra när hans arbete är klart. Låt honom vara."

Och amerikanen var tvungen att resa tillbaka till huvudstaden. Patrik svarade så artigt han kunde att han inte tänkte följa med eftersom han hade mycket kvar att studera inne i landet. Wayne fick en lungsiktig framtoning och han gjorde ett blekare intryck än normalt, och sina händer hade han svårt att kontrollera. Han strök sig över hjässan, uttalade välsignelsen över sin vän och omfamnade honom.

Under mellandagarna anlände en engelsman till svenskarnas station. Namnet Douglas sa inte Patrik något men mannen var gul i ansiktet och verkade inte riktigt frisk. Åt Patrik hade han hälsningar från Wayne, det var besvärligt och ledsamt som det alltså blivit, amerikanen hade fått ett par åtaganden som inte kunde vänta, och den och den människan. Han bad Patrik om tillgift, han skyllde på den stora arbetsbördan. Han visste inte när han skulle kunna vara hos honom igen. Och Elinor var inte glad. Vid ett tillfälle uppfattade Patrik att hon beklagade sig för sin hushållerska, hon sa: "Man kan inte överge en stipendiat på det viset. Det är oförsvarligt."

Douglas kunde det mesta om mellankrigstidens science fiction och hade en afrikansk hustru. Han hade slagit sig på industriell verksamhet. Två kaffefabriker hade han och över hundra anställda. Patrik tog emot en statyett av honom, och en benkam med långa tänder.

Vid missionärsdagarnas början hade Patrik redan arbetat på stationen en tid. Snickrat ramar till insektsnät och inventerat förrådet av svenskbarnens läroböcker och annat skolmaterial. Det hade han frivilligt åtagit sig efter amerikanens avresa.

Vid missionärsdagarna närvarade alla de fem familjerna och ensamstående kvinnorna. Det blev en stor mängd människor som församlades i en sidoflygel som man kallade barack. Man sjöng och bad tillsammans. Patrik blev generad när Helmi började gråta. Det var det alltigenom onda där söderöver bort i staden där hon fanns. Det växte sig starkare och fastare genom häxkonsterna. "De orena andarna ansätter oss dagligen", hackade hon fram. "Vi vet inte vad vi ska göra. Vi vet inte hur det ska gå för våra vänner."

När den gamla gick fram såg Patrik att ett par av hennes tår vred sig om varandra. Man tänkte på vilda rötter, man kunde inte låta bli att titta. Vi ett tillfälle under kvällen satt hon med en yngre kvinna och hon höll den andras händer i sina, och hon bad. Hon drog i sin trossysters fingrar och klämde på dem, så hårt att hennes egna knogar vitnade, och hon talade på ett främmande språk, som ömsom var mjukt och fladdrande, ömsom hårt och hotfullt, som om orden plöjde fram genom en åker. En annan äldre kvinna sa till honom: "Det är inte menat för Ulrika." Och hon gick förbi honom med detta och anslöt sig till de övriga äldre kvinnorna ute i köket.

Ett par veckor efter missionärsdagarna vaknade Helmi mitt i natten och kunde inte somna om. Det berodde inte på ljuden utifrån trädgården. Hon vek insektsnätet åt sidan och steg upp. Hon kokade en kanna vatten, tog därefter på sig koftan och gick ut på altanen och lyssnade med handen kupad bakom örat.

Det var från pajotten som rösterna kom, nattvakten hade någon hos sig. Helmi tog sig nedför trappan och smög närmare eftersom orden var svåra att uppfatta på grund av cikadorna och nattgruppen som bullrade. När hon kom tillräckligt nära hörde hon att man sa: "Nej, det är inte alls särskilt bra. Jag förstår inte varför han är så intresserad." Nattvakten, som var haussa, hajade till när han såg sin husmor komma gående. "Vi talar om läraren, yapakara. Om den som drar vida omkring och frågar efter mörkrets gärningar och vill ha svar. Om något hände som skrämde våra fäder, yapakara." Helmi sa: "Han stipendiaten?"

"Ja, yapakara, vi samtalar om läraren, vandraren, om den som bor hos mbunzu."

"Han kommer hit imorgon."

Under siestan dagen därpå satt hon med samfundets tidning när hushållerskan annonserade att Ambrois från norröver var ankommen. Han väntade nere i trädgården.

Ambrois hade kappsäcken kastad över axeln. Han berättade att Bo tagit sig an besökaren från Sverige. "Man ser dem alltid tillsammans, yapakara. Moganga Bo hjälper honom, man ser dem alltid prata med varann."

"Vad pratar de om?"

"Moganga Bo ställer många frågor men stipendiaten vill

endast tala om likundu och ngangas makt."

"Vilka frågor?"

"Jag vet inte, yapakara. Moganga är mycket nyfiken, han frågar om Sverige, om utbildningen, om stipendiatens forskningsarbete."

"Vet man något om stipendiatens ekonomi?"

"Nej, yapakara, det vet man inte. Men Moganga Bo frågade om han funderat på att vidareutbilda sig till antropolog eller etnolog."

"Vad svarade han?"

"Han skolade sig till lärare i religion, han menar att han kanske gjorde det på grund av sitt intresse för etnologi och folktraditioner och religiösa bruk."

"Är det också därför han sökte stipendiet?"

"Ja, yapakara, det är därför. Det gav honom chansen att studera en religiös kultur. Han fick välja resmålet själv. Han säger att han vet en del redan, att han har basala kunskaper i ämnet."

"Kommer han ikväll?"

"Ja, någon gång ikväll."

"Och Bo skjutsar honom?"

"Ja, Moganga Bo har ändå vägarna förbi."

‡

Men det blev dagar och nätter innan de avreste. Stormen slet i trädkronor och plåtstängsel och hustak prövades hårt. Det dånade om skyarna. Stefans och Elinors barn grät på grund av det våldsamma ovädret och de måste hålla sina händer tryckta mot hennes huvud, det gjorde ont i öronen även på de vuxna. Vägarna löstes upp av allt vatten, ingen kunde använda dem.

Motorn började koka, det var när stormen hade dragit vidare. Bo skulle köra ner till smörjgropen för att titta över avgassystemet och byta oljefilter. Bilen blev kvar därnere. Det var även på grund av stormen som nätet slutade fungera, det var inte bara säkringarna. Bo gick under några dagar upp till katolikernas Internetcafé, han var tvungen att ordna med några detaljer därifrån.

Patrik ansåg sig skyldig att skriva till Wayne. Bland annat skrev han: "Jag talade med Stefan om ankomsten hit till landet, att det var en stark och märkvärdig erfarenhet att gå av planet i Afrika, detta med de främmande dofterna och alla ljud och själva atmosfären. Han svarade att så var det inte för honom, han tyckte inte att det var något märkvärdigt. Och Bo har berättat om resor han gjort här i landet. Han har fällt bufflar. En gång blev pirogen attackerad av en flodhäst, han kom nätt och jämnt undan med livet i behåll. Jag har blivit lovad att få följa med nästa gång han ska ut i byarna söderöver. Jag tror att jag haft tur som träffat honom. Han intresserar sig för afrikanernas religioner, särskilt deras psykiska tillstånd när de påverkas av kraften i ritualerna. Han skriver en bok om det."

Bilfärden söderut blev odramatisk. Ett par gånger måste de dock stanna och låtsas vara gendarmernas vänner och beroende av gendarmernas goodwill. Bo skänkte dem kulspetspennor och andra små presenter. När de kom fram tog Helmi emot dem. Hon presenterade Patrik för Israel, församlingspastorn. Det var en liten man med genomsnittlig benlängd, det var överkroppen som var hoptryckt, han hade byxor med pressveck och purpurfärgad skjorta. Han hade varit på missionärskonferensen i Sverige, där han också föredragit under Missionsskolans gemenskapsdagar.

Även en medelålders kvinna från församlingen var närvarande, hon hette Céline. Och där fanns Sara som var Helmis hushållerska. Kocken hette Dimanche.

Några dagar och nätter förflöt. Hade man varit bland de infödda där i staden skulle man ha fått höra mycket som var egendomligt. Man skulle ha fått sig en tankeställare.

Invånarna undrade varför mbunzu, den nyanlände som bodde i Helmis hus, varför han gick omkring och sökte efter det onda. Ambrois sa: "Han är stipendiat, vi vet att han har ett arbete här. Det är vi som tagit hit honom, för att han ska kunna göra klart arbetet. Vi har lärt honom mycket om våra seder redan."

"Varför söker han efter den sortens kunskap? Han undrar ifall det här i trakten inträffat sådant som man inte ska prata om, sådant som ingen kan förklara."

"Låt det bero", sa Ambrois. "Han måste göra det som förväntas av honom. Han reser snart hem igen. Tills dess är det vi som ansvarar för honom. Han bor hos oss och utan oss skulle han inte klara sig. Har ni ytterligare frågor kan ni vända er till mig."

Patrik såg en stor klunga människor samlade en liten bit från ett kraftigt mangoträd som växte i sluttningen en bit nedanför bibelskolan. I händerna hade de stenar och pinnar, stenarna haglade över trädet. Ambrois förklarade: "Det är en grön mamba, de är ganska vanliga häromkring."

I en stor glasburk med perforerat lock förvarade Bo en skorpion som han själv fångat. Skorpionen fick spindlar och cikador och småödlor att äta. Tidigt morgonen därpå kom Céline med en frukostbricka till Bo. Helmis kinder skälvde då hon talade. Hon sa: "Han stipendiaten har näsa för häxkonster och djävulskap. Söker han kunskap om sådant har han kommit rätt."

Och Bo tog med Patrik ut i byarna. En rad av barn undersöktes och han bröt isär gipset på en av dem och man såg att armen hade läkt ihop fast underligt, den tenderade att vara krokig på ett sätt som armar inte brukar, och Bo satt och begrundade armen. Mot solen använde han sin hatt, på händerna ett par tunna gummihandskar. Han hade sin vita läkarrock. Fadern gav sig underdånigt till tåls med barnet i sitt knä. Patrik fick aldrig veta hur det sades för de måste hastigt skynda därifrån. En kvinna i grannkvarteret hade fallit och skadat sig, man sa att hon var havande.

Patrik beundrade den äldre mannens uppoffringar för lokalbefolkningen. Sent på kvällarna satt de på Helmis veranda och drack soda eller honungsvatten och lyssnade till paddorna och cikadorna. Bo läste emellanåt ur Faulkner eller Hemingway. De nämnde folk och platser hemifrån men talade inte mycket om sig själva. Och genom allting hördes aggregatet tuffa i mörkret. Nattgruppen krånglade tillfälligt så man använde daggruppen dygnet runt.

Under ett av dessa samtal befann sig Helmi inne i huset tillsammans med Céline, kvinnan från församlingen, och Israel, församlingens pastor. När Patrik vid ett tillfälle gick in för att hämta en karaff vatten, såg han att de mellan sig hade ett stort ark på vilket de ritade cirklar och pilar och drog linjer mycket tätt. Nu hörde man dem glädjas åt något, de svarta lät ljusa och skrattade i falsett. Helmi var skrovligare och mörkare i tonen.

Skymningen hade fallit, klockan var omkring halv sju. Bo sa: "Vi tänkte oss att gå på bio, det vore trevligt om du följde med. Céline kommer också." Medan han talade vaggade den gamla missionären ut på verandan. "Det går bra, följ med du", deklarerade hon för Patrik. "Det är svalt och skönt i salongen och ni får fina platser."

Till Bo sa hon: "Du behöver inte ta med dig Israel. Han och jag har några saker kvar att dryfta. Jag skjutsar honom hem."

När bilen försvunnit ur sikte satte sig Israel och Helmi på verandan med kaffe och varsin bit tårta. Israel sa: "Vi måste informera alla församlingar om saken, alla måste få veta att pastorskonferensen är inställd."

"Vi är sent ute", sa Helmi. "Vi blir tvungna att försöka lösa det så smidigt som möjligt. Gästerna är vårt minsta problem, några av dem kan Elinor och de andra hysa uppe i norr. Det svåra blir att hantera all mat. Det behövs att man administrerar alltihopa."

Så småningom hade de enats om en strategi. Men Israel lade märkte till att Helmi verkade frånvarande, som om hon var brydd och besvärad av någon tanke. Han sa: "Är något på tok?"

Hon såg tvekande på sin vän. "Nej det är ingenting, det var bara något som han frèren sa, att han Patrik, stipendiaten, har hört sig för om en man vid namnet Rémy. Och en fru och en dotter till denne Rémy som möjligen finns kvar efter vad han förstått. Han frèren berättade det för oss, vi var norröver hos Elinor och Stefan."

Medan hon fortsatte blev hon allt långsammare i talet, som om hon behövde bedöma varje ord för sig. "Sedan kom jag att tänka på något som Céline har sagt. Jag hörde med henne igen faktiskt, och ja, då upprepade hon för mig vad hon hört: att de äldste skrattade högt en kväll då hon och hennes kamrater var barn. Rémy, hennes far, kom ju tillbaka hem efter en lång resa och med sig hade han inte mindre än två främlingar."

Israel sa: "Jag har hört talas om det. De bägge mbunzu kallades skämtsamt för vita nganga. De ville lära sig magin, de ville lära sig om andarna. Därigenom fick de äldste också de små barnen att skratta. De gjorde komiska avbildningar av främlingarna inför hela barnskocken."

"Just det", sa den gamla. "Céline minns förstås inte själva händelserna. Hon minns berättelserna, dem som omtalades för barnen. Men jag får ingen frid då jag tänker på saken. Céline berättar att det blev en svår konflikt mellan de bägge mbunzu, de vita männen. De vart högröstade mot varandra, det vart nästan nävarna. Den ene av dem reste härifrån och sågs aldrig igen."

Hon vände sig halvt om mot pajotten, åt grinden till, där

Patrik borde visa sig vilken minut som helst, eskorterad av den gamle läkaren. ”Det är klart”, sa Israel, ”vi har en som nog vet mycket om alltihopa, han är klar i huvudet trots sin ålder.” Helmi sa: ”Jo, det är sant, fast att du vet att jag inte vill ha med honom att göra. Jag kommer inte att sörja honom då han är död, må Gud förlåta mig mina onda tankar. Men för mig är han en som fortfarande har makten att hålla rädslan för häxkonsterna vid liv.”

”Kanske att vi oroar oss i onödan.”

”Jo. Men detta stipendiaten, vad han går omkring och bär inom sig, vad som är orsaken till nyfikenheten och rastlösheten och skärselden, det förstår jag inte. Det blir jag inte klok på.”

”På den frågan är det fortfarande alldeles för tidigt att svara”, sa afrikanen. ”Även om du och jag kom överens om att det fanns ett svar skulle vi, åtminstone än så länge, bli tvungna att betrakta det som ovetbart. Jag håller med dig, det är oroväckande. Jag känner en djup oro. Det är inte bra, detta att han vandrar omkring och vill veta allt om gammal ondska, om folks tankar och handlingar som reser sig trotsigt mot himlen. Sådant slutar inte väl.”

”Jag sitter och hoppas på att det bara är en tillfällighet, detta att Patrik frågar efter en Rémy och en dotter till honom.”

”Jag förstår vad du tänker på.”

”Vilket då?”

”Det våra baba säger, att de två mbunzu som Rémy hade med sig tillbaka till Afrika. Att den ene var Bo.”

‡

Mina vänner kom en kväll då Margareta redan gått till sängs. Jag tror att de valde den sena timman för att lättare kunna få mig att förlora sinnesskärpan. De vinnlade sig om en god ton. De hade inga hälsningar från nämnden och inget ultimatum.

"Alla känner till att Bo var Åkes psykoterapeut, det är det ingen som förnekar. Men ingen av oss har kunnat dra någon slutsats av det som inträffade, att de reste utomlands, möjligen till centrala Afrika. Deras relation måste på varje punkt betraktas som professionell."

"Professionell?" sa jag. "Ni skojar? Tillsammans med en patient gjorde han en oannonserad resa till en främmande kontinent. Ni måste ju medge att det finns någonting egendomligt, rent av desperat, över ett sådant företag."

De svarade: "Många har önskat besked i frågan, men det finns dessvärre ingen mänsklig vågskål i vilken ett sådant besked skulle kunna vägas. Det är numera ingen hemlighet att Bo ibland tillämpade idéer som inte finns beskrivna i handböckerna."

"Alla delar inte er uppfattning att Åke Stedler hade allvarliga psykiska problem", invände jag. "Alla tror inte heller att Bo hade den uppfattningen.”

En stark röst inom mig anmodade mig till varsamhet, att undvika att uppfattas som ränksmidare. Jag ville skrämma dem, men samtidigt inte ge dem någon möjlighet att förutse mina planer.

”Vi har inte kommit hit för att svara på frågor”, sa mina vänner lugnt. ”Vi vet inte om det är de avskurna fingertopparna du åsyftar, om det är de du vill diskutera.”

Jag tänkte efter ett ögonblick.

”Vidhåller ni att fingertopparna var en vision, en hallucination, orsakad av isoleringen och det föregivet klena psyket? Samma sak med budskapen? Dödshoten?”

”Ingen vi känner kunde säga det bättre än du, det är därför dina åsikter är så viktiga för oss, för hela nämnden.” Och jag såg deras smårosiga leenden som de yppade åt varandra medan de talade.

”Vi är inte säkra på att vi vet vad saken gäller”, fortsatte de. ”Men det är dokumenterat att Bo ibland fick hård kritik av sina överordnade för sina idéers skull. Men ingen betvivlar att han var en skicklig psykoterapeut och att han också hade en kreativ hållning till sitt arbete.”

”Att bara åberopa sinnessjukdom och behandlingsstrategier är att ta alldeles för lätt på alltihop”, sa jag. Ni måste hålla med om att när man läser breven får man intrycket att deras relation var minst sagt komplicerad. Jag vet inte hur man ska tolka avsnittet med de avskurna fingertopparna, men hallucination är inte det enda svaret.”

Jag ångrade mig omedelbart. Mina vänner blinkade förtröstansfullt åt mig eftersom det blivit möjligt för dem att inte ta mig på fullt allvar. De sa: ”Du missförstår oss med flit. Skulle man förebygga sin patients destruktivitet genom att skada sig själv? Vi har inte kommit hit för att lyssna till fantasifulla teorier om folk som skär av sig sina fingrar och sänder dem till varandra per post. Nej, det är ju resan vi talar om. Bo tänkte väl att en sådan resa skulle vara bra för Åke. Där tog han möjligen miste, där gjorde han kanske en felbedömning."

"Ni skrev att det kanske var diamanterna också. Att det var därför han reste med Åke, kanske hade också Bo penningbekymmer. Kanske var han bara girig."

Värre och värre! Jag bannade och hatade mig själv för att jag inte lyckades bjuda mina vänner mer motstånd än så här. De tittade mig fördragsamt i ögonen i vetskapen att det inte fanns några ord som kunde göra situationen mer fördelaktig för deras del. Ändå tillät de sig en viss generositet, de sa: "Ja, han hade eventuellt ekonomiska bekymmer. Girig, ja, det är möjligt."

De lutade sig ohotade bakåt. Jag försökte bita mig fast, jag var på vippen att be dem förklara varför Åke återvänt till Sverige medan Bo stannat kvar, men jag visste vad de skulle säga: att det inte vore första gången en människa bryter med sitt gamla liv. Folk har lämnat sina nära och kära och aldrig återvänt, de vill starta något nytt. Somliga tror att det beror på en sorts rastlöshet som hotar att när som helst tippa över i depression. Man vet på ett dunkelt sätt att svåra tider nalkas men vill skjuta upp allt så långt det är möjligt. Och mina vänner skulle naturligtvis ha rätt.

Det var som om de läste mina tankar. De sa: "Folk gör som de önskar. Det har aldrig funnits något juridiskt skäl att ifrågasätta hans livsval. Det är inte viktigt för oss."

Jag försökte byta spår. Men när jag frågade vilken uppfattning om Tomas Wencela de representerade fick jag det bekräftat att de förberett sig noga inför besöket. Inte alldeles oförmodat grundade de sig på symposiet i Göteborg nittioåtta, där teorin om den ambivalente magikern inte fick sitt genombrott men blev ytterligare förstärkt kan man kanske säga. "Du känner även till Miltzrapporten från nittiosex där man på vetenskaplig basis framställer magikerns livsvillkor. Där hävdar man att magikern är i andarnas händer, han är ett instrument. Men detta med afrikansk religion, där är ju givetvis ingen av oss kunnig i sak. Och det är i hög utsträckning oväsentligt huruvida Tomas Wencela, av sin samtid, verkligen ansågs vara en medicinman, ansågs besitta andliga krafter. Det centrala i sammanhanget är att han förgick sig mot sina egna, och mot andra. Han var ett monster, ett förbannat avskum."

"Jag har aldrig förstått vad det där har med Åke Stedler att göra", försökte jag. De svarade: "Åkes motiv var nog härvidlag rena. Även i Åke Stedler fanns en rest av godhet. Det var sannolikt också hans avsikt att hjälpa Rémy i hans kamp mot farbrodern, den djävulske Tomas Wencela."

Biofilmen hette *Sudden Impact* och var dubbad till franska. Det blev många avbrott. Publiken tjöt och visslade och applåderade när det utbröt skottlossning och skurkar mejades ner. Därefter följde Patrik och Bo Céline hem.

Nästa dag kom de förbi strax före siestan. Patrik såg då kvinnan gå tvärs över gårdsplanen och fram till en gamling som satt i skuggan av ett mangoträd. Han satt i en blommig Baden baden med revor ur vilka fodret pekade åt alla håll. Hakan vilade tungt mot bröstet, men armar och ben såg anmärkningsvärt välbehållna och livskraftiga ut, åtminstone på håll.

Bo gav sig av till huvudstaden, när han kom tillbaka hade han med sig en större mängd olika varor: bakverk, gelatin, fikon, tonfisk, sardiner, torkat fårkött, hirs, mannagryn, förpackningar med saftsås, plåtbaljor, fönsterramar, tvålar, parfymer, tygrullar, kråsbesatta solhattar, fickspeglar, hårband i regnbågens alla färger.

Det formerades en liten kommitté nedanför Helmis veranda. Bo delade ut livsmedlen och föremålen och sparade inte på något. Helmi sa: "Det är Josefs och Evissos familjer. De kommer hit när Bo återvänder från sina resor. Tygerna handlar han på andra sidan gränsen eller i huvudstaden. En gång i månaden reser han dit för att gå över sin verksamhet. Här har man alltid en present med sig när man möter sina vänner eller kompanjoner igen."

Bo visade på alla sätt att han inte hade någonting emot att Patrik följde med honom ut om dagarna. Ibland kom de förbi kvarteret där Céline hade sina beskyddare i Josefs och Evissos familjer. Var gång lade han märke till den gamle mannen som satt i sin Baden baden eller gick runt på gårdsplanen arm i arm med Céline eller någon ur familjerna. Bo verkade ovillig att tala om honom när Patrik var med. "Han är blind", sa han bara. "Men frisk som ett barn."

Patrik undrade om han var Josefs och Evissos far. "Man vet inte hur det hänger ihop, alla släktförhållanden", sa läkaren. "Nej, han är inte deras far."

Medan Bo arbetade hände det ibland att Patrik strövade omkring på egen hand. Han upptäckte att folket i staden var inbundet och vaket, och han lärde sig att vara förtänksam med ord och anspelningar och han begav sig aldrig så långt in bland träd och hus att han förlorade landsvägen ur sikte.

Det var en ängslig och oförutsägbar atmosfär överallt. Även när han inte såg någon människa fick han för sig att han var iakttagen av ett oräkneligt antal ögon.

Barnen undrade om honom. Man förklarade att han var en lärare som vandrade från by till by och ställde frågor om onämnbara ting. Då barnen somnat sa man: "Det här slutar illa."

Några få var öppet kritiska och fick ett överlägset uttryck i ansiktet: "Du vill att vi ska säga om det i våra trakter har inträffat sådant som man inte gärna pratar om. Nå, det stämmer, vi pratar inte gärna om det." Skrattande gick de sin väg med varandra om axlarna, de berömde varandra inbördes, att det var ett underfundigt och filosofiskt sätt.

En eftermiddag frågade Bo om Patrik kunde göra Céline sällskap hem eftersom han hade ett par ärenden som inte kunde vänta. När Patrik och Céline var framme kom Josef och Evisso och medlemmar ur deras familjer emot dem. En skara barn samlades en bit ifrån dem och de ropade åt Patrik och gav honom öknamn. De aktade sig för att komma för nära. Josef jagade iväg dem.

"Var har de hittat de där mobiltelefonerna och GPS-sändarna?" undrade Patrik. Evisso svarade: "De fungerar inte. De leker med dem."

Evisso visade honom sin grönsaksodling och vattenpumpen en bit bort, en fotpump. Josef sa: "En sådan här pump betyder mycket för befolkningen häromkring. Förr var vi tvungna att gå fem eller sex kilometer för att hämta vatten som smakade lera eller järn eller urin."

"Rent vatten är god hälsas moder", poängterade Evisso. "Den här pumpen är som sänd av himlen. I vårt land saknas effektiv läkarvård." Josef sa: "Min bror kan intyga att jag för några år sedan var svårt sjuk, antagligen döende. Jag hade dött om inte Moganga Bo behandlat mig. Då hade jag redan varit hos Moganga Kindee som sagt att jag skulle undvika olja."

Evisso tog sin broders hand i sin och skakade på huvudet, han måste sätta sig på huk av skratt. Han pep av glädje, han tittade strålande uppåt. "Olja skulle min bror undvika, men majonnäs gick bra sa Kindee."

Patrik, som kände sig illa berörd av samtalets utveckling, sa: "Det sägs att någonstans utanför stan fanns ett berg där onda andar ska ha bott. Det ska ha gått en kraftig vattenåder under berget. Nu ska där finnas en pump bara men fortfarande skapligt med vatten efter vad som sägs."

Josef nickade, den pumpen kände alla till. Berget också, fast att det just inte fanns något kvar av det. Berg var mycket sagt, det hade knappast varit mer än en fnuttig bergsknalle, några stenblock som varit hopkilade och allt var bortsprängt sedan länge. Det hade varit livsfarligt att vistas i området under arbetet eftersom en massa träd fällts. Halva skogen hade röjts undan.

"Utåt sett var det ett betydande projekt", sa Evisso. "Man skulle bygga bostäder fast det blev just ingenting av planerna. Det var inte tanken heller misstänker jag. Jag tror att man ämnade anlägga en gruva på grund av fyndigheten. Men det blev en konflikt, den hade med ansvarsfrågan att göra, vilka som skulle sköta driften av gruvan och så vidare. Men jo, i vattnet under berget där bodde andar, flera hundra sägs det, rentav tusentals, och genom dem kunde man skåda in i det fördolda ifall att man hade den rätta ritualen."

Josef sa: "Nu går några i området vi nämner, som de säger, att det är värsta sortens nganga. De är värre än nganga, de är likundus mästare. De tar barn också. Vi är alla rädda. Vi ser noga efter våra barn så att de inte rövas bort."

"Ni talade om en fyndighet, vilken sorts fyndighet menar ni?" frågade Patrik.

"Och de har i sina ansikten och kring halsarna smycken som deras anfäder smidde och högresta kronor längst upp och i allting ska stenarna vara innefattade som ett tecken på deras börd." Josef ville ha en effekt genom att vända upp ögonen och ge rösten ett vibrato med låg frekvens. "Man kallar dem strålande stjärnor, eller morgonrodnadens fruktan. De är ett under, magnifika."

Evisso skrattade. "När min bror säger stenar är det diamanter han åsyftar. Det sägs att några häxor fann dem innan berget, innan stenformationen sprängdes bort. Många arbetare vägrade att fortsätta. Det sägs att en av presidentens rådgivare kom dit, med det väntade resultatet att hela projektet lades ner. Sedan ska häxorna ha återvänt."

Skogsröjningen, de fallande stammarna, berget, diamanterna och allting, Patrik undrade om de inte kunde berätta mer om saken. Då fick Josef något knipslugt över sig. Han sa: "Vad har du åt oss, om vi gör det?"

Stående bredvid Evisso såg han ut som en näsvis lymmel. Evisso såg strängt på honom och han tillrättavisade honom skarpt. Evisso var i allt vida överlägsen sin bror. "Vi har inte de rätta kunskaperna", förklarade han. "Men det finns en som kan berätta."

Han nickade kommenderande åt Josef som purket försvann bland huskropparna, men när han kom tillbaka meddelade han: "Vår baba sover. Moganga säger dessutom att han inte får störas, att han ska lämnas ifred."

"Bo?" sa Patrik.

”Ja. Han har sagt att ingen utanför familjerna får tala med honom.” Man måste ha Mogangas godkännande.”

”När sa han det?” undrade Evisso.

”Det var i förrgår. Han bad mig att hålla uppsikt över att ingen kommer och tröttar ut vår baba i onödan. Jag har Mogangas förtroende.”

Evisso skrattade igen. Det var Patriks åsikt att Evisso inte ständigt behövde bevisa sin ställning som familjernas överhuvud, han skulle också ha sagt honom sin mening om han vågat. Istället sa han: ”Jag vill gärna träffa er baba. Det skulle vara ovärderligt att få ett samtal med honom.”

”Det är en gammal man”, sa Josef. ”Vi vet inte hur lång tid han har kvar, men han är fortfarande stark som en oxe. Moganga ser om honom.”

Evisso sa: ”De sköter om varandra, det är vad Moganga Bo brukar säga. De har upplevt mycket tillsammans och det finns många historier om deras vänskap.”

”Gud har låtit dem bli visa”, sa Josef.

Det blev en minnesvärd eftermiddag. Sedan föll mörkret under loppet av några minuter. Patrik blev erbjuden att dela en enklare måltid med familjerna, de satt på smala bambumattor och åt ur samma skål. Någon eld hade man inte förberett.

Luften var genomträngd av olika ljud. Kvällen förflöt och av mörkret och kylan gjorde man sig ett levande hölje vars ådror och fibrer tätnade av kraften i blodsbanden och arvsmassan och fruktbarheten. Sedan började det ringa, började signalerna larma i natten. Det hördes några skränande röster på avstånd, de blev snabbt starkare. Patrik förstod att det blev någon slags skärmytsling, även om han inte uppfattade vad det gällde. ”De är fulla”, hörde han plötsligt den gamle läkaren säga ovanligt knarrigt alldeles inpå honom i mörkret. "Jag vet inte vilka de är, men de påstår att de är något slags tillsynsmän, att djuren i kvarteret inte är vaccinerade. Ingen fara, Evisso tar hand om det."

Det var kylan som hindrade Patrik att somna. Bo följde honom en bit på vägen tillbaka. Patrik sa: "Folk talar om en gammal kultplats. Där ska inte finnas något kvar idag, bara en pump."

"Det är en annorlunda och sällsamt farlig plats, men fascinerande", sa den andre. "Det finns ett tobaksbolag åt det hållet, om man fortsätter några mil till. Jag är bekant med ägaren."

"Kan man åka dit?"

Han kunde inte avgöra om Bo tagit frågan på allvar. Bo sa: "Vattnet från pumpen har skapat sagor och berättelser som utifrån vår synvinkel är knepiga att förstå. Frågan är om det överhuvudtaget finns någon samstämmighet. Men själva platsen ligger inte särskilt långt bort."

"Dricker man vattnet från den pumpen ska man bli sjuk och galen", påpekade Patrik.

"Jag tror inte själv på det, har själv druckit från den. Men det finns mycket sanning i orden, mer än vi tror."

Dagen därpå stod Patrik på gården och kisade mot himlen. Det var molnigt. Han sa: "Jag har tänkt. Jag trivs inte i det här landet. Det finns mycket som är intressant och vackert och människorna är vänliga. Men jag längtar hem till vårt eget land där vårt eget språk talas och där jag runt omkring mig har jämlikar. Om det var en dokumentär eller skönlitterär berättelse skulle jag förstå vem jag är och vända ryggen åt västerländsk materialism. Om det var en sådan, var det en saga, då skulle jag älska Afrika och uppleva mitt livs äventyr. En inhemsk kvinna, kanske min blivande fru, skulle lära mig om glädjen i att vara enkel, vara en människa nära jorden, träden, floderna och bergen."

Han lekte med skinnpungen på magen. Bo lät honom prata. "Fast i verkligheten vill jag ju hem till mina egna, inte stanna på den här kontinenten där man inte kan göra någon infödd människa till sin vän. Jag har en flickvän därhemma. Och mamma, hon har nästan ingen annan än jag."

"Din pappa då?"

När läkaren såg den yngre vitna kraftigt vid orden sa han: "Det är bra att prata om det." Och han reste sig mödosamt och fortsatte: "Jag ska snart fara hem igen, på ålderns höst leva hemma i Sverige. Jag tror det är bestämt."

Och han upprepade: "Ja, det är nog bestämt. Mina sista år ska jag framleva på fädernas jord, det är avgjort redan." Han lyfte upp den invalidiserade vänsterhanden och tillade: "Det här verktyget är undermåligt, vad ska jag göra? En läkare som saknar fingertoppskänsla är oduglig, en sådan läkare borde inte utöva sitt yrke." Och han skrattade.

"Vad var det som hände?" frågade Patrik.

"Det var en olycka i min barndom", blev svaret, och Patrik märkte att den gamle inte verkade särskilt intresserad av att komma in på detaljer.

Bo hade han ett kortare meningsutbyte med Helmi, sedan gick han därifrån. Man såg den vita, kortärmade skjortan hänga utanför byxorna, de ljusgrå och svagt mönstrade byxorna när han linkade ner mot grinden.

Patrik var sällan sysslolös. Helmi sände honom till Evissos och Josefs familjer. Med sig hade han ett par korgar med bröd, frukt och konserver.

Den blinde åldringen satt traditionellt nersjunken i solstolen under mangoträdets nådefulla bladverk.

Bilden av den gamle afrikanen markerar ett uppnått stadium. Nu är stipendiet, resan och själva uppgiften inga verktyg i ödets händer längre. Nu ska en förståndig människa tänka på sitt välmående och sina privilegier och inte utsätta sig för mer.

Men när tiden kom för hans visum att förnyas ansåg han fortfarande inte att han var färdig med sitt arbete. Därför måste han färdas över gränsen västerut. Bo anförtrodde honom ett brev. "Det är läkarmissionären, han lämnade brevet i mina händer. Han förklarade för mig att det är mycket viktigt att det kommer fram ordentligt. Det ska till sjukhuset i staden som ni kommer till."

Man sände Ambrois med honom. De reste med en car som var fylld till sista platsen redan när de klev på. Vid takräcket hade man surrat fast levande getter och inne i kupén var golvet kletigt av tuppavföring.

Vid första spärren måste alla visa sina dokument. En ung man uppträdde nonchalant. Gendarmerna förde honom in bakom några buskage, Patrik trodde att de tänkte skjuta honom. Ambrois skakade på huvudet. "Varför tror du det?" sa han.

Vid gränsen måste Ambrois stiga av, man påstod att hans laisser-passer var ogiltigt. Det blev mycket ordande om saken. Bussföraren var haussa och hade långskjorta och den typiska huvudbonaden. Han hymlade inte med sin uppfattning. Han gav sig på de imponerande gendarmerna, kallade dem för oduglingar och spritlampor och uppviglade passagerarna mot dem. Gendarmerna svarade inte utan flinade sinsemellan och det var Patriks mening att de lät sig förödmjukas av mannen.

Så småningom stod det klart att Ambrois kunde fortsätta mot betalning. Ingen av dem hade emellertid några mindre valörer och Ambrois måste vackert stanna vid gränsen. Då Patrik väntat på stationen för carerna i ungefär tio minuter fick han syn på afrikanen igen, hans till hälsning höjda hand då han kom inrullande med en taxi.

De letade upp ett auberge, betalningen ägde rum genom en lucka i väggen. Madame ledsagade dem uppåt längs en mörk gränd, visade dem rummen och gav dem deras nycklar. Duschen bestod av en hink och ett cementgolv. Mitt i golvet fanns ett sitthål. Något papper fanns ej, det gick inte att låsa.

Madame förde dem till ett matställe och tog även upp deras beställningar. Man kunde inte låta bli att tänka att det var något allvarligt fel på henne. Ambrois sa: ”Du borde inte gå runt och prata med folk som du gör.” När Patrik frågade vad han menade sa han: ”Därför att det väcker onda minnen till liv.” Och han knackade sig själv i pannan: ”Därför att jag vet hur sådant här slutar.”

Patrik sa: ”Det är min uppgift att fråga mig fram, få folk att minnas saker som hänt. Mitt arbete kräver det.”

”Och att göra den här resan, det är mycket opraktiskt. Det hade varit bättre om du nöjt dig med ditt ursprungliga visum. Det är inte värt att krångla så här för bara några dagar eller veckor till. Och jag har annat att sköta, min tid är inte obegränsad.”

Men när Patrik sa: ”Jag behöver en stämpel i passet, vet du var poliskontoret ligger?”, då gjorde Ambrois en helomvändning. ”Det behövs inte”, förklarade han. ”Det räcker att korsa gränsen, vara iväg ett dygn och därefter åka tillbaka. Det är mycket smidigt."

För visshetens skull letade sig Patrik ändå fram till poliskontoret, som låg beläget på en liten upphöjning i utkanten av staden. Där sa de mycket riktigt att han inte behövde någon stämpel, de tittade i hans pass och upprepade: "Du behöver ingen stämpel. Någon stämpel får du inte." Det var två muntra poliser, de gjorde ett starkt intryck.

Ett par timmar senare hade Patrik och Ambrois lagt sig på auberget. Då kom Patrik att tänka på brevet, brevet som han totalt glömt av. "Sjukhuset stängde för flera timmar sedan", sa Ambrois. "Och imorgon är det lördag. Caren avgår redan klockan fem. Du borde ha kommit ihåg det, du får hålla reda på saker."

"Vad ska vi göra?" sa Patrik till afrikanen som låg kvar i sängen. Hans självlysande armbandsklocka gjorde avtryck i mörkret när han svängde armen över bröstet. "Kom då", sa han. Och de klädde sig och gick ut igen. Efter en stund stannade en svart Peugeot bredvid dem. Två bilrutor vevades ner, Ambrois böjde sig fram och började samtala med dem som satt i bilen, Patrik såg dem inte. Ambrois vände sig mot Patrik och tecknade med handen. Patrik räckte över brevet och Ambrois förmedlade det vidare in i bilen.

"De känner en läkare som arbetar på sjukhuset. De lämnar det till honom."

"Det är ett mycket viktigt brev", sa Patrik.

Ambrois sa: "Var inte alltid så orolig."

Det var mörkt sedan länge. Man hörde det jämna knäppandet och ylandet från en elgitarr.

Medan de gick tillbaka till auberget sa Ambrois: "Du har efterfrågat en man som hette Rémy. Det fanns en man med det namnet, han bodde inte långt från Helmis hus. Han är död.”

”Kände de varandra, han och Helmi?”

”Nej. Han dog innan hon kom till Afrika.”

Patrik tänkte efter, sedan sa han: ”Hur dog han, den här Rémy? Vad var det som hände?”

”Han skickades till norra Sverige, till en församling som bistod Rémys församling ekonomiskt. De bägge kyrkorna hade kontakt. Men vid återkomsten hände någonting, det sägs att Rémy fick ett fallande träd över sig, att han råkade in i skogen just när det pågick full skövling.”

”Var det på den där platsen som alla pratar om?” sa Patrik med plötslig entusiasm. ”Som ingen vill prata om?” rättade han sig.

”Det sägs att trädet träffade honom snett över ryggen och nacken. Man var säker på att han dött på fläcken. Han låg inte med trädet över sig, trädet hade rullat åt sidan. Han dog först några timmar senare, av nog var det väl skadorna han fått.”

”Jag skulle vilja åka dit”, sa Patrik.

”Varför det?” sa Ambrois. ”Det är ingenting särskilt med den platsen.”

”Har du varit där?”

”Nej, varför skulle jag vilja åka dit? Det är en övergiven och enslig plats, bara vildmark.”

”Man säger att det är en farlig plats också.”

”Vidskepelse.”

”Du vet mycket trots att du inte varit där själv.”

”Jag har hört andra berätta.”

”Varför var den här mannen vi talar om, den här Rémy, i skogen mitt under röjningen? Det låter osannolikt.”

"Det är minst trettio år sedan", påpekade afrikanen. Hur ska någon endaste människa kunna veta att svara på en sådan fråga?" Han tvekade kort och fortsatte sedan försiktigt, som om han fattat ett viktigt beslut: "Det sägs att det var för diamanterna."

Patrik funderade. "Är det Helmi som bett dig att ta reda på varför jag frågat om honom?"

Då den andre skakade på huvudet tänkte Patrik: "Han ljuger illa, på sätt och vis hedrar det honom." Innan de önskade varandra en god natt för andra gången den kvällen, sa Ambrois: "Varför har du frågat om honom? Vad är det du vill veta?"

"Inget", sa Patrik. "Det är inget särskilt med honom. Min pappa kände honom, de möttes då när han bodde och studerade i Sverige. Det är allt."

"Berätta mer."

Patrik och Bo samtalade i den svalkande avskildheten på Helmis veranda. Läkaren funderade en god stund. Därefter sa han: "Den kan inte förklaras och inte förklaras bort. Den hänger samman med den religiösa tron, det handlar om förväntningar."

"Är den verklig?"

"Magin? In i minsta beståndsdel, annars skulle den inte vara något mysterium. Åsynen av människor som grips av ritualens inflytande och blir mottagliga och faller i trance, åsynen förändrar allt. Den grundläggande bilden som vi gör oss av livet blir annorlunda. Jag har sett folk vältra sig i eld utan att vare sig skadas eller uppleva smärta."

Han slängde luggen åt sidan medan han talade och man

tänkte på det låga hårfästet och lystern i hans ögon.

"Kan man bli psykotisk?"

"Man kan bli kortvarigt sjuk, åtminstone om ritualen är kraftfull. Men samma slags fenomen kan somligstädes uppstå i västvärlden, det kan till exempel drabba en filmpublik. Men här är allt tydligare, här är tron starkare."

"Har du själv sett det hända?"

"Några gånger, jo." Han vände sig om, som om han ville försäkra sig om att de var ensamma. "Här har det funnits ett andligt brödraskap med mystiska invigningar och ceremonier."

"Ett hemligt sällskap?

"Njae, inte hemligt. Men det är svårt med inblicken. Det kan vara din mekaniker eller nattvakt, kanske rent av din närmaste kompanjon. Men du får inte ut något av det. Jag tror att de finns fortfarande, även i Helmis församling. För dem blir det inga betänkligheter, ingen konflikt."

"Hur skaffar man sig kraften?"

"Den kan man inte skaffa sig. Man kan bara vara en utvald. Förr i tiden trodde man att den överfördes via navelsträngen, alltså ungefär vår uppfattning om gener och anlag. Somliga tror att det är möjligt att plantera anlaget i kvinnans äggstockar eller rent av i maten som den tilltänkte ngangan äter."

"Anlaget är likundu?"

Jo, så kunde man möjligen uttrycka det. "Fast resultatet av likundu är mörkare och kraftfullare än det som ngangan åstadkommer med hjälp av sina ritualer", förklarade läkaren.

"Är den psykiska ohälsan mental rakt igenom?" Men Patrik märkte att den äldre inte riktigt uppfattat frågan. "Tror du på andar och änglar, övernaturliga väsen?"

Då svarade Bo utan att tveka: "Vår mänskliga erfarenhet har ingen gräns vid vilken vi kan ställa oss. Det mänskliga psyket uppträder ibland nyckfullt. Jag har upplevt somligt som är svårt att förklara."

"Du får ursäkta mig min nyfikenhet, men har det under din tid här nere inträffat saker som bekräftar sanningen i det du talar om?" Bo glodde skärskådande omkring sig. "Det handlar ytterst sett om världsbilder", sa han sedan.

Patrik ville gärna höra mer, det skulle gagna hans planer. Bo sa: "Idag händer det att till och med vetenskapsmän använder sig av begreppet *besatt* när de skriver loggbok kring en människas själstillstånd. Oftast talar man om besattheten som om den har sin rot i psykisk sjukdom. Det är nog visserligen sant, men det gör inte besattheten mindre förbryllande."

Och han berättade om onda ögat, om svartkonster och häxor. Han berättade om ett helt kvarter som av osynliga händer stuckits i brand, om sällsamheter och mänskliga tragedier. En man hade skaffat sig en kvinna, på bröllopsmorgonen var han död. Det var någonting med hjärtat. "Döden var nästan ögonblicklig", sa Bo. "Jag trodde att folk skulle göra sig lustiga till förfång för mannen, åtminstone en tid, åtminstone mannens ovänner."

"Gjorde de inte det?"

"Inte alls", sa Bo och blundade så hårt att det var fullt av rynkor kring ögonen när han tittade igen. "Alla visste ju vad som hänt. Den döde hade haft en rival, konflikten var redan flera år gammal när kvinnan till sist bestämde sig. Som det sades så var det goda släktförhållanden som avgjorde saken. Men mannens familj hade då länge försökt övertala honom att avstå från kvinnan.”

”Omfattade du den medicinska förklaringen? Fanns det en naturlig förklaring, menar jag?”

”Givetvis. Det var, av allt att döma, hjärtinfarkt. Jag hade själv undersökt mannen några gånger, även hans hjärta, trots att jag inte är någon expert på området.”

När han såg att Patrik blev otålig, sa han: ”Fast när sådant händer är det inte lätt. Då beter sig folk ryckigt och reserverat och blänger när man råkar närma sig ämnet. Men kunde man se det inifrån deras sammanhang, om man kunde se det på deras villkor så att säga, då skulle man nog få sig en och annan tanke.”

”Hur menar du?”

”Vi skulle bli tvungna att fundera på somligt, eller hur? Göra oss frågor. Till exempel andarna, de övernaturliga livsformerna, om de kan vara farliga.”

”Kan de det?”

”Vi får nog förvänta oss att de kan skada oss, även om vi är okunniga om på vilket sätt.”

”Du menar att vi inte kan veta hurdant deras liv är i förhållande till vårt? Men kan man få en uppfattning?”

”De vet redan allting”, sa den vithårige och nickade mot byarna på andra sidan vägen. ”Men du förstår dem inte. Du ser stolligheter och du har rätt: en man försonas inte med sina föräldrar genom att naken bestiga ett högt berg mitt i natten och längst upp slakta en vit tupp. Men inifrån är det ett oklanderligt system. De lever, i långt högre grad än vi, i en intellektuellt sett hållbar värld.”

”De övernaturliga livsformerna, de icke-kroppsliga ontologierna”, envisades Patrik. ”Finns de alltså?”

”Naturligtvis inte. Men folk här vet hur man ska få dem

vänligt sinnade. Mycket är beroende av huruvida vi träder i ett rätt förhållande till dem. Underskatta dem inte. De infödda kan lära oss mer än vi tror. Du gör helt rätt i att fråga ut dem."

"För mig berättar de inget användbart", sa Patrik.

Han erinrade sig något viktigt. "Vad betyder *baba*?" frågade han.

Läkaren fick på nytt det skärskådande ljuset i ögonen, men den här gången var det den yngre mannen han begrundade. "Baba? Ordet betyder pappa, men är också beteckningen för en gammal vis man."

"Josef och Evisso använder beteckningen om åldringen som bor hos dem. Jag förnekar inte att han intresserar mig. Jag skulle gärna ha ett samtal med honom, det skulle vara oskattbart. Man säger att han vet mycket om sådant som har hänt i trakten."

Det drog ihop sig till storm när mina vänner fortsatte att tala om Tomas Wencela i nedsättande ordalag. Jag kunde inte klandra dem, det var jag som fört saken på tal. "Han är den här historiens *bad guy*", sa de i ett försök att få mig till skratt eller åtminstone lätta upp stämningen en smula. "Vi förnekar inte att folk gärna utpekar syndabockar när de själva ligger trångt till. I en berättelse har vi dessutom ofta en skurk. Men i det här fallet betvivlar vi inte att Rémy Wencela hade skäl att hata sin farbror. Och hans dotter likaså, skulle någon lyfta på ögonbrynet om hon en dag tog en knölpåk och gick och slog ihjäl honom? Skulle någon sörja den dagen Tomas Wencela drog sin sista suck? Den jäveln tog ifrån en mor hennes barn. Nåja, vem vet om någon enda av dem fortfarande lever.”

”Dottern, just det, dottern”, sa jag och hoppades innerligt att de inte skulle höra hjärtat galoppera i mitt bröst, eller lägga märke till svettpärlorna som borde ha brutit fram på min panna. ”Jo, den stackars dottern som tidigt blev föräldralös.”

”Det där är bara spekulationer”, påpekade mina vänner. ”Men du är fri att lägga ditt pussel som du vill.”

Och Céline såg ut att vara i medelåldern. Hon hade en tydligt markerad benstomme utan att vara mager, håret var flätat och hon var klädd i en vacker, blågrön klänning. Egentligen hette hon Marcélline. Från verandan gick hon ofta in i huset för att ge husets mor ett handtag.

Var hon inte där bröt Bo upp tidigare. Då såg man den vita skjortryggen på honom när han med viss möda tog sig ner mot grinden och nickade åt nattvakten. ”Han går för att önska henne en god natt”, sa Helmi. ”Och Evisso och Josef givetvis, deras familjer. Bo hade henne och hela Evissos familj till Brazzaville förra julen. Jodå, man skulle kunna säga semester.”

Patrik höll sig stadigt i närheten av henne, oftast på läkarens önskemål, och han var med henne bort till dammen och såg på medan hon och andra kvinnor tvättade maniokens rötter och lät dem torka på stenhällen. Kvinnorna låtsades inte om honom utan arbetade rytmiskt, stänkte vatten och hackade skämtsamt på varandra.

Patrik följde henne därefter hem. Det stora fatet tog han ifrån henne och han gjorde ett försök att balansera fatet på huvudet, som han sett henne göra, och hon skrattade på ett sätt som inte gick ihop med situationen. Hon blev charmlöst kollrig av alltihop och Patrik insåg att han gjort en felbedömning. Fatet hade han tagit, inte för att hjälpa till, utan därför att han under ett starkt och frustrerat ögonblick önskade se sig som gränsöverskridande och visa sig orädd och kanske också göra sig ett namn bland de infödda.

Hemma i hennes kvarter tog Evissos och Josefs döttrar hand om rötterna. De unnade Patrik en slags uppmärksamhet. De riktade fräcka anklagelser mot varandra, uppförde sig hotfullt och kastade skygga blickar över axeln, men Patrik hade tappat intresset för sådana förtäckt erotiska åtaganden. Han hade insett att det inte handlade om uppvaktning eller rivalitet. Kvinnorna ville illustrera att de ägde en pondus och befann sig på en sexuell nivå som han inte kunde matcha. Medan de tampades, och utan Patriks vetskap, dök Bo upp och han förhörde sig noga om honom med Céline, allt som sagts och gjorts under eftermiddagen.

En fransk fabrikör som Bo kände hälsade på hos Helmi, det var dagen därpå. Helmi bjöd på en gryta med grönsaker och ris. Mot slutet av måltiden sa monsieur Gilou: "Fan ta svartingarna, för tredje gången har de brutit sig in i bilen." Då klang det i porslinet, och med sleven pekade värdinnan åt trädgården till och det rasslade om hennes halsband som bestod av aprikosfärgade stenar, och hon utropade: "Därute lever folk som har fötterna täckta av variga sår, sådana vars barn inte har mat för dagen. Skulle ni inte göra likadant?" När gästen åkt sa Bo: "Det där var väl onödigt?" Till Patrik sa han: "Kom ihåg att aldrig lämna någonting i bilen när du parkerar."

Och Patrik följde med Helmi och Ambrois på söndagsgudstjänst. Han blev placerad framme på podiet, ett par tre meter snett bakom pulpeten, därifrån hade han god utblick över kyrkans interiörer. Solljuset vräkte sig in genom halvmurade fönstergluggar, de medverkande ställde sig i stram givakt allteftersom de ropades upp. Ungdomskören sjöng medan kvinnornas kör tågade fram i procession. Ambrois höll på det inhemska språket ett personligt vittnesbörd som Patrik förstod det mesta av. Mot slutet fanns det en annan kör med tamburiner och trummor och det hördes höga tjut och ett par kvinnor vaggade fram och torkade de sjungandes ansikten med handdukar. Nedanför pulpeten stod ett bord och två kollektbössor, en för kvinnor och en för män. Den kvinnliga officianten, en storväxt person med ljusblå turban och helvit dräkt, paraderade rytmiskt på stället under hela insamlingen.

På eftermiddagen marscherade man i två led till ett fält några kilometer bortom stadsgränsen. Marken var mörkgrå men det luktade varken svavel eller kol. Värmen blev för Patrik så intensiv att under några ögonblick svartnade det för blicken och han såg solen som en mild och mjäll avglans trots att han inte blundade. Bibelskolans elever deltog i mötet. Israel predikade om Hesekiel och de torra benen, att Gud kan skänka nytt liv åt allting som är förtorkat och dött. Helmi sa: "Alla vet precis vilka människor han menar. Men Gud har både makten och viljan att rädda dem som vandrar i dödsskuggans dal." Predikan avslutades med en appell och en inbjudan till frälsning. En stor mängd människor från byarna runt omkring räckte upp händerna. Det var människor i alla åldrar, till och med barn. I sin nästan oöppnade dagbok skrev Patrik: "En massiv uppvisning i ögontjäneri och osjälvständigt tänkande."

En ung kvinna gick om slutet fram och önskade förbön, barnen till hennes väninna var sjuka i någon slags influensa. "Ger man dem inte medicin?" frågade Patrik, men Helmi sa: "Det vågar man inte. Kvinnornas släkter ligger i fejd med varann."

"Vad har det med saken att göra?" sa Patrik. Men Helmi skakade på huvudet. "Vad det onda anbelangar är du långt ifrån fullärd. Febersjukdomen är orsakad på rituell väg. Givetvis att febern kan botas men det skulle vara att dra på sig mer fientlighet och då kan än större olyckor drabba släkten. Nästa gång kunde det bli en dödsbesvärjelse."

"Barnen kanske dör ändå."

"Därför behöver man fortsätta bedja om Guds beskydd. Att han bryter ondskans hållhakar."

På kvällen samtalade Patrik och Bo nedslagna på verandan. Helmi var inomhus tillsammans med Israel, som tålmodigt försökte trösta henne. Ambrois fanns där. Sara och Dimanche arbetade inte på söndagar. Céline satt ömsom hos Helmi, ömsom hos de bägge männen. Och det var nattgruppen som inte var åtgärdad, daggruppen som gick också om natten.

De påföljande dagarna blev ovanliga, man upplevde inte tiden så som man brukar. Om den planades ut just på den punkt där man för närvarande levde, kunde det knappast komma någonting gott av den framöver. Man diskuterade det inte, Patrik själv märkte det knappt. Inte hela tiden, men oftast fanns Ambrois i närheten. Patrik gjorde sitt bästa för att undvika afrikanens blick, men om läkaren inte var där kunde Patrik och Ambrois hamna tillsammans på verandan och Ambrois kunde säga saker som: "Man tänker på henne, att hon inte har föräldrarna kvar."

Men sedan kunde han bli alldeles skuren i talet. En gång sa han: "Allt som du berättar för mig ska delas med yapakara Helmi. Hålla något hemligt för henne, vi är ju i hennes hus, vore inte rätt."

"För dig berättar jag inga hemligheter." Men han märkte att den andre, Ambrois, egentligen inte var intresserad. Han gjorde sitt. Varken Ambrois eller Patrik visste någonting om vad som skulle hända kort därefter.

En programmatisk tystnad lade sig hårt över deras huvuden och axlar. Ambrois ställde sig i trappan med ena foten två steg ovanför den andra. Patrik hånade honom genom att säga: "Saknas du inte på vattenprojektet norröver?"

Och borta vid pajotten satt nattvakten med sin vän Fassa Gilbèrt, åkerbrukaren. Deras röster gjorde sig akrobatiska vägar och falsettsprång på grund av tiden, därför att tiden förlorat sina hårda egenskaper och blivit mer komplex än vanligt. Det var på kvällen, himlen var alldeles blodröd. Det är ett vanligt atmosfäriskt fenomen som har med väderförhållanden att göra. Men vi brukade säga: "Nu rodnar himlen över tillstånden i världen."

Det är också ansiktets färg, när den ertappade drivs opp inombords och önskar skyla sig. Och nattvakten sa: "Stipendiaten och Moganga Bo ska färdas bortigenom gränslandet. Till de vitmenades åker ska resan gå."

Fassa Gilbèrt sa: "Där växer ingenting. Varför vill stipendiaten besöka en plats där det inte finns några möjligheter till mognad? Där finns ju ingenting, bara rymdens och ödslighetens skönhet, endast de oföränderliga stjärnorna. Man undrar varför."

"Jo", sa nattvakten. "Moganga var själv osäker på om det

skulle vara klokt, även yapakara försökte få stipendiaten att slå det ur hågen. Om bara inte platsen vore så begärlig för honom." Och han fortsatte: "Som det sägs är dessa likundus furstar utan liv, saknar de växandets glädje. Och kommer man alldeles inpå dem, då skulle varje stund genom deras själar vara såsom havets raseri, ögonen de har som havet när stora fartyg bryts itu och går under.

En gång har jag sett dem. Allah vare prisad som lät mig leva. Från kanterna av härskandets rundning sipprar ett gift som vill förkväva allt skapat och utbreda ofruktsamhet, jag är ju själv märkt av den alltsedan jag skådade in i den svarta marmorglansen av jordens och himmelens alla mirakler. Så skall därförutom gryningen ankomma med ofärd, och dagningen bräckas över deras upphöjelse, och på detta skall deras förhävelses krona vara tecknet: på armod och fattigdom, det som alltid finns i deras sinnen: att få täcka länderna med förtvivlan och fylla dem utöver kullar och nedigenom kjusor och dalar och vidare in i den bländande evigheten."

‡

De åkte tidigt. Patrik var irriterad på alla restriktioner. "Håll dig nära mig hela tiden", sa Bo. "Tala inte med dem, kom ihåg att de inte behöver något skäl att bli våldsamma."

I ögonvrån såg Patrik läkarens ångest, han svettades kraftigt trots att nattens svalka fortfarande låg kvar. "En gång när jag kom dit ut", sa han, "fann jag en av dem med en liten fågel i handen. Han verkade tala med den. Det såg så vackert ut och jag blev mycket glad för just med den mannen hade jag arbetat hårt och faktiskt också medicinerat honom. Jag ansåg att vi gjort stora framsteg tillsammans. Men när han fick syn på mig såg han generad ut och krossade fågeln under hälen. Jag frågade honom varför han gjorde så. Han ansåg att det var fel att någon fick leva, ingen borde leva ansåg han."

Solljuset reflekterades mot rutan. "Det var såklart en bister erfarenhet för mig. Hade det stannat där skulle det varit ett svårt nederlag, javisst, men inte mer än ett nederlag. Men under en lång tid därefter satt mannen och talade med fågelskrovet i handen, tills det bara var fjädrar och ruttna benrester kvar. Varje gång jag kom emot honom sneglade han liksom spjuveraktigt på mig. Jag har aldrig i hela mitt liv varit så rädd som när det slog mig att han kanske inte var galen, kanske var allt ett genomtänkt skådespel med det enda syftet att göra mig förvirrad och olycklig."

"Hur kan man arbeta med dem om de är så fientligt inställda? frågade Patrik. Bo sa: "Jag pratar med dem. Man får inlåta sig på samtal, sådana som de vill ha. Medicinerna får man baka in i maten. Sedan studerar man."

"Ungefär som viltvårdare", rös Patrik.

"Jag har måst utvidga mitt yrkeskunnande, här brister det i god läkarvård på de flesta områden. Men det är inte som hemma. Möter vi några av dem kommer du tänka att det är de som ställer villkoren. De verkar tro att *jag* är *deras* patient."

"Det låter som renlärig sinnessjukdom. Fast ändå inte", sa Patrik och det gick på nytt en svag rysning genom honom när den äldre sa: "I viss mening är det verkligen fråga om behandling, det kan man nog faktiskt säga."

Halsen besvärade honom, han hostade och harklade sig. "Jag har ingen aning om hur det går till", klämde han fram, sedan måste han hosta våldsamt innan han kunde fortsätta: "De vet mer om mig än vad som är möjligt om ingen har informerat dem. Det är som att i hela vår psykiska existens finns det underbetydelser som den medicinska vetenskapen inte kunnat kartlägga än. Det är fascinerande. Man vet inte var det slutar."

Läkarens ansikte var stålgrått, han hade inget ljus i ögonen och hans röst var entonig och svag. "Jag förstår", sa Patrik efter en kort tystnad. Men han sa det inte därför att han förstod, utan därför att han måste hantera den krypande skräcken. Bo fick en kraftig hostattack igen.

Vid framkomsten kunde Patrik inte avgöra hur lång tid

som gått sedan de lämnat staden bakom sig. Vattenpumpen hade de passerat några minuter innan Bo stannat och slagit av motorn. Patrik hade hört om den här platsen flera gånger men inte förväntat sig något så ogästvänligt, rent av motbjudande: de blågröna, av svamp och parasiter angripna stubbarna, och däremellan den knapertorra jorden. Allt var majestätiskt stötande, en mustig ogynnsamhet vart man än såg. Längre bort anade man små, oregelbundna upphöjningar. "Det är rösen efter berget", sa Bo. "Nja, inte rösen egentligen. Stenarna kastades omkring vid krevaderna. Senare när de utstötta här funnit en fristad började de vältra de söndersprängda blocken mot varandra igen, och åstadkomma ett slags bostäder."

I bilens bagageutrymme förvarade Bo en trave vita patientskjortor med Landstingets blå symbol nedanför bröstet. Han förklarade: "Jag lämnar dem här, och nästa gång tar jag med mig de använda skjortorna och tvättar och stryker dem. Det går runt på tre uppsättningar."

De gav sig inte in på det kalhuggna området utan höll sig i närheten av bilen. Inte minsta tecken på aktivitet ännu vid elvatiden, man hörde inte ens något av de annars så karaktäristiska ljuden från naturen, det var alldeles stilla. Vid ett tillfälle satte de sig i bilen, men klev nästan omedelbart ur igen. Slutligen försökte de undkomma den värsta hettan genom att huka sig ner bakom bilplåten.

"Är det ingen här idag?" sa Patrik som burit med sig en oartikulerad oro över att inte vinna någonting. Även Bo oroade honom. Den gamle läkarens ögon syntes bara som två tunna streck, och pannan och de ansträngda kinderna, sammantaget såg det inte bra ut. Patrik tänkte: "Han är i ett bedrövligt skick, det har hållit på för länge. Jag ska föreslå honom att vi åker tillbaka."

"De kan gömma sig längre uppåt, ser du möjligen en antydan om vegetation långt däruppe?" Det sista uttalade han anmärkningsvärt dåligt. "Man tror att de äger förmågan att göra sig osynliga."

"Är du aldrig rädd? Risken är väl säklart att när ni talar med varandra, att de kommer för nära."

Bo svarade: "Jag önskar att de gjorde det, jag drömmer om närheten och kroppskontakten. Att de kommer så nära inpå mig att jag kunde känna lukten från dem, deras andedräkt." Patrik såg då det oförlösta hatet i den äldre mannens ansikte. Det var ett hat som inte kunde utnyttjas till något, det var sammanvuxet med någonting annat. Patrik begrep alltihop. De visste att den vithårige var deras dödsfiende. De aktade sig noggrant för honom.

"När jag insåg att medicineringen inte gjorde någon verkan bytte jag metod. Jag började lägga gift i maten. De åt ingenting. Jodå, visst är jag rädd. Och jag börjar bli gammal. De visar en ingen nåd, ingen barmhärtighet. De förbannade missfostren är tålmodiga." Det var som om en isande vind hade gått genom den gamle läkaren mitt i hettan och orsakat honom en nästan omänsklig smärta. Rösten svek honom och det skrällde dovt om hans hosta. Han verkade sväva på målet. Han sa: "Jag önskar jag kunde göra mer för Josefs och Evissos familjer. Och Céline, visste du att hon har läshuvud? Det är även Helmis mening."

Han öppnade bagageutrymmet och lyfte ut traven med Landstingets vita skjortor, och därtill en hopvikt presenning. Med stor möda böjde han sig på knä och bredde ut presenningen på marken. Sedan placerade han omsorgsfullt ut de vita skjortorna, Patrik räknade till tolv stycken. Bo rättade till ett par ärmar.

Hela vägen tillbaka satt han käpprak och spänd som en stålfjäder bakom ratten. "Jo, det var så sant, jag har förstått det som att din far inte är kvar", sa han.

"Det stämmer, han dog i somras. Och jag tror jag förstår vad du menade förut, alltså vem som egentligen är läkaren och vem som är patienten. Det kan kännas omvänt på något underligt vis."

"Vad hette han?"

"Han var ju den som skulle uppfostra mig och värna om mitt bästa. Jag tyckte ofta att det var tvärtom, jag hade känslan av att det var jag som ansvarade för honom istället. Jag tänkte att på det sättet kanske det gick att ursäkta eller försvara hela den sorgliga kedja av händelser som gjort oss till en familj med skyldigheter mot varandra."

Det var som om orden kom för honom medan han talade. "Han hette Åke Stedler."

Han fick en ingivelse. "Du kanske träffade honom? Han var faktiskt här, fast det var såklart sådär trettio år sedan. Ni kanske rent av kände varandra?" Han tänkte att det var besynnerligt att han inte tänkt på det förrän nu.

"Om jag kände honom borde jag väl ha sett honom i dig när du kom hit", sa Bo med darrande röst, och när han fortsatte lät det som om han förebrådde sig själv: "Ja, jag borde kanske ha sett något i ditt ansikte, något bekant."

Han talade så grötigt att man måste anstränga sig för att höra. Några gånger spratt det till i kroppen på honom, som om någon ryckt honom upp ur en djup sömn, Patrik var rädd att han skulle köra av vägen. När de nästan var hemma igen frågade han: "Vem är åldringen som bor hos Josef och

Evisso?"

Men den andre hostade och snörvlade och Patrik tänkte att tillfället var illa valt. "Jag vill inte vara påträngande, jag har egentligen inget med det att göra." Men Bo sa: "Det är ingen fara. Han är blind, men alldeles klar i huvudet."

"Ett samtal med honom skulle nog vara givande. Om det gick att ordna, menar jag."

Den gamle läkaren öppnade munnen och slöt den igen, gjorde en ansats att tala men kom av sig, han tycktes svarslös. Efter en stund sa han: "För många år sedan innan jag öppnat min mottagning, fick en makaber händelse stor uppmärksamhet här i landet. Mer än fyrtio personer försvann spårlöst, ingen visste vart de tagit vägen, det var som om de uppslukats av jorden. Det var bara en ren tillfällighet att sanningen uppdagades, att det var en seriemördare, att han förgiftat sina offer med blåsyran som produceras av en glukosid i maniokens rotknöl. Ibland tillagade han sitt gift genom att mala ner grenar eller bark från oleanderbusken eller någon annan växt. När offren var försvagade eller till och med försänkta i koma dödade han dem och styckade kropparna. Likdelarna sålde han till häxor.

Man frågade vem hans uppdragsgivare var. Han svarade att han mötte sina uppdragsgivare under andliga besök i ett annat land. Några släktingar hade han mördat därför att de försökt hindra honom, och flera barn. Likdelarna användes rituellt. (Häxor kan ställa sig i förbindelse med andevärlden genom att låta sig uppfyllas av dunsterna från brända människohjärtan, njurar eller andra organ.)"

"Vad fick han för straff?"

"Han fick inget straff, eftersom han inte var straffmyndig. Han var bara tolv." Läkaren stirrade framför sig på vägen.

"Jag vet inte varför jag berättade det här för dig. För att du
ska få en djupare bild av Afrika? Vi känner alla en stor vörd-
nad för baba, vi älskar honom dyrt. När han var yngre hade
han förmågan att bota sjukdomar och göra onda besvärjel-
ser verkningslösa."

Han tystnade, åter igen var det som om han kommit av
sig, ja, fullständigt tappat fattningen. Han ruskade på huvu-
det. "Nuförtiden reser man hit från Nordeuropa på några
timmar, ändå är det som en annan planet."

"Jag tror inte att jag förstår."

"Det kommer ibland situationer när vi på ett särskilt på-
tagligt sätt ställs inför uppgiften att försöka bringa ordning i
den värld vi lever i. Det är en svår eller omöjlig uppgift: du
ser en gammal gubbe, du ser obehandlad starr. Men bedra
dig inte. Låt inte hans höga ålder och vitgrå hornhinnor för-
leda dig."

De hade kommit in på stigen som ledde fram till Helmis
trädgård. Patrik, som uppfattade att Bo hade mer att säga,
avvaktade under tystnad. Bo skakade på huvudet. "Jag vet
inte. Han är gammal och beroende av omgivningens väl-
vilja. Och jag tror han är min bästa vän. Jag vill inte att det
ska bli några komplikationer." När Patrik såg den gamle lä-
karens förvridna ansikte skämdes han över att han inte hade
något passande att säga. Bo sa: "Vi får se. Jag ska tala med
Evisso. Det enda är att jag har en del saker att styra med."

Men han var inte särskilt upptagen. Han fanns i närheten av
de yngre medan de utförde sysslor åt Helmi. Ofta satt han i
skuggan uppe på verandan. Man såg honom dåligt, ögonen
såg man inte på grund av solhatten som han alltid hade djupt

neddragen över pannan. Läkedomens vita rock hade han axlat, som om han alltid var redo att gå.

Nedanför sig hade han Patrik och Céline som arbetade i grönsakslandet. På husets baksida fanns en swimmingpool från äldre missionstider. De skurade det missfärgade kaklet och plockade hela bottnen på löv fastän den inte var i bruk. Och som sagt: Ambrois. Han var ju också där.

Patrik upprepade några gånger sitt önskemål och förklarade omständligt att ett kortare samtal med den gamle afrikanen skulle vara av omätbar betydelse för hans efterforskningar. Men läkaren verkade långt borta i tankarna, han lutade svagt åt sidan och man undrade vad han i sådana stunder såg framför sig. Sedan kunde han sprattla till, gripa med blicken omkring sig och vrida sig i stolen med orden: "Jo, det borde gå att ordna."

Vid ett par tillfällen vinkade han stipendiaten till sig, försäkrade sig om att ingen annan hörde på, och berättade sedan fler historier av det slag som skulle ha fått den mest luttrade människa att blekna. I ord och framtoning var han som en mystiker som undervisar sin lärjunge i sin religions doktriner.

En gång sa han: "Vi borde inte ha gjort det. Vi borde inte ha farit dit ut. Man ska lämna de förbannade jävlarna ifred." Patrik kunde inte vara säker på att den gamle adresserade sig till någon som var i närheten.

Ifall Helmi gav i uppdrag åt Patrik och Céline att gå med varsin korg till Josefs och Evissos familjer, kom Bo emellan och erbjöd sig att göra det. Han började synas mer sällan hemma hos Helmi och när Patrik frågade efter honom sa man: "Han är med baba. Han är orolig för honom."

Israel kom med dåliga nyheter. "Det ryktas att rebellerna

har rekryterat folk vid nordgränsen. Att man planerar att tåga mot huvudstaden."

Evissos hustru tittade in. Hon satt länge i köket tillsammans med Helmi och samtalade. Patrik uppfattade att hustrun beklagade sig: "Han behöver inte mycket att äta och han besvärar oss inte, men han är en gammal man. Evisso brukar säga att vi allesammans måste hedra honom som en far eller en äldste."

"Bo tar hand om honom."

"Ja, yapakara. Hur ofta har vi inte sett de båda tillsammans? De är som två bröder."

När Patrik ett par dagar senare hade vägarna förbi Evisso och Josef såg han inte till den gamle. Josef sa: "Han sover. Moganga är hos honom. Han viker inte från hans sida."

"Har han nämnt att jag önskar ett samtal med baba?"

"Nej, pakara, det har han inte. Jag om någon skulle veta det. Men tack vare Moganga kan vi om dagarna arbeta. Man lämnar inte en sådan gammal man ensam."

Patrik fortsatte till marknaden. Han köpte kaffe, socker, bröd, sardiner, kakor och lite pamplemousse. Han skulle ha ståltråd, han fick fråga sig fram. En man med uppkavlade skjortärmar erbjöd sig att visa vägen. Patrik kände sig olustig till mods när de lämnade marknaden bakom sig och det blev allt glesare mellan hyddor och tegelhus. De kom till en majsodling. I förgrunden fanns en pajott och något som såg ut som en mycket spartansk verkstad: en hyvelbänk, några verktyg och en eld. Vid elden satt en medelålders man och tillverkade penisattrapper av trä. Han skrattade med kniven i handen när han såg Patriks min, den andre också.

På vägen tillbaka till Helmis hus fick han syn på Ambrois som satt innanför glaset på en liten bar. Afrikanen vinkade inte tillbaka. Tillsammans med honom var tre andra män. De hälsade inte men makade sig närmare varandra för att göra plats för Patrik kring bordet. "Jag kommer från Josefs och Evissos familjer", sa Patrik mest för att bryta tystnaden. En av männen sa: "Moganga har bistått dem under många år. Och i Céline ser han, ja man kan säga en dotter. Vi undrar ibland på skämt varför han inte gift bort henne för länge sedan."

De andra skrattade, det var en glädje som de inte delade med sig av. "Har hon ingen utbildning?" frågade Patrik. Då spreds ett ovänligt leende över deras ansikten. Ambrois sa: "Utbildning? Tror du att en som hon kan studera? Tror du hon har sådana möjligheter, tror du att hon har pengar? Ett par bidrag har hon, genom missionen."

Han lutade sig bakåt. "Evisso och hans anhöriga fick en gång besök av en kvinna från Nederländerna. Med sig hade hon burkar fyllda med kakor och godis som hon köpt på marknaden. Hon föreslog att de kunde ha det till kaffet men fattade inte att för dessa pengar hade hon kunnat skaffa mat som räckt åt alla i familjerna, i flera dagar dessutom."

"Jag ska ha ett samtal med åldringen som bor hos Josefs och Evissos familjer", sa Patrik. "Man har sagt att det kan gå för sig trots att han är svag. Jag har formulerat några frågor." Med detta reste han sig för att gå. Han hade förödmjukat Ambrois genom att byta samtalsämne just när Ambrois börjat få alla att lyssna på honom.

"När jag talat med baba ska jag lämna Afrika. När jag haft samtalet med honom, då ska jag resa hem igen."

Läkaren fortsatte att utebli från Helmis veranda. I all välmening sa man att det var hans goda hjärta, att han ville vara hos sin gamle vän så mycket som möjligt under den tid han hade kvar i Afrika.

Men Helmi sa: "Det där är bara dumheter. Bo mår inte bra, det är därför. När han har magen, då håller han sig härifrån. Han tycker att han utnyttjar min gästfrihet, han vill inte ligga mig till last." När Patrik inte var där sa hon: "Om Bo fortsätter så här kommer folk börja prata."

"Är det viktigt att Patrik får träffa baba?" undrade Israel. Helmi skakade på huvudet. "Det finns någonting i allt detta som jag inte blir klok på."

"Det blir svårt att ordna ett sådant samtal. Det är knappt att Bo låter Evisso komma i närheten."

Ända bort till stadsgränsen och ännu längre bort talades det om vänskapen mellan den svarte och den vite läkaren. För barnen berättade man historier om den ömsesidiga kärleken och respekten mellan dem. "De har båda djupa insikter i helandets hemligheter. De är två rötter som slingrar sig om varandra. När en av dem dör, kommer då den andre att ha någon ande kvar?"

"Varför vill stipendiaten ha ett samtal med en gammal blind gubbe?" frågade barnen. Då blev de vuxna vreda och sa: "Han är baba, glöm aldrig det, den klokaste och förnämligaste av oss. Han har varit *makonzi* också. Det ska bli ett samtal, fast Moganga Bo inte vill tillåta det."

I sällskap med Israel och Evisso gjorde Patrik ett besök på en textilfabrik öster om stadskärnan. Där tillverkade man draperier, flaggor, med mera. De strövade runt inne i fabriken tillsammans med den vänlige förmannen och efter dem tågade en skara nyfikna barn, varav somliga knappt uppnått skolålder. Och de kom till en avdelning där Patrik noterade att de flesta anställda hade någon form av funktionsnedsättning. Vid ett bord satt en man utan överkropp, i alla fall såg det ut så, hans huvud tycktes vila direkt på bäckenet. Han trakterade sin maskin med garvade händer och när han fick syn på Patrik började han skratta. Han talade med en kvinnas röst.

Israel översatte: "Det är ett gammalt stamspråk. Han pratar om den blinde. Det ska bli ett samtal säger han men Moganga är orolig, han vill inte låta baba träffa någon."

Mannens ögon lyste och han kvittrade av skratt. Och barnen sjöng så ljudligt att det slog lock för öronen. Förmannen skällde på dem och försökte jaga iväg dem, men de skanderade: "De är bröder, de är vänner, de är vänner intill döden! Baba och Moganga! Baba och Bo!"

Väl hemma hos Helmi igen frågade Patrik åter efter honom. Sara, som ankommit samtidigt, sa: "Moganga Bo håller efter alla sjuka och gamla, pakara. Det är naturligt att han har uppsikt över dem, han är ju läkare. Det känns tryggt att ha honom i närheten."

"Är det verkligen så illa ställt med baba?" sa Patrik. "Han verkar inte direkt döende." Sara svarade: "När en människa dör, pakara, då lämnar anden kroppen och lever vidare i en annan värld i väntan på frälsningen. Ja, baba är snart borta. Vi ska snart ta avsked av honom. Vi kommer allesammans att sörja honom heligt och djupt."

"Så du talar", fräste Helmi. Men hushållerskan fortsatte: "Evisso har bestämt att baba ska ligga på den noblaste platsen. Vi ska hålla hans minne levande och ljust som morgonhimlen."

”Nonsens”, fräste den gamla missionären. ”Han är hälsan själv. Men det är klart att han behöver hjälp med allting. Har du hört någonting annat?”

”Idag var pakara Gilou nere i byn tillsammans med sin hustru”, sa Sara. ”Pakara Gilou är drabbad av svåra smärtor i magen. Frun kom först ensam, men Moganga Bo ville inte följa med henne eftersom han inte lämnar baba utan tillsyn ens för en minut. Hon kom sedan åter med sin man över axeln. Moganga säger att det inte är farligt.”

”Nå, det var ju bra då”, sa Helmi.

Patrik sa: ”Jag är nyfiken på baba. Bo har lovat att jag ska få ett kort samtal med honom. Jag har förberett några frågor.”

”Jag vet inte om Bo vill ha någon där just nu”, svarade Helmi. ”Det är oro i luften.”

Hushållerskan sa: ”Baba har haft många fiender, han har utkämpat strider hela sitt vuxna liv. Moganga säger att baba har måst använda fiendens egna vapen.”

”När jag fått samtalet med den gamle mannen är jag färdig här”, sa Patrik. ”Då ska jag resa hem.” Han kunde inte avgöra vad Helmi åsyftade när hon stirrade mot dörren och sa: ”Jag önskar att folk förstod att det får räcka.”

Céline kom gående uppför stigen till huset. Det var hög tid för eftermiddagskaffet och därefter skulle man förbereda för kvällen.

”Ni har rätt. Att dottern blev föräldralös är ingenting annat än mina egna spekulationer. Vi har ingen aning om vad som hände, varken med Rémy Wencela eller hans hustru. Men det är människans lott att lägga pussel. Somliga teorier är bättre än andra."

Mina vänner utbytte ett par blickar. "Det gläder oss att vi är överens om Tomas Wencela åtminstone, att det var en avskyvärd person", sa de. "Det gläder oss."

Ja, det var väntat att de oavlåtligen nämnde denne man, hans postulerade illgärningar, hans förment svekfulla väsen. Det fanns mycket som intresserade oss i den här historien. Mitt under ett sammanträde drabbades en gång en nämndeman av politisk förkrosselse, jag minns att vi imponerades av mannen och hyllade det aktningsvärda i att någon kunde visa prov på moralisk redbarhet och sannskyldighet i en sådan pragmatisk miljö. Vi biföll mannens utbrott med applåder, men det var innan vi fick svårare att tala om saken därför att vi alla förstod att implikationerna och associationerna och konsekvenserna höll på att bli oöverblickbara.

Jodå, det fanns en hel del som var intressant. "Det är nog riktigt att Tomas i sin ungdom förleddes att begå misstag", sa jag. "Men till det som ni talar om var han sannolikt oskyldig." Mina vänner flinade sinsemellan, det var tydligt att de måste anstränga sig för att behålla sitt lugn. "Vi förstår inte. Vart vill du komma?"

"Jag säger bara att det inte är särskilt troligt det ni påstår, att Tomas rövade bort ett barn. Han hade nog insikt i magi och svartkonster men han var strängt taget en medicinman. Han var en bydoktor, en moganga, han lärde sig yrket av sin äldre bror Jacob innan brodern dog."

"Vi håller med dig om att det är en sannolik utveckling. Framtiden inom åkerbruk var ödelagd. Det enda som återstod var att lära sig magin, att lära sig använda fiendens egna vapen. Endast så skulle han kunna skydda sig och sina anhöriga mot häxornas makt. Men vad menar du med att han inte rövade bort barnet? Påstår du att Rémy Wencela bara hittade på det?"

"Inte Rémy. Det var Åke som hittade på det."

Patrik gav nattvakten ett handtag. Nattvakten erbjöd honom sedan att sitta i ett bilsäte som han installerat i pajotten. När Patrik reste sig för att gå tillbaka upp till huset tyckte han att det var en annorlunda atmosfär i trädgården. Man kände den genast då man sträckte på sig lite grann och sedan rörde sig uppemot den skuggade verandan av gjuten betong, och sedan vidare in i vardagsrummet där man dukat vackert och Céline och Sara var i färd med att vika de sista servetterna. Från köket hördes Helmis röst, och kockens, den som hette Dimanche, Helmi sa ibland Söndag. Hon kom ut i vardagsrummet. "Céline säger att en kvinna i församlingen bestämt sig för att arbeta med hälsoprogrammet" berättade hon. När Patrik undrade varför detta var så märkvärdigt förklarade den gamla missionären: "Hon har godtagit sin sjukdom och vill börja arbeta."

Jo, det handlade om sexualupplysning. Helmi sa: "Bara detta att någon vågar klivet. Den här kvinnan har redan blivit en förebild för andra. Projektet har legat på is i flertalet år men nu har vi med ens fyra eller fem stycken som mer än gärna ställer sig till vårt förfogande hävdar Céline. Jodå, det smittar av sig", skojade hon och kluckade så att kindflikarna skalv och det klirrade om halsbandet.

Sedan höjde hon blicken och utbrast med uppspärrade ögon: "Herrens nåd varar från evighet till evighet, han håller sin hand över alla som fruktar hans namn." Men Patrik såg oron och ambivalensen när hon gick efter grytan och ställde ner den på vardagsrumsbordet, och Söndag som gol inifrån köket: "Nu är de här."

Elinor kom gående med Bo vid sin sida. Under måltiden sa han: "Jag har fått bekymmer borta i huvudstaden. Jag blir tvungen att fara dit." Han hostade och snöt sig, han svettades ymnigt och torkade sig ideligen om munnen medan de dinerade. Han var grå i ansiktet. "Det är ingenting", förklarade han. "Det är lite feber, lite huvudvärk bara."

Elinor hade hälsningar från Stefan, benet var bättre. Och hon förhörde sig med Patrik huruvida det gick framåt med hans undersökningar. Bo slog omkull vattenkaraffen så att den föll i golvet och sprack. Sara och Céline kom in till dem men ingen av dem tilläts att städa upp efter honom, Helmi gjorde det själv. Efter måltiden satte sig Patrik på verandan. Han såg Bo gå mot grinden i sin vita skjorta hängande utanför byxorna. Längre bort, under det gamla mangoträdet, uppehöll sig Elinor och Helmi. Inifrån köket hördes kockens högstämda röst och kvinnorna som skrattade och trätte med honom. Céline hade åtföljt läkaren ut. Nu befann hon sig alltså åter inne i huset.

Det blev att Patrik dåsade till. Han vaknade av de bägge missionärernas röster. Efteråt skulle han ofta återkomma till mangoträdet i tankarna, och de två missionärerna, av trädets tunga bladverk bevarade från solen. Han hade inte kunnat överhöra deras samtal, och så uppenbarade sig Ambrois vid grinden och Ambrois skulle så småningom nämna att han mött Bo som mullrat förbi så att dammet virvlat kring bilen. Men nu gick afrikanen fram till dem, när han fick korn på Helmi och Elinor bytte han riktning och anslöt sig till dem under det gamla trädet. Några gånger kastade de blickar upp mot verandan. Därefter närmade de sig huset. De gick långsamt och med böjda nackar, som om de var rigoröst upptagna med något slags tankeproblem. De slog sig ner på verandan tillsammans. Helmi lät sända ut en termos och ett fat med sockerkaka.

Ambrois vinnlade sig om Patriks uppmärksamhet. "Det ska bli ett kort samtal", sa han. "Det är en gammal man, han ser stark ut, men är inte ung längre och har inte krafterna som förr. Evisso berättade för mig hur svårt det var för Moganga att fatta beslutet att lämna oss just nu. Han tänker på rebellerna, om de skulle ta den här vägen."

"Rebellerna kommer inte att ta den här vägen, inte enligt vad jag hört", påpekade Patrik. "De går mot öster, mot huvudstaden."

"Jag kommer från plantagen där Evisso och hans fru arbetar", fortsatte Ambrois utan att bry sig det minsta om Patriks invändning. "Evisso berättade för mig att Moganga har slipat sina verktyg. Han ska ha sagt att om rebellerna kommer är han redo. Men nu vart han som sagt tvungen att resa. Evisso försökte övertyga honom om att baba är i goda händer, att han inte behövde oroa sig för honom."

Samtalet skulle äga rum vid tio nästa morgon. Ja, Evisso skulle tolka. När Patrik gick in i huset sa Ambrois till missionärerna: "Vi anser att detta inte kan fortsätta, det måste få ett slut. Vi gör honom till viljes och låter honom få sitt samtal så kan han äntligen resa hem. Vilken rätt har han att utnyttja människors gästfrihet, äta deras mat och förmörka deras hjärtan och sinnen med ogudaktiga frågeställningar?"

Elinor sa, nätt och jämnt hörbart: "Ja, nu får han träffa honom. Sedan är han härifrån."

Men så kommer natten, som alla vet: den tid på dygnet när tankarna blir instängda och våldsamma och allting får felaktiga proportioner. Mina vänner såg bestörta på varandra men kunde knappast lura mig. Jag visste ju att de hört argumentet förut.

Jag grep tillfället att fortsätta.

"Nej, Rémy berättade ingenting i den vägen, att Tomas Wencela tagit ifrån en kvinna hennes barn, stukat hennes motståndskraft och förstånd med häxkonster och därefter placerat barnet i armarna på Rémy. Om ett sådant obegripligt brott gjorde Rémy ingen antydan, ett brott som han i så fall skulle ha varit delaktig i och dessutom skulle han ha varit barnets biologiska far. Nej, Tomas var ingen häxa. Beröva en kvinna hennes egen avkomma skulle han aldrig ha gjort. Åke kokade ihop det."

Mina vänner sneglade på varandra och gjorde en underlig handrörelse, deras fientlighet retade näsborrarna likt ammoniak eller färsk pepparrot. "Du krånglar till alltihopa", sa de. "Nåväl, låt oss begrunda allting en gång till. Du tror alltså inte att detta var vad Rémy berättade? Varför i hela fridens namn skulle Åke hitta på något sådant?"

"Det Åke skriver om Rémy och Tomas och barnarovet är ett sofistikerat sätt att påkalla en situation bestående både av risker och möjligheter." Då svarade de, darrande av återhållet raseri: "Vi slösar bort vår tid på dumheter."

I det ögonblicket blev de en representation av det i världen som jag kom på mig själv med att allra mest hata: konkurrens, garderingar och beräknande vänskap. "Så enfaldiga kan ni inte vara att ni inte ser hur skickligt Åke utnyttjar situationen genom sitt sätt att fabulera", sa jag. "Det är ingen angenäm historia. Åke ville ha med sig Bo till Afrika, så han

233

försökte sätta press på honom. Han insinuerade någonting
som gjorde Bo vettskrämd."

Någon gång under småtimmarna vaknade alla i Helmis hus
av hundskall. Men det var ett hastigt avklingande ljud, det
ersattes snart av ett annat. Jag har undrat varför Patrik först
trodde att det var sång han hörde. Men kanske att man kan
säga att han hörde rätt. Luften och rymden tjocknade av den
tilltagande sången, och andra ljud fogade ihop sig med den,
tills man tänkte att träd och åkrar och floder och snart sagt
hela den omkringliggande skapelsen stämde in i ett gräsligt
opus av toner. Ljudet var lika nära som den varma doften
av jord, samtidigt lika gåtfullt som natthimlens välvning över
djurs och människors kroppar. Jag tänker att alla sådana ord
fälldes i efterhand, att de var färgade av själva upplevelsens
råhet och styrka och slutgiltighet.

Men nu bankar nattvakten på dörren. När Patrik hör de
upprörda rösterna flyger han ur sängen och sliter på sig klä-
derna, de andra springer redan mot grinden och nedför sti-
gen som leder fram till landsvägen och sedan passerar de ett
par bilar som står parkerade utmed dikeskanten. Vore det
dagsljus skulle man snart se taktopparna om man fortsatte
in mot centrum. Åt andra hållet är naturen mer orörd och
där finns rikligt med meterhögt gräs, enstaka pajotter. Några
skuggor rör sig tvärs över landsvägen och Patrik rättar sig
instinktivt efter dem. Sekunden därefter ligger han hopkru-
pen i stoftet. Någon, kanske ynglingen som han tumlat in i,
fattar tag i handlederna på honom och rycker upp honom,
mumlar ett "pardon" och springer därefter vidare i motsatt
riktning. Han vrålar högt några gånger.

Folk kommer utfarande mellan buskage och trädstammar och blir stående med tyngden fallande ömsom på ena foten, ömsom på den andra. När ögonen börjar acklimatisera sig till mörkret ser man framför sig sträckta halsar och pendlande huvuden, man tror att någonting hänt här ute på själva landsvägen. Den som följer dem, den ängsliga hopen framåt, begriper snart vartåt det bär. Man förnimmer nackar som glimmar till och de för korta byxorna snett till vänster och kvinnan som försöker kalla till sig ett par barn. Och så Elinors röst: "Gode Gud, Gode Gud, vad är det som hänt?" Och det otvivelaktiga, otvetydigt mardrömslika ljudet, som möjligen är en sång, som kanske måste flyta ut under trycket från jordens dragningskraft. Och nu framträder Evissos hus i ett löddrigt, grönaktigt ljus. Patrik ser inte Evisso själv, men uppfattar vagt hur Helmi och Elinor stångar sig fram genom hopen.

Och mina händer skalv, och det var som att tårar ville bryta fram, inte av sorg eller skräck utan av en slags kärlek till sanningen, som kanske också är en kärlek till konsten, även när den framställer sådant från vilket människor måste vrida sig bort i avsky. Jag betraktade mina vänner på andra sidan bordet. Deras ansikten tog sig gyllene ut i natten och jag förundrades över hur fritt och oberoende de kunde utgestalta sig där i mitt och Margaretas kök där vi satt. De följde mig noggrant, ansiktsskivorna i luften, och mina rörelser som de studerade, om jag så tog koppen eller brödet, någon egenhet skulle jag inte haft förmågan att dölja.

Och bakom mina vänner såg jag ett annat ansikte, detta verkade befinna sig precis utanför fönstret. Jag spände om livet sanningens bälte och klädde mig i rättfärdighetens pansar, på fötterna satte jag villighetens sandaler, och jag grep frimodighetens dödsbringande klinga och reste till värn den fruktansvärda visshetens sköld, och alldeles utanför fönstret syntes skepnaden vars ansikte skiftade i krapprött och pestgult. Och som västerlänning erinrade jag mig skalden, den som namngav perversitetens ande, nämnde den vid det rätta namnet. Den anden finns inte i filosofernas system.

"Åke lyckades få Bo att följa med till Afrika. Bo insåg att han måste gå sin patient till mötes så att ingenting oförutsett inträffade. Ni vet lika väl som jag att det skulle ha ödelagt hans karriär."

Vi hade ännu en bitande tystnad. Därefter sa mina vänner: "Så Åke körde med förtäckta hot? Du är galen!" Men det var för sent att försöka få ett slut som alla skulle tjäna på. Jag sa: "Ni vet nog av vilken anledning Bo kände sig tvungen att resa iväg med Åke. Han var oroad till döds och insåg att han till varje pris måste hålla uppsikt över sin patient. Ifall han gjorde precis som Åke befallde, skulle det kanske inte sluta olyckligt för någon av dem."

Man klagade och skrek och kastade upp sand i luften så att det sved i ögonen och munnarna blev alldeles torra. Det var vid anblicken av den gamle som det blev ett sådant hjärtskärande oväsen. Åldringen satt vilande i solstolen. Halsen var avskuren och ögonen urplockade, de skulle så småningom grävas fram genom att man stack fingrarna i buken som var öppnad uppifrån och ända ner. Mannens tänder saknades, samt det organ som används vid fortplantning. Av inälvorna fanns bara magra, geléaktiga skorvigheter kvar. De sprack under fötterna då man gick i gräset.

Men det var mer än vad mina vänner kunde stå ut med, när de reste sig vräktes stolarna över ända. Jag iakttog ett självförsakande sätt, möjligen som ett slags kompensation för att jag öppnat deras sår på nytt. Jag hängav mig till och med åt en upplevelse av medgång och tillfredsställelse, kanske därför att de ägde mänskliga temperament och dessutom lyckats uttyda mina syften. När de gått kom Margareta ut ur sovrummet, störd av bullret. Jag talade lugnande till henne. Det måste nog sägas att jag var mer skärrad än hon. "Att de blev så upprörda, min käresta", sa hon. "Vore det inte förståndigare att gå mer varsamt fram?"

Hon kokade upp nytt vatten. "De har bakgrunden", förklarade jag. "Det är deras mening att jag kommer med häpnadsväckande anklagelser, ogrundade anklagelser." Margareta dukade fram en kopp åt sig själv och ställde kannan på bordet där vi båda nådde den. Till och med nu, en timma efter midnatt, tände hon ljusen i takkronan.

"Det finns olika tolkningar i omlopp men de har alla det gemensamt att de ska värna verksamheten. Jag tror inte att någon väntade sig att lappen skulle rivas upp igen. Från och med nu måste du hålla ögon och öron öppna. Tala inte med någon om det här."

"Har du redan glömt att jag reser till Falkenberg imorgon bitti", sa hon. Jag fortsatte: "De flesta på kliniken har ingen omedelbar hållning i det onda. Det slog rot långt före deras tid. Fast nog känns det som att man talar med mig mindre öppet än förr. Som att man känner av det inom sig. Något som ligger verksamheten till last."

Margareta föredrar det kokade vattnet med några strålar honung i. Jo, naturligtvis, visst saknade jag Afrika. "Sörerna åtminstone", svarade jag. "Jag saknar allting annat också. Jag trivs här i Sverige, men hursomhelst. Och jag – jo, jag längtar hem till Wisconsin varje dag."

"Din moderjord får ju vänta ett tag", sa Margareta. "Men dina systrar får du snart möta igen."

"Ja. Och det kommer ändå bli omöjligt för mig att stanna här. Men det känns inte rätt mot dig, för dig ligger allt fortfarande öppet."

"Vad menar du? Ash, vi har ju gått igenom det här tusen gånger. Vi har fattat vårt beslut."

Vi drack vårt vatten. "Tomas Wencela var en älskad och rättrådig person", sa jag. "Jag hade möjligheten och privilegiet att även få möta hans bror Jacob. Och Jacobs pojk, men honom minns jag just ingenting av. Det var långt innan han tvingades bryta upp och lämna fru och dotter."

"En sådan stackare! Sedan du berättade för mig om honom har jag honom i hågen varenda dag. Var det inte Guds vilja att beskydda honom? Du har nämnt att folk i församlingen bad för honom medan han var borta." Jag sa: "Sådana svar har jag inte."

Då fick Margareta det där sobra och lite snusförnuftiga i blicken. Ett sjukhus med all medicinsk utrustning lägger inte ner verksamheten när en patient dör, och jag vidgick motvilligt att hon var alldeles rätt ute. Margareta är ibland svår att förstå sig på och hon överträffar mig knappast i visdom, men det kommer emellanåt ögonblick då jag förundras över henne. Hon fortsatte: "Varför skulle då vi ge upp våra böner när det inte blir som vi själva vill?"

"Mina patienter dör sällan", skämtade jag. "De tar ibland

livet av sig men det är ganska ovanligt. Somliga av dem stöter jag fortfarande på lite varstans trots att de diagnosticerades som obotligt suicidala redan som unga." Margareta sa: "Ska du skriva om det, säga alltihop i bokform? Är det sådant du tänker på?"

"Jag vet inte." Och det var mer sant än Margareta kunde ana, det jag kompromisslöst proklamerade den där natten under den brinnande takkronan: "Kanske."

När jag dagen därpå anlände till boendet tog föreståndaren emot mig. Han viskade: "Jag har hållit räfst och rättarting på morgonen. Det finns sådant vi måste prata om." Jag hälsade på några boende och följde sedan föreståndaren in på kontoret. Han uttalade sig negativt om en anställd, det syntes att det besvärade honom. Han är en resonlig person, jag fick honom snabbt på andra tankar. Han sköt fram huvudet och skojade: "Jag har hört att Åke är död. Var du möjligen på hans begravning?"

Han skrattade halvhjärtat, och log sedan förläget och en smula ångerfullt åt skämtet. Jag lovade honom att föra hans talan. Därefter sa jag: "Ja, det finns sådant vi måste prata om, bråda saker. Jag hör av mig inom kort."

Jag gick till Ann-Christines rum. Hon satt som vanligt vid sitt bord, en utomstående skulle tänka att hon skrev. Det är en äldre kvinna men viktlösheten i hennes liv har motverkat åldrandet och hållit fetman och fårorna på avstånd. Det har också att göra med hennes skira, vita linneklädsel att hon ännu ser ung ut. Hon är skickligt maskerad. De allra flesta på boendet är okunniga om smärtan som bänder och vrider och knaprar av hennes liv. Det är den som gör att hon saknar den rätta tyngden. Och jag tänkte för hundrade gången: "Såg hon den, accepterade hon smärtan och sorgen utan förbehåll, skulle hon kanske bli frisk."

Eller också skulle hon dö.

Anfrätt av starka tvivel stannade jag i dörröppningen. Jag tänkte: "Det är inte för hennes välfärds räkning som du gör en sådan stor affär av detta. Det är inte därför du söker efter sanningen."

Det hade inte alltid varit så. Under det sista halvåret hade tanken börjat plåga mig.

Hon reste sig, steg ljudlöst ut på golvet och lyfte armarna. I vetskapen att hon snart skulle vara redo väntade jag. Efter en halv minut sjönk hon leende samman i min famn. Jag hjälpte henne ner på sängkanten. Jag letade efter ett sätt att göra henne uppmärksam på håret, att få henne att göra något åt sitt hår utan att såra hennes känslor. Hon såg bekymrad ut. "Morteza mår inte bra", sa hon. "Falukorvsskivorna som vi hade på våra tallrikar, han menar att de är gommar. Sådant vill de ha oss till att äta menar han. Jovisst, det har en symbolisk innebörd. Äter vi upp gommarna kan vi inte tala. Utan resonans blir våra röster stumma. Då kan orden inte bäras fram."

Och hon tittade på mig under lugg, vi började samtidigt skratta. Genom tårarna sa hon, och hon skakade på huvudet: "Han missbrukar muskot. Han blir otrevlig av det."

Jag tog hennes händer i mina. Ärren på insidorna av hennes handleder tycks dåligt motiverade ut på en kropp som hennes. Jag kunde aldrig avgöra om hon inte lade märke till eller inte brydde sig om att jag observerade dem. Vi talade en liten stund om teaterföreställningen gruppen sett veckan före. Jag informerade om en ny medicin. Frågorna som hon ställde var adekvata och vittnade om lärdom. Av en främling kunde vi ha tagits för kollegor.

Därefter frågade jag: "Har du haft drömmar igen?" Hon rynkade på ögonbrynen medan hon tänkte efter. "Jo, jo, det har jag nog." Och hon gick tillbaka till bordet, hon verkade ha svårt att koncentrera sig. "Det händer att jag drömmer, jojomensan", fortsatte hon hurtigt, jag förstod att det inte var en framkomlig väg. Hon visste vad jag ville höra, jag vet inte varför hon negligerade mig. Jag försökte med en annan infallsvinkel. "Hittade du något i natt?"

"Ash, du har inte huvudet med dig idag", sa hon. "Ifall jag hittat något skulle jag inte vara kvar här, eller hur?"

Hon skrattade belåtet. Så blev hon allvarlig och såg mig djupt i ögonen. Hon sa: "Det finns en massa rum i det här huset och i allihopa lyser ett starkt ljus som bländar mig när jag öppnar dörren. Jag ser ingen därinne, det lyser alldeles för starkt. Jag måste stå kvar mycket länge för att se något överhuvudtaget."

"Känner du igen någon?"

Hon undvek frågan. "Det kan växa gräs i korridorerna. Ibland upptäcker jag att jag är naken. Och jag har något djävulskap i kroppen. De fick inte ut allt förstår du, när de inte får ut allt kan det utvecklas till djur eller i alla fall till någonting som kan överleva på egen hand, utan stöttning utifrån." Jag ville be henne förklara sig närmare, men hon fick något pillemariskt i blicken. "Jag ska ut i natt igen."

Hon lyfte stolt på hakan, som om hon var på god väg att forcera ett svårt hinder. "Jag bor kvar tills allt är uppklarat. Sedan ser ni mig inte mer."

"Vad är det du ska klara upp?"

Men hon satte ett finger för munnen och skakade beslutsamt och slutgiltigt på huvudet. "Ash, jag vill inte att du ska bli inblandad."

Jag tänkte en stund medan hon satte sig med sina papper igen. Varför i himmelens namn trodde jag att jag skulle finna den förlösande frågan nu, distraherad som jag var av stundens allvar och Ann-Christine vid bordet, alla hennes hemligheter? Här satt vi, två kvinnor i samma ålder, ändå var det en avgrund som skilde oss åt. Jag sa: "Några som jobbar här tror att du är sjuk. Att dina tankar är störda."

"Jag vet." Hon fick inte de rynkor kring ögonen hon brukade få när hon förutsatte att det var en vetenskapligt utvald fråga, att jag satte henne på prov. Hon lät inte lillgammal på rösten. Hon sa inget om att det var på grund av hennes sjukdom som hon inte hade samma rättigheter som andra. Hon sa inget som ens med lite god vilja kunde uppfattas som viktigt. Endast ett berättade hon den här dagen som jag aldrig hört förut, men när jag vridit och vänt på det fann jag inget som hjälpte vår sak framåt. Då hade det funnits andra dagar och andra stunder som varit långt mer intressanta.

"Det var inget särskilt med den där särskilda kvällen", sa hon. "Det tyckte varken Åke eller jag. Det var mest opraktiskt, mina kläder luktade inte bra efteråt. Nej, det var ingen märkvärdig kväll. Jag får anstränga mig för att minnas något överhuvudtaget."

Innan jag lämnade henne stannade jag i dörröppningen. Hon brast ut i skratt igen. Därefter kom förlägenheten över henne och hon lade händerna över munnen. Jag visade att hon inte behövde skämmas. Här kunde hon tala fritt.

"Jag har hört att Åke är död", sa hon. "Var du möjligen på hans begravning?"

Jag stängde till dörren.

Nere vid vägen ställde jag mig och tittade upp mot huset. Det är verkligen ett stort hus (om det fortfarande finns kvar, vilket det sannolikt gör eftersom jag annars blivit underrättad). Det går en bäckfåra på baksidan, där finns ett murket kvarnhjul och det växer murgröna på södra och västra fasaden. En gång var det en aktiv bergsmanshytta. Det är en fantastiskt vacker plats, men skönheten och lugnet är knappast någon källa till glädje för de boende.

Jag greps av ett starkt missmod. Bland träden bakom mig stod skepnaden gömd, den främmande varelsen som visade sig utanför fönstret där hemma. Den hade förföljt mig ända hit. Om det varit någon mina vänner eller överordnade lejt, då skulle jag ha varit mindre rädd. Hade det varit fråga om omedelbart hotande livsfara, skulle jag åtminstone ha gått fri från självömkan.

Mina böner, till skillnad från Margaretas, var numer sporadiska och inte längre adresserade till en gud vars auktoritet och frälsande handlingar uppenbarats i helig skrift och sedermera fastställts med till absolut säkerhet gränsande förvissning. Innan jag gick därifrån sa jag således en hastig och osammanhängande bön över den arma kvinnan, varken jag eller hon hade något att förlora.

Kommer jag att träffa henne igen?

Därefter talade jag med mäklaren på hennes kontor inne i centrum. Hon visade mig en massa dokument och sa: "Det här ska vi inte dra i långbänk." Jag lyssnade inte särskilt noga men begrep så pass att försäljningen av huset gick planenligt. "Andra visningen blir nästa vecka, på onsdag eftermiddag." Från mäklarens fönster ser man huvudgatan och det mesta av Järntorget. En buss släppte på folk. När den började rulla såg jag vid kuren varelsen som förföljde mig. Den hade hatt och rock. Den knappade inte på en mobil. Det var omöjligt att se ansiktet.

Jag bävade för nästa punkt på dagsprogrammet. Den här gången hade min kontakt på förlaget sagt att vi skulle träffas inne i Katolska kyrkan, en byggnad med fönster åt två håll, norrut vet man inte var kyrkan slutar och nästa byggnad tar vid, på västra sidan finns huvudentrén. Inne i sakristian var det tomt och tyst. Jag gick till biktstolen medan jag undrade om det verkligen var sant att han var djupt troende och nära vän med kaplanen dessutom. Han snurrade igång en polisblandare av plast (det måste ha varit en leksak) och började viska åt mig. Det var jämförelsevis uthärdligt.

Han sa: "Såg någon när du gick in?"

"Nej", sa jag. "Det är ödsligt och ensligt ute på gatan. Jag tror vi lever i de sista dagarna."

"Skoja du om du vill. Men prata inte så högt, det här är allvar." Jag hörde honom veckla ut ett dokument. "Tror du verkligen att vi två är de enda utomstående som känner till att det funnits en informell sammanslutning av psykiatriker och terapeuter?"

"Så har jag aldrig formulerat det", protesterade jag. "Det är en grov överdrift." Han hyssjade på mig och lyssnade efter ljud. Han viskade: "Modern häxkonst är ju inte mindre gångbar om häxorna och trollkarlarna går omkring i Landstingets vita skjortor och håller hemliga sammankomster där man beslutar vilka patienter som ska tillåtas och vilka som inte ska tillåtas att behålla sina barn."

Jag sa: "Det där har du verkligen fått om bakfoten." Det kändes underligt att höra de där orden materialiseras av någon som inte kunde bakgrunden. Det var omtumlande. Det var generande.

Förläggaren sa: "Borde inte den här kvinnan, Eva, kunna redogöra för alltihop?"

"Jag har letat efter henne, men spåren slutar på en vårdcentral i Norrköping där hon ska ha arbetat. Sedan finns det inget. Hon kanske bytte identitet, vilket inte vore så konstigt. Jag vet inte ens om hon faktiskt hette Eva, även Evas namn kanske var någonting Åke hittade på. Och Åke Stedler själv vägrade konsekvent att ha ett endaste dugg med oss att göra. Faktum är att jag aldrig träffade honom personligen. Jag vet inte ens hur han ser ut. Det går väl att ta reda på såklart men jag förstår inte vad vi skulle vinna på det. Jag samtalade kort med honom i telefon en gång. Det var ett strikt professionellt samtal, jag minns inte vad vi pratade om."

Om detta hade han inga kommentarer. Hittills var hans framtoning högt ställd. Nu sa han med tunnare röst: "Får jag bjuda på något? De har god latte en bit bort på gatan."

"Tack, men jag måste vidare. Förresten, finns det någon bakdörr på den här byggnaden?"

Han kiknade av glädje, han tolkade min fråga som konsensus. "Jag ska göra antydningar för några omsorgsfullt utvalda personer i min bekantskapskrets. Det är utmärkt, du gör alldeles genomjävligt rätt i att vara påpasslig och precis. Det matchar helheten."

Han stängde av blandaren och ledsagade mig till baksidan av byggnaden. Jag lät honom vara ifred med sin övertygelse om varför jag bad honom om det. Han kunde inte veta att jag just bestämt mig för att säga upp samarbetet. När jag kommit ner tog jag mig före att klättra över ett stängsel och fick då en ful reva i byxbenet. Därefter flöt jag bara omkring på stan. Om jag saknade ett mål skulle det kanske bli svårare att följa efter mig. Det slog mig plötsligt att Åke Stedler hade befunnit sig i en liknande situation.

Det var inte så enkelt som jag trodde att inte vara på väg någonstans. Efter mindre än en timma hade jag fått nog. Jag valde ut ett undanskymt bord inne på Café Java. Det var sen eftermiddag och mycket folk i rörelse. När jag fått min Espresso fick jag en chock när jag plötsligt såg varelsen passera förbi utanför. Jag kände igen den på hatten och rocken. Den kan inte ha sett mig, ändå lämnade jag kaffet odrucket och steg med uppfälld krage ut på trottoaren. Till och med nu tvivlade jag på att det var mina vänner som sänt den skugglika stalkern efter mig. Det här var inte som i spänningsromanerna, det fanns ingen hotbild, ingen skulle vara beredd att spilla något blod på grund av mina teorier. Förläggaren misstog sig grundligt.

Med huvudet knakande av en tanke gick jag till sjukhuset. Det hör till saken att på andra våningen i Centralhuset finns ett rum som man inte bryr sig om att låsa. Förut användes det som materialförråd men står nu tomt, sånär som på några väggskåp som man monterat ner. Rummet saknar fönster. Jag flanerade fram och tillbaka längs korridoren under ett par minuter och därefter smet jag in och stängde dörren om mig. Jag var nära att göra mig rejält illa på en städvagn. Därefter kröp jag ihop i ett hörn och drog med fötterna till mig vagnen. Jag stängde av telefonen. Man såg inte handen framför sig. Det luktade av någon anledning tjära, kanske kom lukten från en tub tigerbalsam.

Där satt jag sedan med armarna runt knäna tills det började värka där bak. Vid ett tillfälle hörde jag en röst som lät bekant. Jag kunde inte komma på vem den tillhörde, men jag lyckades i alla fall motstå frestelsen att stiga ut i ljuset för att få klarhet. Allteftersom det blev tystare började tankarna glida isär. Jag tror inte att jag somnade.

Det hördes ett avlägset, metalliskt skramlande, och därefter ljudet av en dörr som gick i lås. Centralhuset har inga vårdavdelningar och ingen nattpersonal. I mörkret log jag åt tanken att det kanske fanns något ätligt där ute, eller något som kunde vara värt att stjäla.

När jag äntligen hörde steg igen måste klockan ha varit efter nio, kanske mer. Kanske var det midnatt. Först trodde jag att ljudet var någonting som kom inifrån väggarna, från ledningarna. Jag tänkte inte på att tomheten i ett stort hus ibland skapar vibrationer och dissonanser som kan förbrylla och förleda omdömet. Men några ögonblick senare förstod jag naturligtvis vem det var, ingen annan hade kunnat ta sig in genom låsta portar och utan att utlösa larmet. Det lät som om det ena benet drogs efter det andra, det hasande ljudet som kom allt närmare hade kunnat få en mindre insatt person att kollapsa. För mig var det ett ljud som ingav mod och tillförsikt. Det skulle vara till min fördel ifall det visade sig att varelsen var utpumpad av allt vandrande eller rent av skadad. Men inte förrän dörren öppnades kunde jag slutgiltigt avvisa idén om en fiende som kom ålande mellan ledningarna och när som helst skulle attackera mig ovanifrån. Jag tänkte: ”Det viktigaste är att du är klar i huvudet.”

En silhuett tornade upp sig i dörröppningen. På grund av motljuset från korridoren var det svårt att se detaljer, men jag minns att jag frågade mig hur en jordlig organism kunde vara skapad på det viset: från dess revben kom främmande bihang störtande i regelbundna cykler, och på öronens plats såg man eller *upplevde* man ett slags utvändiga körtlar som blommade upp och slöt sig om vartannat och som verkade vara ingenting mindre än förlängningar av ansiktet. "De försöker skrämma mig", sa jag högt. Jag visste i och för sig att en del poeter och filosofer och teologer inte förnekar att det kan finnas demoner som i yttersta mening är goda, även om deras godhet ligger bortom de klassificeringar som människan känner till.

Det gör dem inte mindre skrämmande.

Varelsen anföll med en beslutsamhet och en aggressivitet som överraskade mig. Bara med yttersta svårighet kunde jag hålla den på armlängds avstånd tills jag bekantat mig med dess strategier. Den tycktes inte alls skadad i benet, den måttade med både sparkar och slag, men den var inte nämnvärt stark. Jag eggades av dess kämpande andhämtning. När den backade för att hämta sig gjorde jag ett utfall, med resultatet att vi låstes fast i varandras armar.

Hur länge pågick det, hur länge brottades vi där i mörkret? Hur länge halkade vi dödsföraktande omkring? Vi balanserade på den allra tunnaste tråd, på den magraste lina, men med armarna förenades vi i en monstruös omfamning som aldrig verkade vilja ta slut. Jag trodde att mina muskler skulle brista, det gjorde fruktansvärt ont. Lockelsen i att dra sig undan från alltihopa var nästan oemotståndlig, men jag visste att det inte var någon långsiktig lösning. Jag förhärdades i vissheten. Jag blev hårdare än jag trodde var möjligt. När min motståndare insåg att det inte gick att besegra mig började den att mattas. Med en nästan övermänsklig kraftansträngning vred jag till och skuggvarelsen hamnade med ett olycksbådande krasande på rygg. Den gjorde inget motstånd längre utan låg orörlig på golvet mellan mina ben. Jag lade mig raklång på golvet, illamående av den fysiska utmattningen, och lyssnade förgäves efter dess andetag. Jag tänkte:

"Skallen måste vara krossad." Jag sökte systematiskt igenom skuggvarelsens fickor och fann en liten anteckningsbok med något som såg ut som ett litet memo skrivet på sista sidan. Jag kände igen handstilen.

Det var bra att Margareta var bortrest. Resten av kvällen satt jag vid mitt skrivbord där hemma och mediterade över gommarna, och människorna, alla som berövades friheten att tala. Mina vänner fanns plågsamt i mina tankar, vid nästa sammanträde måste jag möta dem igen. Jag tog fram varelsens lilla anteckningsbok och läste memot: *Allt ska sägas, nu börjar slutet. Det ska börja med Daniel Mosa.*

‡

Nattvakten stod borta vid jordlappens kortsida tillsammans med Fassa Gilbèrt, åkerbrukaren. På andra sidan åkerlappen betade en flock getter. "Evisso tror alltså att det var Daniel Mosa", sa åkerbrukaren. "Att han dödade den blinde?" Nattvakten sa: "Ja, men i detta motarbetas han av sin familj, av hela byn."

"Han tillåter inte magin", påpekade åkerbrukaren. "Om det inte vore för hans misstro mot ngangas makt, att de kan förverkliga sin vilja med hjälp av hemliga kunskaper, kunde alltihop få ett slut. Rätt magi kunde stoppa det onda."

"Nej, inte Evisso. Från honom hör man inte sådant. Han tror inte på det onda, inte på det viset. Men Mosa och hans legionärer, säger han, de är tysta som leoparden och de kan röra sig bland folk utan att någon vet att de är där. Men nu är de hungriga, och nu går de fram över landet. De har endast ett mål för ögonen. Kanske har tiden nu kommit för dem att gå mot huvudstaden."

"Han Evisso glömmer att Daniel Mosa själv är en häxa. Kanske kan han och hans legionärer rentav förvandla sig till leoparden."

Fassa Gilbèrt tystnade och skakade på huvudet. Därefter

frågade han: "Varför avreser de, varför lämnar oss mbunzu och far hem till sitt eget land?" Nattvakten förklarade: "De får inte stanna för samfundet. De tar hem sina medarbetare, de tar inga risker. Även mbunzu har råkat illa ut. Inte som det här naturligtvis, men inbrott och rån och överfall några gånger, faktiskt även mord. Men somliga reser inte."

"Inte Helmi", sa åkerbrukaren.

"Nej, hon stannar kvar. Det vart ett stort gräl, de tyckte att yapakara var skvatt omöjlig. Men inte alla ville få henne ur landet.

"Varför bor allihop i hennes hus, även stipendiaten? Vi trodde han var klar. Och Helmi hyser kvinnan också."

"Ja, man tänkte på hennes situation, att hon levde bland dem hos vilka en människa mött en sådan orättfärdig död. Med tanke på vad som hänt är det säkrare för henne att hon inte vistas i sitt vanliga hem. Och stipendiaten ska inte synas utomhus, det förstår man, att folk ser i honom en fridstörare, en farlig person. Med sin nyfikenhet, hävdar man, har han fått mörkret att vakna."

Fassa Gilbèrt sa: "Han fick som han ville."

"Med sådana ord gör du honom orättvisa", invände nattvakten. "Han ville endast tala med baba, han trodde att det skulle göra honom visare. Ingen kan med säkerhet veta vad baba skulle ha sagt honom, om det blivit ett samtal."

"Stackars Moganga! Stackars Bo! Han och baba var som två bröder. Är det sant som man säger, att de två inte hade några hemligheter för varandra?"

"Det är sant. Det gick inte många dagar under tjugofem eller trettio år utan att man såg dem tillsammans."

Åkerbrukaren sa: "Vad ska hända nu?"

"Nu ska ännu ett litet barn ryckas ur sin moders armar.

Det är en vitmenad, en med vit skjorta, som begår brottet. Men vi förstår enbart på grund av den strålglans en ljusets ängel kan förläna kroppar som ännu är jordiska. Var därför försiktig med denna kunskap, liksom med all annan kunskap i världen. Hantera den med vishet.

Och amerikanen kommer tillbaka. Han har hört allt och är orolig för Patrik. Han anklagar sig själv, han tycker att han övergav honom.

Och folket går bakom ryggen på Evisso. De ska försvara sig mot det onda. De ska segra när det är natt."

"Inte kan de resa sig emot Daniel Mosa och hans legionärer. Det är orimligt", ansåg åkerbrukaren, men nattvakten sa: "Nog för att Mosa har gått över statsgränsen, det är förvisso sant. Men vi har också något annat att tänka på. Vi vet att ryktet om babas död har gått från hus till hus och från by till by. I hans öde känner folk igen en gammal och ogudaktig historia som utspelade sig när jag själv var pojke och hjälpte mor och far med arbetet ute på fälten. Historien begravdes djupt i de vuxnas tystnad. Jag tror inte stipendiaten om att veta något. Ingen har sagt någonting till honom", sa nattvakten vars röst tunnades ut som en spänd lina strax innan den smäller. "Andarna kan man alltid samarbeta med, blott att man förstår sig på dem, förhåller sig ödmjukt till dem, och aldrig överger tron på Den Allsmäktige. Men några av dem, som sovit, som varit såsom bergen och öknen och rymden, dem har man olyckligt väckt upp. För dem är till och med nganga rädda."

Och amerikanen kom. Stefan och Elinor hade redan anmodats att packa sina väskor och lämna kontinenten. De hade inte stridit för att få stanna kvar men de hade tänkt mycket på Helmi. Och detta var de sista orden till den gamla missionären när Elinor stod nedanför hennes veranda och grät: "Det är som ett grymt skämt, detta att vidskepelsen så enkelt tar makten över våra vänner igen. Om ändå Bo var här. Vad kan ha hänt med honom?"

Hon måste gå till bilen som stod och väntade. Och amerikanen hade en annan frèr med sig för nu fick ingen längre färdas på egen hand på vägarna, ertappades man ensam i ett fordon blev man tvungen att göra helt om, det sades att folk till och med blivit häktade och slagna utan något annat skäl. Frèren, som hette Graham, var inte direkt glad åt utflykten. De berättade med dyster uppsyn om alla hörsägner som florerade, oroligheterna hade snabbt spridit sig till regionerna väster och söder om huvudstaden. Fyra personer hade hittats döda i en dalsänka i utkanten av ett naturreservat. Deras huvuden och kroppar var så omsorgsfullt krossade att man inte med säkerhet kunnat fastställa ålder eller ens könstillhörighet. Utegångsförbudet trädde i kraft strax efter att presidenten återkommit efter ett besök i Paris, där han vädjat till den franske utrikesministern om bistånd i kampen mot rebellerna. Han hade fått till svar att kolonialtiden var över, Frankrike gav inte längre sitt stöd åt militärregimer.

"Gud är god och barmhärtig, vi klarade oss ända hit utan att bli hemskickade igen", sa Wayne. "Man förväntar sig en statskupp."

Alla lyssnade ängsligt. Och Ambrois som fortfarande var knuten till vattenprojektet vände sig i förtroende till Helmi, det var den första kvällen sedan svenskarna tagits hem. Det var hans åsikt att även om frèrerna var deras gäster och man kände till deras organisation, fick man inte glömma att man

253

inte visste så mycket om dem personligen. Céline och Sara hjälpte till med matlagningen, tidigare under dagen hade Dimanche och Ambrois varit iväg till marknaden. Patrik försökte hålla sig till gästrummet. Wayne visade på alla sätt att Helmi inte längre hade huvudansvaret för honom, trots att han bodde under hennes tak.

Amerikanen ville ha alla detaljer kring ritualmordet, begreppet hörde Patrik för första gången sedan den fasansfulla morgonen sex dygn tidigare. Amerikanen skakade på huvudet gång efter annan medan han lyssnade. Han var inte nöjd med redogörelsen. Hade det hänt ute på gårdsplanen? Nej, det var knappast möjligt, man skulle ha hört det, han måste ha dödats och lemlästats på annan plats och därefter burits tillbaka. Nej, det hade inte funnits några släpspår.

”Är det vi som håller i begravningen?” undrade Wayne. Helmi sa: ”Vi får begrava honom bäst vi vill.” Man gjorde det i lönndom av respekt för folket. Israel var officiant och Evisso och hans hustru var också där. Hustrun var den enda som grät. Man böjde sina huvuden, generade över det obegripliga som hänt, snarare än av sorg. Dimanche, som av Helmi kallades Söndag, blev rastlös efteråt. ”Man begraver inte en baba så här”, klagade han. ”Man borde inte göra det så här, det är en olycksdom över hela regionen.” Evisso log med blekt förakt åt orden.

Amerikanerna ordnade med nattlogi inne i stan. Patrik, som var trött på att gömma sig, slank med när de for. Wayne såg mer än lovligt nöjd ut. Patrik, som fascinerades av honom, tänkte: ”Han tycker att han själv är den bästa garanten mot faror. Inte stora folkmängder, inte tegel eller järn, utan ha honom bredvid sig. Då är man trygg.”

Men bäst man stod vid bokningsdisken kom tre figurer

nedför trapporna. Det var mycket folk i den lilla spartanska hotellvestibulen och det var mycket liv och rörelse borta vid ingången. Graham, den andre brodern, var omfångsrik till både kropp och fason och Patrik fick därigenom en möjlighet att hålla sig dold för eventuellt misstänksamma eller fientliga individers blickar. Men Patrik kände av bröstet där han stod och tryckte. Han tänkte: "Det är inget hjärtfel, det är musklerna."

Det var en olidlig värme därinne, en myckenhet av glittrande ansikten som ständigt skiftade plats med varandra eller plötsligt försvann ur sikte. Patrik undrade varför mannen vid mikrofonen ropade ut anvisningar som om de allesammans var soldater som kommit för inkvarteringen. Och tre personer hade runnit nedför hotellets trappa och en av dem hade varit Clovis, den unge men kolossalt lärde ingenjören från huvudstaden. Patrik hade dessutom reagerat på en till, kanske rektorn på skolan där Clovis arbetade? Det var inte en orubblig övertygelse, men det var antagligen en person han mött någon gång under sin resa.

När nattvakten anlände var det tid för honungsvatten och bröd i huset. Amerikanerna hade åkt in till centrum för natten. Israel var inte heller kvar. Céline hade försökt övertala honom att stanna men det fanns inte tillräckligt med sovplatser. Evisso hade kommit och hämtat honom. Helmi grälade länge på den yngre kvinnan, hon förklarade att sådant inte passade sig.

När husets mor önskat alla god natt och gått till sitt rum fortsatte man att stöka ute i köket. Söndag och Sara, hushållerskan, gjorde i ordning efter kvällsmaten.

Det blev snart tystare i huset.

Nattgruppen, lagad sedan några veckor, arbetade lågmält

ute i trädgården. Patrik ansträngde sig för att läsa. Ljuset utifrån hallen och köket var inte tillräckligt men han ville inte tända inne i vardagsrummet av hänsyn till de andra. Sara kom inte ut med någon fotogenlampa. Mitt på bordet stod några muggar kvar.

Céline satt orörlig i soffan.

Plötsligt sa hon: "Man undrar över dessa som kommit. Han säger att han ser dem."

"Vilka då, vilka är det han ser?" sa Patrik.

"Han säger till mig att han ser dem på barer och i fönster och i vestibuler. Han säger att några var hos Touka Robèrt, bakom en hylla med sardiner och kaffe."

Medan hon talade kom Söndag ut till dem. Det var nog sant att man inte kunde säga någonting särskilt om honom, om han var orolig eller lättad. Patrik riskerade mycket för de annorlunda tankarnas skull. Clovis hade anlänt till staden tillsammans med någon som möjligen var rektorn på hans skola, och fler därtill. Vi ser det sannolika då vi öppnar våra ögon, men inte alltid det möjliga. Och Patrik tänkte: "För likundu har de kommit, för att ta del i striden. Verkningarna måste utplånas."

"Imorgon ska vi bedja", sa Céline.

Och Ambrois, nätt och jämnt synlig där han satt vaksam och stel med noppiga bokryggar av skinn ovanför sitt huvud. Eftersom hans armbandsklocka var självlysande visste man att han emellanåt rörde sig i sitt hörn, eftersom man såg dess glimmande avtryck i dunklet.

Vid halvfemtiden nästa dag hade Helmis hus stått i bön sedan gryningstimmarna. Det var lördag och drygt en timma kvar till kvällen. Man gjorde sig en vilopaus och drack vatten på fastande mage. "Vi avhåller oss från mat", påbjöd Israel.

"Medan det pågår ska vi fasta."

Patrik och Ambrois satt tigande på verandan. Lite längre bort hade de frèrerna i en konversation på engelska. Wayne riktade sig till de yngre männen. "Borta i huvudstaden har det blivit kravaller", sa han. "Våra bröder måste hålla sig inomhus nästan dygnet runt. Som tur är har vi förberett oss på läget, men polisen går hårt åt vissa grupper, många har blivit arresterade, några av våra vänner också. Man fruktar att undantagstillstånd kommer att utlysas."

Han sa det på franska för att även Ambrois skulle förstå. Det fanns inte längre någon möjlighet att undsätta bröderna, antagligen gick det inte ens att ta sig in till huvudstaden. De stod åtskilda.

Under en liten stund iakttog Patrik en anständig tystnad. Sedan dristade han sig till att säga: "Vi kunde gå dit och titta. Det skulle vara gynnsamt för min forskning att studera dessa människor, deras ritual."

Nej, det kunde de inte.

"Men om vi går dit med Israel och Evisso, sådana vi har förtroende för, det är för detta jag kom hit, ett sådant här tillfälle." Men amerikanen sa, stört omöjlig som han var och inte kunde tänka i andra banor: "Vi ska inte gå dit."

Strax därpå troppade den lilla kommittén fram till Helmis veranda. Men den här gången var det Josef som var talesmannen, inte Evisso. Josefs hustru hade barnet på ryggen och där fanns också fler söner och döttrar, några grannar, andra också.

"Vi har kommit för att hämta henne", sa Josef. Han spretade högfärdigt med mungiporna. "Sedan hennes föräldrar dog är hon vår dotter."

Helmi sa: "Hon stannar här."

Josef fortsatte: "Vi kan ta hand om henne, yapakara, hon är säker hos oss. Hon har bott hos oss sedan hon var liten." Denna obestridliga sanning tog för ögonblicket luften ur diskussionen. Josef sa rent ut: "Ni kan ingenting göra, låt oss få henne. Tänk på hennes farfar, och hennes farfarsfar. Tänk på vad hon kunde uträtta."

"Du talar som du har förstånd till", fräste Helmi.

"Har ni inte hört att ännu ett barn blivit bortfört? Vi vet vem den olyckliga är. Vi vet vem modern är."

Söndag och de andra hade smugit ut på verandan för att lyssna. "Yapakara", viskade nu kocken, böjd mot sin husmors öra. "Tillsammans kunde vi få bäckarna och vattenhålen att torka ut där rövarna och häxorna drar fram. Träden skulle inte ge dem någon skugga. Vilda djur skulle följa dem överallt. Vi kunde få själva himlen att svartna ovanför deras huvuden."

Utan ett ord vände Helmi på klacken och gick in, följd av de andra. Den segervisse Josef snurrade runt och höjde handen till avtåg. Inne i huset förklarade Israel: "Ont får inte bekämpas med ont. Det vore en stor synd, vi skulle vara Zabolos barn. Det är inte längre tillåtet."

Patrik talade kort med Helmi när de åter församlades till bön och bibelundervisning. Han sa: "Israel är en klok människa. Man vet inte vad dessa ritualer kan göra med psyket. Hon kunde bli sjuk."

Men han måste göra sig ständigt mer av de annorlunda, de riskabla tankarna. Han kunde inte få det att gå ihop. Han frågade sig varför Helmi verkade tänka mer på rövarna och häxorna, än på den stackars Céline. Dem fick man inte röra, inte dem ens, och från den stunden var hon för Patrik främmande och ouppnåelig. Hon sa: "Inget våld, sådana domar

får inte verkställas av människor. Nej, det är inte längre till-
låtet. Har aldrig varit det."

Man kan knappt säga att hon talade, istället för ord hör-
des dämpade knallar som fick språket och innebörderna att
fördela sig över det stora ansiktet och rinna in mellan pann-
fårorna och kindflikarna och ögoninvikningarna och gradvis
levras till oupplösliga förhårdnader.

Israel undervisade från Andra Kungaboken. Den assy-
riske kungen, Sanherib, sände bud till Hiskia, kungen i Juda
rike. Sanherib ville skrämma honom till lydnad.

Assyriens kungar hade kuvat alla de andra länderna och
givit dem till spillo. Folken i Gosan och Haran och Resef,
dessutom Edens barn i Telassar, alla var tillspillogivna. Var
är Hamats konung och Arpads konung och konungen över
Sefarvaims stad, över Hena och Iva? Ingen gud hade kom-
mit sitt folk till frälsning när Assyrien angripit länderna och
dess invånare.

Hiskia borde därför inte låta sig vilseföras av sin Gud och
tro, att Jerusalem skulle skonas.

Men Hiskia gick till templet och bad inför Herrens an-
sikte, och han sa: Det är sant, Herre, att konungarna i Assy-
rien hava förött folken och deras land.

Och de hava kastat deras gudar i elden; ty dessa voro
inga gudar, utan verk av människohänder, trä och sten; där-
för kunde de förgöra dem.

Men fräls oss nu, Herre, vår Gud, ur hans hand, så att
alla riken förnimma att du, Herre, allena är Gud.

Och Israel lät bibelpärmarna vila. "Så lyder höjdpunkten
i det Gamla testamentet. Men även gudar gjorda av männi-
skor har makten att förmörka våra tankar. Hur mycket mer

fördärvande måste inte då Zabolos och hans legioners inflytande vara, våra verkliga fienders, om vi inte tar vår tillflykt till Herrens ord? Må därför Gud fylla vår sömn med goda drömmar."

Wayne sa: "Allt ligger i Guds händer. I evighetens perspektiv är Herrens fiender redan historia." Men från Israel fick han endast en outgrundlig blick till svar.

Natten blev för Patrik långa timmar av hunger och ängslan. Han sov nästan ingenting, han lyssnade efter sången och musiken. På morgonen fann han, att Helmi och Céline knäböjde invid soffan. Israel läste tyst ur Skriften, Ambrois var spikrak i sitt hörn. Sara och Söndag var inte komna ännu, inte frèrerna från stan, de anlände strax därefter. Bönen utsträckte sig till sen eftermiddag, varpå huset vakade under tystnad inemot kvällen. Frèrerna, bekymrade över afrikansk religion, skakade metodiskt och kontinuerligt på huvudet. Och Patrik, när Wayne i kraft av sitt ämbete sökte honom med blicken, hörde honom säga att du och jag ska inte dit. Han rörde inte på munnen.

Helmi kunde inte dölja sin trötthet, de mörkblå påsarna under ögonen. Söndag höll sig i köket, fast att han också satt hos de andra med sina pärlande svettbrytningar i pannloben och utefter kinderna. Timmarna gick hårt åt kocken denna andra kväll.

Då natten kom fanns han kvar på sin plats, hukande i köksöppningen, huvudet hängde djupt mellan knäna på honom. Ingen förblev oberörd av den täta stämningen utifrån byarna och markerna och skogarna. Alla kände upphetsningen inom sig, det rituella hatet mot likundus furstar, mot bundenheten och tyranniet, genom Söndag som andades så häftigt att alla blev allvarligt oroliga för honom.

Man bar honom till soffan. Han hade ingen feber, fastän det kokade i hans kropp. Sara stod upprätt några steg därifrån och pillrade med fingrarna i håret. Fortfarande ingen feber under småtimmarna. Två tabletter hade han svalt, det var tillfyllest, fler kunde han inte få. Céline och Sara fuktade näsdukarna som hans panna baddades med. Helmi sov sittande i sin stol medan Israel bad. Och Sara gick regelbundet ut i köket för att byta näsdukar. Patrik flyttade sig närmare Ambrois som ofta tittade på sin klocka utan att säga någonting. Ambrois, som höll uppsikt över honom och avspisade honom öppet, var den ende han tyckte att han kunde tala förtroligt med. Han sa: ”Jag har frågor beträffande *Nsori*, de med de svarta maskerna, jag har hört att det är en gammal, fruktad sekt. Och vad tror du om ritualen därute? Hur länge ska de hålla på?”

Afrikanen svarade, men han viskade så lågt att Patrik inte skulle kunna höra något, det var som en jämn väsning. Ändå tycktes han anse att han varit mer generös med upplysningar än han hade skyldighet till, eftersom han tvärt tystnade och i en handvändning vinklat stolen mot de andra, mot soffan och bordet. Israel, som uppfattat alltihopa, körde ut honom ur rummet och tog hans plats.

”Det finns otaliga stammar och släkter med präster och medicinmän”, förklarade han. ”De har sina egna andar. Vi har gamle Yoba med anden Aloumbi som kan hjälpa människor att återfinna det som gått förlorat. Vi har Rafael som talar med Tekiki, den som kan göra barnlösa kvinnor fruktsamma.” Nej, det var inte helt olikt nutida healing eller terapi. Det är rörelseterapi, musikterapi, annat också. ”Det är med andra ord inte Tekiki som utför undret. Det är inte ens Rafael som gör det. Utan kundens eller offrets tro, vore

Rafael maktlös."

Hans ögon var som två starkt lysande ljus i mörkret. Patrik fick ett bett av avundsjuka i magen och en plötslig önskan att Ambrois skulle dyka upp igen. Men Israel fortsatte: "Man har kommit långväga ifrån för att delta i striden. Jag förstår hur de tänker. Hur Josef tänker."

"Är han också därute?"

"Nej. Men han vill ha människors aktning. Han vill bli omnämnd i byarna. Jag förstår honom, men han är inte vidare klyftig."

"Vad kommer ut av allt det här?"

Han menade ifall man hade några särskilda besvärjelser mot det onda, några med en särskild verkan. "Man försöker finna svar", förklarade Israel. "Någonstans har man försummat sina plikter, någon gång har man ringaktat vänskapen med andarna. Nu är det hög tid för botgöring, att förändra hela situationen."

Jodå, de särskilda besvärjelserna, dem hade man. Patrik gjorde sig stor möda att få korn på afrikanen. Det tilltagande mörkret skylde honom.

"Ni sa att Rafael är maktlös. Menar ni i religiös mening, att vem som helst kan bota offret bara man har något slags terapeutisk kunskap?" Frågan var ärlig och allvarligt menad, Patrik sökte nästan ursinnigt efter känslan av att befinna sig i själva hjärtat av det sammanhang som mer än något annat kunde hjälpa hans arbete framåt.

"Nej, inte vem som helst", sa Israel. "Samtidigt är medicinmän och helbrägdagörare beroende av kontrollsystemet. Ingen medicinman kan vara framgångsrik endast med hjälp av personlig utstrålning. Helbrägdagörelse handlar inte om psykologi, utan om sociologi."

"Ifall det onda besegras, är det tack vare deras ritual, eller tack vare era böner?" Han rättade sig: "Tack vare våra böner?"

"Det är tack vare ritualen", svarade Israel.

Då Patrik såg förvånad ut, tillade den andre: "Det är bara hälften av oss som ber att rättvisa ska skipas, att de anhöriga ska ingjutas nytt livsmod. Den andra hälften ber för att ritualen ska misslyckas."

"Men", började Patrik. "Är inte Gud större än deras andar?" Han var trött på det här samtalet. Israels hjälpsamhet irriterade honom. Han hatade att ställa frågor som han upplevde som självförnedrande.

"Ni har alldeles rätt", sa den andre. "Gud är större. Men i den här situationen kan Gud inte uträtta något."

Patrik tänkte: "Han ljuger. Han vet att jag är akademiker och därför vill han att det han säger ska låta oväntat och originellt. Hans verkliga uppfattning skulle låta självupptagen, distanslös och dum."

"Ni sa häromdagen att vi vore djävulens barn om vi ägnade oss åt religiösa ritualer. Åt häxkonster."

"Javisst", sa Israel. "Men jag menade oss, som tillhör kyrkan. Jag menade inte människorna därute. Har du inte hört att frihet inte får utnyttjas till att få en broder på fall? Om vi går dit ut förbannar vi våra egna huvuden. Vi får inte låta oss frestas av deras frihet."

Han fortsatte: "Folk därute, de har inte Guds välsignelse, men de har den rätta tron. Genom sina handlingar offrar de sig för sina barn, för sina systrar och bröder. De tar sitt ansvar, det är ett ansvar du och jag inte har. De kanske går mot sin undergång, men en enda av dem har mer tro än vad vi skulle kunna uppbringa tillsammans."

”Om de går mot sin undergång, borde ni inte gå dit och varna dem? Predika för dem, eller något sådant?” Han frågade trots att han inte trodde att det gick att göra den andre svarslös. Afrikanen gav honom bara en blick som sa: Frågan är alldeles naturlig, men oroa dig inte, de vet precis vad de gör. De kan ta vara på sig.

En sak till hade Patrik på hjärtat. Var det en nganga, gärningsmannen, eller hade han förhäxat en vanlig person till att mörda och lemlästa åldringen? Men Israel sa: ”Det enda som betyder något är att få andarnas gunst tillbaka.”

Sara hade gått ut igen och därefter hade hon kommit tillbaka, ställt sig i köksöppningen och talat. Patrik hade suttit kvar. I sina mödosamma, nästan desperata försök att rekonstruera scenen och orden från Saras tunga, hade han måst gräva mer systematiskt efter minnesbilder, efter avlägsna dagar: svarta, gapande fönster och höga, av stormarna härjade trädkronor. Försöka rekapitulera de vuxnas ord och fraser som, fastän han inte begripit själva innebörden, gett honom klumpar i magen och kraftlösa ben och det lilla barnets vision av undergång.

I hans ansikte stod endast det oväntade och massivt oförklarliga skrivet. Det var visserligen inte konstigt, i den torftigt upplysta salongen, att man såg illa. Det var svårt att fastställa och värdera föremål med blicken eller uppskatta deras konturer. Han hade kommit att tänka på skalder han läst, något om ondskans yttersta ting som för den okunnige tycks nästan banala. Han hade ansett det viktigt att formulera sig, han hade tänkt: ”Där borta ser jag någon som vakar troget över den sjuke i soffan. Det är min mening att det är Céline, även om man inte kan svära på det, även om man inte kan svära på att detta är Helmis hus, den gamla missionärens hus där jag vaknade i morse."

Och där, till höger, köksöppningen med någonting som starkt erinrat om Saras höfter och axlar och välvda hårflätor. Det hade blixtrat till bakom henne när man rört på huvudet, det kom sig av takbelysningen och den rengjorda, upp-och-nervända grytan i diskstället. Någon hade funnit det nödvändigt att tända i vardagsrummet. Sara hade öppnat munnen, i tystnaden hade det klirrat om henne, hon hade varit så upprörd att hon nästan gråtit. Alla vakna hade hört det, att hon talat, hade sagt: "Vad gjorde Moganga här?" Ytterligare några ögonblick, sedan hade Israel riktat sig till henne: "Har du sett honom?" "Jag såg honom alldeles nyss när han gick ner mot grinden", hade svaret blivit. "Skjortan fladdrade till, annars hade man inte varit säker."

Forskarna skulle inte kunna samlas kring en gemensam förståelse av händelsen. Men antagligen skulle de med en röst poängtera att de faktorer som bidrog till Saras upplevelse i grunden är ovetbara.

Helmi berättade det för Douglas, engelsmannen. En tid senare korsades deras vägar och han var av den åsikten att starka personligheter kan lämna ett slags avtryck, i sällsynta fall före dödens inträde. Han sa: "Jag har läst om det i en berättelse från Andra Världskriget. Synskheten botas inte av besvärjelser utan genom arkitektoniska förändringar. Eller, ifall man föredrar det, drivs gengångaren iväg. Men den gör sig knappast boplatser av bambuhyddor, snarare av viktorianska slott", och han skrattade.

Nattvakten hade inte sett någonting. Han sköt grinden åt sidan för Patrik, som gick ut på stigen och tog sig ända bort till landsvägen och tillbaka igen utan att se en själ. Ambrois kom efter honom, nickade åt nattvakten och bakom Patriks rygg gjorde han tecknet för inbilskhet och högfärdighet. Till Patrik sa han: "Kvinnan inbillar sig bara, hon är alldeles slut efter allt som hänt."

"Jag undrar varför inte Bo hört av sig", sa Patrik. "Kan man inte göra något? Tänk om han behöver vår hjälp, tänk om han fallit offer för oroligheterna?"

Dagen därpå församlades man till bön igen. Under eftermiddagen gjordes två pauser i trädgården, den andra blev lång. Patrik riktade utsläpade blickar mot Helmi och Céline där de stod och talade några steg från pajotten. Dagvakten hade fått ledigt på grund av situationen, därför att ingen lämnade sitt hem dessa dagar, det fanns inget att vakta. Helmi hade förklarat att han inte skulle bli utan sin lön.

Söndag låg utsträckt i den i guldgul plysch klädda soffan. Mannen var skållhet, Helmi hade förhoppningar om feber. Han gnällde av sticken och slagen i höfterna och han andades helt normalt, men på tilltal svarade han inte. "Vad är det för fel?" frågade Sara. Helmi sa: "Vi väntar på att temperaturen ska stiga. Om han åtminstone hade febern, då kunde vi hjälpa honom."

Hungern var inte särskilt svår, i alla fall inte som föregående dag. Men där miste Patrik stadgan, så länge det värkt och knutit sig i magen hade han haft plågan att hänge sig åt, hans tankekraft hade haft en inriktning. Den här dagen däremot fann han sig två gånger stående vid kylskåpet med dörren öppnad, bägge gångerna förundrades han över sin svaghet. Han var också fast besluten att inte ha dialoger med sig själv, ändå sa han: "Vad gör du? Försök då för en gångs skull att uppföra dig anständigt."

Amerikanerna bad finstämt och resonerande, de valde varje böneord med stor omsorg. Helmi och Israel uttryckte sig i regel mer oregerligt och lidelsefullt, meningsbyggnaden kunde av tungotalet ryckas isär, men den här dagen var deras böner högtravande och oengagerade och förutsägbara. De yngre kvinnorna satt med hängande huvuden.

Vid fyratiden såg man den gamla missionären lite bakåtlutad i korgstolen med armarna vilande utmed stöden. Hon blundade men sov inte, hon var ännu uppfylld av bönespråket. Allteftersom dog munrörelserna bort, medan det levde och spratt innanför ögonlocken. I den ställningen blev hon länge kvar.

Sara och Céline steg upp för att hålla efter den sjuke, den som led brist på feber. Israel hämtade en ny karaff med vatten. Patrik och Ambrois fanns i österhörnet, Ambrois drack ingenting av vattnet. Patrik gick emellanåt efter karaffen, vilket till en början fick honom att känna sig besinningslös och oduglig men så småningom som den klokare av de två. Tystnaden låg tung över husets omgivningar. Dagtid hördes inte mycket utifrån men alla insåg att situationen var problematisk. De var isolerade från yttervärlden, skeppsbrutna kunde man säga, på en ö som snabbt skulle omfamnas av mörkret och en vacker dag skulle ingen veta vad som hänt just här. Och de hade ju Söndag, som med sin gåtfulla sjukdom fullbordar sin roll i den här berättelsen. Om det var illa ställt med honom skulle de inte kunna hämta hjälp.

Klockan kvart i sex reste sig Helmi mödosamt och gick fram till fönstret. Det knackade och rasslade oregelbundet över takplåten, alla i huset kunde föreställa sig barrikaderna och förberedelserna borta i städerna. Helmi vände sig mot de andra, mot Patrik som plötsligt, som av en ingivelse, kom på benen. Det skulle ha varit förbryllande att se uppmärksamheten tätna omkring honom, nyfikenheten som riktades mot honom, Ambrois som lutade sig radikalt framåt och i detta liknade en som skulle gå. Han gick inte, höll sig i armstöden bara. Men Patrik gick ut och sög kraftigt i sig av det varma syret på verandan. Han hörde Céline utropa: "Solen går inte ner."

Helmi gjorde honom sällskap. "Till denna dag har vi talat och handlat och verkat för att allt ska klaras upp", sa hon. "Nu är det dags för dig att ge dig av. Alla är trötta."

Han sa: "Kan det vara farligt?"

Nej, inte särskilt farligt. Han tänkte efter, därefter sa han: "Ja, det är dags att ge sig av. Det är snart över."

Helmi sa: "Vi återgår snart till våra vanliga liv."

Hon återvände in i huset. Och hon meddelade de andra nyheten, att nu hade han gått, nu var han borta. Och solen fanns kvar på himlen, den gick inte ner den kvällen och inte på hela natten, inte förrän allt var sagt och allt var klart. Var gång samtalet mattades var den på väg att sjunka, men tveksamt, och som om den väntade på nya befallningar hördes orden och rösterna en gång till, starkare under dess stigande igen. Jorden bragtes av ljuset ur fattning. Då huset blev stilla fann skymningen en chans, men då huset talade bröt solen igenom, ritualen kunde inte fortsätta förrän det var mörkt. Och nere i trädgården skrattade nattvakten, vars uppgift det varit att teckna bakgrunder och överblicka fakta. Och han jublade på grund av undret.

Omkring midnatt utbrast Sara: "Vad skulle baba ha sagt, om han fått leva lite till och det blivit ett samtal?"

Alla tänkte på hur det skulle ha varit: "Ja, vad skulle han

stipendiaten ha lärt av ett sådant samtal, vad skulle han möjligen ha fått höra?"

Långsamt formades en omöjlig men likvisst oböjlig bild av världen, så klarnade den äntligen upp.

Jo, praktiskt taget omöjlig.

Den gamla Helmi utbrast rosenflammande av fasa på armarna och över halsen: "Det är som en ond och galen dröm alltihopa."

Jag sa till Kahnberg att jag är nöjd med den tydliga berättarrösten och den reserverade berättarstilen, men däremot porträttet av den gamla Helmi, den gamla missionären! Och Kahnberg försäkrade med många och omständliga eufemismer och underhaltigt valda metaforer att Helmi inte varit ämnad att bli en lika stark och renhjärtad karaktär som hennes historiska förebild.

Det bara blev så.

Berättandets vägar. Eller kanske virvlar.

Jag nämnde dessutom att jag var förvånad över det styckvis nykoloniala språket, eller kanske perspektivet. Och hur fick Jacob och Tomas, och fler därtill, sina kristna namn? Kahnberg svarade bara något i stil med att inte ens den bästa av oss kan göra sig helt fri från västerländskt tänkande. Och sedan, mer kryptiskt, något om att skriftställaren är den ursprungliga och oåterkalleliga kolonisatören. Jag minns inte om det var någon han citerade.

Sara, jämte nattvakten, fick i uppgift att plantera information och påskynda slutet. Sara har följaktligen haft en betydelse som inte går att överskatta. Hon ropade: "Ni kan inte mena allvar."

Detsamma för Israel. Han lät ofrivilligt höra ett kvidande andetag när han överallt omkring sig såg olyckliga ansikten.

Med svag röst fulländade han dagen som härskade våldsamt över denna natt. Han sa: "Jag förstår i så fall mycket väl varför Bo fruktade ett samtal mellan Patrik och baba, den ende som visste allt om Bos gärningars och ogärningars historia. Men jag förstår samtidigt och likafullt vad Sara menar. Det är omöjligt detta att Bo, och på ett sådant ohyggligt sätt dessutom, skulle ha dödat sin gamle vän."

Frèrerna, som bara har sina namn gemensamt med människor ur verkliga livet, tog sig plågat om axlarna. På sitt sätt skulle det vara en vanära att låta Wayne tillägga någonting i en sådan situation.

"Ja, det är som en ond och galen dröm alltihopa, det är overkligt", sa Israel och det blir hans sista replik. Ambrois, vars karaktär somliga skeptiker kommer att försöka dekonstruera (detta förklarade jag ingående för Kahnberg), får det tvivelaktiga privilegiet att säga det som alla, slagna av skräck, tänkte i den stunden: "Moganga Bo kunde göra det, han har de rätta verktygen. De rätta *instrumenten.*"

Vid dessa ord föll Céline, som på ett givet kommando, i tårar. Både hon och Sara gnydde och grät, en skakande men betydelsediger bild av husets gemenskap som jag kommer att bära med mig. Céline, vars bidrag till den här historien inte går att värdera, lär inte att ha någonting att invända mot att hon fick berättelsens mest skugglika roll. Hon menade faktiskt, åtminstone indirekt, att det var ett villkor.

Söndag började nu lystra till sitt namn. Han uppvaktades med kall välling och kakor av de yngre kvinnorna, som fortfarande grät och jämrade sig. Man kunde luras att tro att det var för hans räkning.

Fastan bröts rakt igenom och det dukades fram nya muggar och fat. Vällingen gick runt i en termos. Det vita brödet kom ihop med tonfisken. Solen gick ner, Helmis hus hade talat och förstått efter förmåga, mer än så kunde man varken tala eller förstå. Därute kom så natten med historier om en otyglad kraft och frihet som inte har med husets gemenskap att göra, och som jag därför inte kan berätta. Och allt fortsatte. Människor föddes och växte, åldrades och dog, i släkt efter släkt, generation efter generation. Epoker tog slut och världen blev allt mindre. Det blev krig och vedermödor och som gravens fuktiga mörker över hela jorden, men den otyglade kraften och friheten var utsådd. Söndag skulle stå stark en dag och sjunga med sina lungors fulla styrka. Uppståndelsens dag, skulle antagligen Helmi ha sagt.

‡

Jag fann vägen men det är som att jag vandrat mycket länge.
Här är hjulspåren grunda och sliriga och det högväxta gräset
hänger in över mig, liksom det för långa tider sedan förvil-
lade bättre människor än jag. Sikten skyms av gräset, man
vet inte åt vilket håll stigen leder efter nästa krök. När jag till
slut är framme tänker jag bara att allting är historia. Marken
är dovt pilgiftsröd. Ofruktsamheten utbreder sig, överallt är
skändningen och skövlingen en verklighet. Väldiga kroppar
ligger fallna om varandra över hela platsen, med sina rötter
som pekar livlöst åt alla håll. Deras kronors falnade ståt åter-
speglar fortfarande strålglansen från stjärnhimlen, men svagt
grönt och med en fasettering som får ljuset att fladdra som
skärvor uppträdda på silvertråd. Medan slaget stod var det
som om riken och väldiga städer skakade och sviktade och
föll. Därefter lägrade sig en kall tystnad över hela regionen.
Jag tänker: Inget är vackrare och mer majestätiskt än denna
rymd av förstenade och oföränderliga kroppar. Detta är vår
ljusomslingrade död.
    Detta är människans härlighet.
    Bo knäböjer mitt i förödelsen. Håret står åt alla håll, som

efter en övermänsklig kraftutgjutelse, och blicken gapar omfångsrikt, där syns varken ögonfransar eller ögonlock. I sina armar har han spädbarnet, barnet som nätt och jämnt undgått häxorna. Det ska återbördas till sin mor.

Den yngre sitter hukad en bit därifrån. Han kan inte göra något, han känner till moderns namn men vet inte vem hon är eller hur hon ser ut. Inte heller den äldre kan uträtta mer än så här fast det är hans plikt, mer än någon annans i världsalltet, mer än någons inunder själva jordens krets. Men han kan inte korsa de osynliga gränslinjer som löper över området, det ligger magi bakom. Försöker han gå över gränserna som ritualen utverkat kommer han att känna en smärta som är ohyggligare och mer fullkomlig än den som orsakas av mambans eller skorpionens gift. Och barnet i hans armar, jag vet inte om det är av ånger, om det är skuldkänslor som lett honom att genomföra en sådan dödlig aktion, som i sig är värd en alldeles egen bok.

Och jag önskar att jag finge lyfta upp barnet, att jag aktsamt och slutligt kunde lägga det i den rätta modersfamnen. Bo har själv någonting svagt grönt över sig, det beror sannolikt på den korruption som finns melerad bakom varje människas axlar som en slags fond, kanske även på gammastrålningen nedifrån tidens skiftningar, vår kraftigt sammanpressade historia. Ingen förnekar numer att diamant är det absolut hårdaste naturliga materialet i den här världen. Men ett icke kolbaserat material som utsätts för ett kolossalt högt tryck kan bli ännu hårdare och göra repor och rispor i allt annat och i detta ser man ibland det nödvändigt onda, man ser ibland ett framsteg, eller åtminstone en borgen eller ett skydd. Men de orena ämnena ser man inte.

Det kan möjligen ha att göra med rädslan.

Vi skulle kunna säga berättelsen om Nagbolo Ndowen eller om den oförvägne Samuel Assimo eller om Nina Ngaissona och hennes talande fot. Men nu måste vi skynda oss, alla är trötta, allt detta är snart över. Vi måste fortsätta lite till, även vår uppgift är snart genomförd, om vi kunde skulle vi ordna att alltihopa blir uppklarat. Om vi tystnade, eller om frimodigheten och hatet och dristigheten i våra röster manipulerades, då skulle bergen och åkrarna och getterna börja ropa. Orden är ännu som den varma spenmjölken, den som kalvarna och killingarna äter.

Dessa kan inte ropa eller tala, invänder någon, inte markerna, inte djuren. Men det väsentliga är inte om de kan tala eller ej, det viktiga är vad de skulle säga.

Låt oss därför fortsätta lite till.

Längst in i rädslan hotar oss vår egen dödlighet, så har vi också de onda andarna som kan slå mynt av allting, till och med av respekten och vänskapen och lojaliteten mellan två människor, och viljan att inte förlora ansiktet är vår djupaste drivkraft, den är det som finns kvar när man identifierat alla redigeringar och strukit alla tillägg. Den är ett kritiskt säkerställt minimum av sanning. Bo väntade sig inte att möta Åke Stedlers pojke igen.

Vi var en massa folk, det var efter att jag återvänt till Afrika tillsammans med Margareta. Det var tydligt att många var oroliga, att många höll inne med frågor och farhågor. Jag tror att det var Nina Ngaissona eller Ann-Louise Bokangue som sa: ”Vi vet vad ni tänker. Det gör ingenting, ni behöver inte vara generade. Ni tänker att Moganga Bo förde med sig stipendiaten till likundus furstar för att utlämna honom åt deras grymheter, men att han sedan ändrade sig och gjorde sig av med baba istället. Ni undrar: Vad måste pakara Patrik till varje pris hållas okunnig om?

Vi vet vad ni har i tankarna: allt som baba skulle säga om han fått leva, vad Patrik skulle ha hört och lärt av den blinde om det blivit ett samtal mellan dem. Den älskvärde baba, som visste allt om Moganga Bos gärningars och ogärningars långa historia."

Och berättelsen färdas djupare in i våra liv. Oroa er inte, orden överbryggar våra stora avstånd.

Och varje gång vi berättar kommer de svarta skyarna att förmörka himlen. Må ingen dricka ur världens brunnar eller korsa dess gränser så länge förbannelsen är giltig.

Patrik Adamsson måste finna sin väg tillbaka. Han kommer att tilldelas fler och mer ansedda och betydelsefulla stipendier, han gör nya resor i Afrika, åldringar och medicinmän öser ur sina depåer av goda och onda minnen. Han får en forskartjänst, han författar böcker om häxkonsterna och tron och tyranniet. Han blir flitigt anlitad som föredragshållare och publicist i vetenskapliga tidskrifter. Bos bok om ritualer, kommer han att hävda, svingade honom upp i forskningens högsäten. Även den korta tid de hade tillsammans i Afrika var till stor hjälp, de veckor och månader de satt på Helmis veranda och samtalade och smuttade på soda och honungsvatten.

Och han kommer att få en mer nyanserad och mer dynamisk bild av Afrika. Han kommer att lära sig att acceptera det flertydiga och sammansatta och outrannsakliga, med en annan ordvändning: den stora svårigheten att lägga ut sig om denna ständigt växlande kontinent som överallt slår vakt om sina hemligheter. Även när det gäller indoktrineringen och

förtrycket kommer han att upptäcka hur ett problem alltid
hänger ihop med ett annat. Ja, mer än så, hur han upprörts
av exploateringen och självbedrägeriet bara för att slippa se
dessa groteska omständigheter genomlysta i sitt eget liv. Hur
den svarta kontinenten, på avstånd, är en uppförstorad spe-
gelbild av hans egen, svårtydda historia.

En sådan historia inkluderar knappast något slut (fan ta
dem, sluten!). Med ett slut skulle vi riskera att i konsten se
något användbart, något som kan skydda oss mot bräcklig-
heten och osäkerheten. Vi skulle göra oss en bild av världen
och framtiden och sanningen som korresponderar med vår
bild av oss själva som vetande subjekt, och därmed gå miste
om glädjen i den frihet som följer av sanningens omöjlighet:
glädjen i att krossa den rena idén, den som svävar omkring
i en rymd skild från skrivandets och läsandets och talandets
verklighet. Må läsaren dra sina egna slutsatser, de har ingen-
ting med oss att göra. För även om ingenting uppdagas, om
inga avgörande möten äger rum och ingen rättvisa kommer
till stånd, har vi åtminstone gett er en berättelse.

Och en vacker morgon, i enlighet med denna berättelse
som nu är mätt på ord och handling, vaknar Patrik och sti-
ger upp, och det är alltså en vacker morgon, och han väljer
ut en vit skjorta och en brunrutig kavaj, han sköljer ner kaf-
fet och rakar sig omsorgsfullt och om allt stämmer åker han
in till centrum och köper ett utsökt blomsterfång av brudor-
kidéer och rosor och gul fresia. Det är hos floristen i hörnet
Stortorget Köpmangatan som han köper blommorna.

Allt är i sådana fall planerat.

Om vår historia är gynnsam anländer samtidigt en läkare
till ett av de gruppboenden som ligger inom hennes tjänste-
distrikt, knackar på hos en av de kvinnliga patienterna och

stiger in.

(Må alla en dag veta vilket boende vi menar.)

I personalrummet eller i köksavdelningen har två personer fattat posto. Dessa kan inte undanhålla för varandra att de är spända.

”Vart blev det av den andra läkarn?” undrar den ena, en yngling. Den andra svarar: ”Du menar Ashley Walsh-Lindgren? Hon flyttade till Afrika med sin partner. Hon har bott där förut, hon har sina, vad heter det, *sörer* där sa hon. Det är nån kyrka eller hjälporganisation.”

”Var hon inte amerikan?”

”Jo, hon är från Amerika. Hennes sörer är också amerikaner allihopa.”

Ynglingen vänder sig om, mot sin vilja söker han sig med blicken gång på gång bort mot vestibulen. Han anser att det ger ett intryck av obildning att säga *Amerika*. Han frågar om den nya läkaren, ska hon närvara? ”Klart en läkare ska vara med”, påpekar den andra som är flera år äldre och föreståndare för boendet dessutom. ”Det är inte oviktigt att läkarn är kvinna. Enligt Ashley (vi brukade säga Ash), har de faktiskt aldrig träffat varann.”

”Vilka då? Ann-Christine och läkarn?”

”Nej, Ann-Christine och sonen.”

”Allvarligt? Jag fattar inte hur det är möjligt. Är det sant att hon drog omkring helt jävla näck och leta efter honom? Jag har hört en del folk snacka.” Talaren är rapp i mun och kvicktänkt men ett oerfaret vårdbiträde. Den äldre förklarar: ”Mycket man hör är bara överdrivna rykten. Men hon ska ha varit nervsvag redan på den tiden. Hon träffade Åke Stedler, hans pappa, på kliniken. De gick på samtal bägge två. Men nog ligger det väl nåt korn av sanning i det. Faktiskt sa nattpersonalen en gång till mig att de stött på henne här i korridorerna utan en klädlapp på kroppen.

Jag är inte hundra på vad jag ska tro", fortsätter föreståndaren. "Jag misstänker att vi snart får veta mer. Men hur är det fatt? Vad blek du blev, mår du dåligt? Eller har du inte ätit ordentligt?"

"Jag undrar bara om det egentligen är så smart att de träffas. Det blir säkert starka känslor, Ann-Christine kanske blir sämre än hon redan är, av att möta honom." Föreståndaren blir överraskad och lite stolt också över den yngres engagemang. Men nu smäller det kraftigt i dörrposten och ett annat biträde stormar in, lika ungt som det första fast med glasögon. "Han är här nu!" Och med tillbakahållen upphetsning: "Nu har han kommit! Ja, han har nåra blommor." Och föreståndaren nickar behärskat. Och till biträdena säger han: "Gå och meddela dem att det är dags."